DES CLOUS DANS LE CŒUR

Danielle Thiéry

Des clous dans le cœur

Roman

Fayard

L'éditeur remercie Jacques Mazel pour sa contribution.

Couverture : Atelier Didier Thimonier
Photo © Trevor Payne/Arcangel

ISBN : 978-2-213-67070-6

Le Prix du Quai des Orfèvres a été décerné sur manuscrit anonyme par un jury présidé par Monsieur Christian Flaesch, Directeur de la Police judiciaire, au 36, quai des Orfèvres. Il est proclamé par M. le Préfet de Police.

Novembre 2012

Aux policiers de la PJ de Versailles.

J'ai cueilli ce brin de bruyère
L'automne est morte souviens-t'en
Nous ne nous verrons plus sur terre
Odeur du temps brin de bruyère
Et souviens-toi que je t'attends

Guillaume Apollinaire
« L'Adieu » (Alcools)

1

Rien n'avait changé dans le quartier depuis la dernière fois qu'il était venu là, si l'on exceptait la débauche de guirlandes festives avalées à la sortie de la place Félix-Faure, comme une queue de comète s'engouffrant dans la rue du Général-de-Gaulle. Le manège de chevaux de bois, le *Carrousel Palace*, était à l'arrêt et la grille du parc du château plongée dans l'ombre. En y regardant de plus près, il sautait aux yeux que les volets de la maison jouxtant le bar de *La Fanfare* avaient été repeints en vert, d'un de ces verts à la mode, sourd et fané. Le nom précis de cette couleur n'avait aucune importance, l'aspect général de la place pas davantage. Mais ce banal ravalement de peinture alerta Maxime Revel.

Quelques coups d'avertisseurs le rappelèrent à l'ordre. Tout à ses réflexions, il avait arrêté son véhicule de service en plein milieu de la chaussée. Il n'y avait pas foule, mais c'était ainsi, les gens ne supportaient plus rien. Il gronda quelques gros mots à l'adresse des impatients, et manœuvra pour se garer sur le trottoir devant l'ancien bâtiment de la Banque de France, en marche arrière – principe de base pour un policier, être toujours prêt à décoller sur les chapeaux de roue. De là, il pouvait observer l'ensemble de la place en prenant son temps.

– Ah merde ! fit-il entre ses dents, en s'apercevant d'un autre détail qui lui avait échappé, parce que seuls les volets de la maison avaient jusque-là retenu son attention.

Il éteignit la radio de bord et saisit son téléphone. Il lui jeta un regard qu'il aurait voulu plus serein. Léa ne s'était pas manifestée depuis le matin, malgré les messages qu'il lui avait laissés.

« Elle a dix-sept ans, ta fille, lui souffla une voix intérieure qui s'évertuait à le rassurer, il faut lui laisser une chance de grandir un peu… »

C'était sans doute ainsi qu'il fallait voir les choses, bien qu'il ne fût pas tout à fait certain que sa fille voulût grandir, justement. Le drame d'il y a dix ans avait fait d'elle cette jeune femme à la maigreur effrayante, butant sur ses malheurs, errant dans une vie où elle ne trouvait pas sa place. Parfois, il se demandait si elle ne préférerait pas mourir.

Il aspira une dernière bouffée de sa cigarette dont il jeta le mégot par la fenêtre de la voiture, au mépris des principes écologiques. Une quinte de toux le plia en deux. Il toussa à perdre haleine pendant plusieurs minutes, remontant du fond de ses poumons encalminés de nicotine, des miasmes dont il avait jusqu'ici voulu tout ignorer. Ce matin, juste après la première Marlboro allumée au saut du lit, il avait senti monter une quinte si violente qu'il avait craint d'y passer, à genoux sur la moquette. Il s'était péniblement traîné jusqu'à sa salle de bains. Sur l'émail du lavabo, au milieu d'expectorations douteuses, il y avait du sang, et ça, c'était nouveau.

Après ces quelques instants pénibles, Maxime Revel finit par extirper son mètre quatre-vingt-dix et ses cent kilos du véhicule de service. Il s'appuya un instant contre la carrosserie, le temps que sèchent les larmes qui avaient jailli de ses yeux. En se redressant, il eut la vision brouillée du café qu'il connaissait depuis dix ans sous le nom de *La Fanfare* et qui arborait une enseigne flambant neuve, une façade restaurée dans des tons taupe et violine, aussi tendance que le vert de la maison voisine. Le *relookage* avait aussi contaminé le bar puisque les deux bâtisses avaient toujours appartenu à la même famille. À l'époque, il y avait effectué les premières constatations : un corps derrière le comptoir du café, un autre dans la cuisine de la maison. Quelques mètres les séparaient. En arrivant tout à l'heure, probablement sous l'effet de ses tracas personnels, il n'avait pas remarqué ce changement essentiel : *La Fanfare* s'appelait à présent *Les Furieux*.

Malgré la fatigue et l'armée de fourmis rouges qui lui dévoraient la poitrine de l'intérieur, il sentit un frémissement familier grimper le long de sa colonne vertébrale. Le même, à coup sûr, qui gagnait le chasseur à l'affût d'une belle bête, et qui lui fit oublier les quintes de toux, le sang dans le lavabo et sa promesse de lâcher la clope. Un œil mi-clos fixé sur l'enseigne *Les Furieux*, il alluma une cigarette.

La vitrine de la Maison de la presse affichait qu'un habitant de Rambouillet venait de gagner, ici, deux mille euros au loto. Quelques babioles derrière la vitre, comme les décors lumineux de la place, annonçaient l'approche de Noël. Maxime Revel détestait les fêtes en général et celle-ci en particulier, tellement chargée de souvenirs difficiles. Il détourna les yeux des pères Noël en chocolat et, considérant la boutique, se dit qu'ici au moins rien n'avait changé. Pas plus la décoration "ringarde" que le profil "lèvres minces et nez pointu" de la patronne, une sexagénaire qui trônait là depuis la nuit des temps, vêtue d'un bout de l'année à l'autre du même modèle de robe en lainage imprimé, toujours à la mode dans les catalogues de vente par correspondance, boutonné devant et ceinturé presque sous les bras, assorti l'hiver de collants épais et d'un gilet de laine informe.

– Bonjour ! dit Maxime, après avoir laissé se refermer la porte automatique, seule concession à la modernité.

La femme, occupée à retirer des journaux d'un présentoir bancal, montrait un dos voûté au point que son cou disparaissait presque entièrement sous son chignon. Elle suspendit son geste et dit sans se retourner :

– Bonjour, inspecteur !

Revel esquissa un sourire. Maligne la vieille, ou alors elle l'avait repéré dès son arrivée sur la place. Sa bagnole sentait le flic à plein nez tout comme lui puait la cigarette. Il faut dire aussi que la tenancière du tabac aurait fait une excellente "bignole", avec le talent qu'elle mettait à épier, pister, surveiller et, corollaire fréquent, colporter des ragots. Pour un enquêteur, elle était une auxiliaire inestimable. Il alla s'adosser au comptoir encombré d'un incroyable bazar :

– Comment m'avez-vous reconnu, madame Reposoir ?

– Oh, fit-elle sans interrompre son tri, je vous reconnaîtrais entre mille à votre voix d'outre-tombe, et à l'odeur que vous trimbalez avec vous…, une brûlerie à vous tout seul et pourtant j'en fréquente des fumeurs, je vous prie de croire !

Elle avait ralenti ses gestes, ayant deviné la raison de sa visite, bien décidée à le laisser mijoter. Il n'y avait aucun client et, à voir l'état de certains magazines aussi décatis que la tenancière, ce devait être une espèce en voie de disparition, du moins pour la partie presse et librairie.

– Remarquez, si je ne vendais pas de tabac, il y a longtemps que j'aurais mis la clef sous la porte. C'est malheureux, mais les gens ne lisent plus...

– Vous avez les jeux, quand même, le loto, les trucs à gratter, dit-il pour aller dans son sens.

– Oui, c'est un fait. Vous êtes juste passé me dire bonjour ou bien... ?

Elle daigna enfin redresser son buste tourmenté et se retourner vers lui. Ses yeux d'un bleu délavé le fixèrent avec une acuité que les années n'avaient pas entamée. Effet garanti sur Revel, toujours déconcerté par le contraste entre la vivacité de ce regard et la banalité du reste de sa personne.

– Je passais dans le coin, éluda-t-il. J'avais à faire à Rambouillet, et vous étiez sur mon chemin...

Une mimique de la dame indiqua à Revel qu'elle n'était pas dupe. Il lui faisait le coup depuis dix ans, à intervalles irréguliers, mais il ratait rarement la date anniversaire.

– Vous êtes sûr que c'est pour moi, ou... pour *La Fanfare* ?

– Les deux...

– Je vais vous dire une bonne chose, inspecteur...

– Commandant.

– Pardon ?

– Je suis passé commandant, l'année dernière...

– C'est à *La Fanfare* que vous devez votre avancement ? demanda-t-elle avec ironie.

– Non, hélas... Mais il m'est arrivé d'élucider d'autres affaires, à défaut de celle-ci...

– Quand c'est arrivé, en face – coup de menton en direction de la place –, vous étiez bien inspecteur ?

– J'étais lieutenant, mais vous m'avez toujours appelé inspecteur...

– Vous êtes sûr ? Y avait bien des inspecteurs dans le temps ?

– Oui, mais les appellations ont changé... C'est une habitude dans l'Administration, périodiquement on change les grades, les titres... On appelle ça une réforme !

Madame Reposoir hocha la tête tout en regagnant sa place derrière le comptoir, une fois ficelée la pile de journaux retirés du présentoir. Elle croisa les bras pour examiner Revel de pied en cap, sans se gêner :

– En tout cas, dit-elle, ici, y a pas eu de réforme, c'est pas comme en face... Vous n'avez pas bonne mine, dites donc ! Vous risquez d'être réformé à votre tour !

Revel sourit pour de bon, fit un geste fataliste :

– Ça doit être l'âge... Dites-moi, vos voisins ont fait le grand nettoyage de printemps ou quoi ?

Le regard bleu pâle se fit plus incisif encore. La femme se pencha en avant comme pour livrer un point de vue crucial à

la question du commandant, quand la porte
automatique s'ouvrit sur une grappe d'adolescents excités comme un vol de criquets.
L'heure de la sortie des collèges avait sonné,
l'heure de se pourvoir aussi en friandises, en
cigarettes et jeux à gratter. Les gamins
entourèrent Revel et le regard aiguisé de
"Nez pointu" se mit à fureter à toute vitesse.
Elle lui adressa un signe explicite : elle se
méfiait de ces jeunes qui n'arrêtaient pas de
la voler. C'était une tactique éprouvée que
de venir en bande et de se servir sans ver-
gogne.

— Je reviens, dit Revel, je vais faire un tour.

Affairée à surveiller la graine de "voyous"
qui avait investi son commerce, Annette
Reposoir ne lui répondit pas.

2

Quand le commandant de police Maxime
Revel poussa la porte de son bureau, il vit
qu'une partie de son équipe s'était installée
tant bien que mal dans l'espace réduit qui
peinait déjà, en temps normal, à contenir
tout son fourbi de chef de groupe.

— Où on en est ? s'enquit-il en jetant sa
sacoche de cuir sur son bureau.

– Bonsoir, commandant ! répliqua Sonia Breton – lieutenant de police et benjamine de l'équipe – en appuyant sur les mots.

– Salut, Maxime ! saluèrent en chœur les deux autres.

Revel leur jeta un coup d'œil rapide en se fendant d'un bref coup de menton à la cantonade.

Étaient présents Renaud Lazare et Abdel Mimouni, tous deux capitaines, même petite quarantaine, mais radicalement différents. Lazare, plus blanc qu'une endive et, comme elle, poussé dans les frimas du Nord, avait passé à Lille les dix premières années de sa vie professionnelle avant de demander sa mutation à Versailles pour suivre une grande perche rousse, inspecteur des impôts, dont il était tombé amoureux. Certains jours, il regrettait son choix, à cause de sa région d'origine qui lui manquait et de l'amour qui finit toujours par passer. Mimouni n'avait pas ces états d'âme, l'amour étant un sujet qu'il avait depuis longtemps évacué en ne s'attachant à personne. Comme un papillon, il se posait sans s'attarder, sur toutes les fleurs qui voulaient bien se laisser butiner. Avec son physique exceptionnel, les candidates ne manquaient pas. Renaud Lazare ne pouvait pas en dire autant avec sa peau blanche, son crâne d'œuf, sa taille moyenne et un petit "durillon de comptoir" que ses

collègues avaient appelé ses "abdos Kronen-
bourg".

Le commandant se laissa choir dans son
fauteuil en grommelant quelques mots inin-
telligibles. Tous savaient interpréter ce ton
rogue qui masquait de l'amitié et du respect.
Il n'avait pas toujours été aussi rugueux, et
tous ici savaient à quel moment son caractère avait viré. Sauf peut-être Sonia Breton
qui était là depuis peu, et n'avait pas encore
tout capté de cet homme plus fermé qu'une
huître. Elle prit la parole :

– Glacier est parti avec le Proc rejoindre
les gendarmes qui ont commencé l'affaire en
flag. Mais le patron a demandé que nous
soyons saisis rapidement à cause de la personnalité de la victime...

– Ouais, je suis au courant... Pourquoi il
n'est pas allé lui-même là-bas, le patron ?

Ses deux adjoints ne parurent pas tenir
compte de l'humeur de chien de Revel,
façon de montrer qu'ils y étaient habitués
et n'y attachaient plus d'importance.

– Il va coucher là-bas, Glacier ? demanda
Revel, décidément de mauvais poil, en levant
le nez vers la pendule publicitaire accrochée
au-dessus de la porte.

Tandis qu'il revenait de Rambouillet,
l'État-major de la Direction régionale de la
police judiciaire l'avait contacté dans la voiture. Un vieux chanteur, autrefois coque-
luche de toute une génération de rockers,

aujourd'hui sur le déclin, avait été retrouvé par son jardinier, mort à son domicile, à Méry, un village proche de Marly-le-Roi. La commune étant située en zone gendarmerie, les premiers actes de l'enquête avaient été effectués par les militaires. Il leur était vite apparu que les traces que le défunt rocker portait au cou et les hématomes qui pullulaient sur son corps n'étaient pas dus à une intervention surnaturelle. Le substitut du procureur se trouvait sur place. Malgré l'insistance des gendarmes à conserver l'affaire, les "péjistes" ne doutaient pas que le magistrat allait leur confier l'enquête. Le commissaire divisionnaire Philippe Gaillard, chef de la division des affaires criminelles de la PJ de Versailles, avait beaucoup insisté dans ce sens.

– Comme si on n'avait déjà pas assez de taf ! avait marmonné Revel, que le chef de la brigade criminelle avait appelé à son tour sur la route, suivant une sorte de défilé hiérarchique immuable.

Le commissaire Romain Bardet ne s'était pas laissé impressionner :

– De toute façon, à cause de la personnalité de la victime, les médias vont être sur le coup dès ce soir, et ça va être un déchaînement. Il est préférable de prendre les devants plutôt que d'arriver après la bataille, quand les pandores auront bien pataugé partout... Vous êtes encore loin ?

Le commandant Revel avait eu envie de répondre qu'on pouvait faire appel à d'autres groupes à la Crim. Romain Bardet lui aurait répondu que la moitié du service était en vacances. « Ça tombe mal ! », aurait grogné Revel qui avait prévu de rentrer directement chez lui. Il avait pu enfin joindre sa fille qui était revenue à la maison, et il lui avait proposé de dîner avec elle, en tête à tête. Elle avait dit « Oui, si tu veux, je m'occupe de tout » sur un ton peu enthousiaste, mais elle était d'accord, c'était mieux que rien.

Le coup de fil du lieutenant Antoine Glacier les invitant à le rejoindre à Méry, mit un terme définitif à ce projet.

3

Comme « les morts n'attendent pas », l'équipe quitta le vieil immeuble du 19, avenue de Paris, gyrophares en action, pour rejoindre sur place les agents de l'identité judiciaire.

« Le corps est allongé face contre terre, entre un canapé de style anglais et une table basse chargée de revues et de vaisselle sale… Il s'agit d'un homme d'environ 1,80 m, de corpulence mince, voire maigre, torse nu, vêtu d'un pan-

talon blanc baissé sur les hanches et qui découvre les fesses. Il est pieds nus. Ses bras sont remontés de part et d'autre de la tête. La nuque dénudée laisse voir une marque sombre, peu profonde, d'un centimètre de large, faisant penser à une strangulation. Le corps est compact au déplacement, la rigidité cadavérique quasiment installée. Il porte des traces brunâtres à différents endroits (cf. photos de 1 à 9) pouvant laisser supposer que des coups lui ont été portés. Localisation des hématomes : autour de la taille, sur le torse, les membres supérieurs... »

Abdel Mimouni coupa son enregistreur le temps que le photographe de l'IJ puisse finir de flasher le corps. Un des deux agents techniques spécialistes des scènes de crime, en profita pour saisir les verres, des couverts et une bouteille de vin vide qu'il mit à l'abri dans une valise de prélèvements. Mimouni vit le médecin légiste en grande discussion avec le commandant Revel et le substitut Louis Gautheron, tandis que Sonia Breton et Renaud Lazare serraient de près l'employé du chanteur. Il pensa que les jardiniers avaient un look plutôt branché cette année, et que le jeune homme aux cheveux bouclés et au visage d'ange n'avait sans doute pas été choisi pour ses seuls talents à manier la bêche et le sécateur. La peau de ses mains était impeccable, indemne de toute trace de terre ou de ces petits bobos caractéristiques des fouilleurs de racines. Une boucle en or à l'oreille droite, deux clous argentés dans le pavillon de la gauche et une fine chaîne dorée au ras du cou, révélaient une sophistication inhabituelle pour un tailleur de haies.

Les techniciens ayant quitté le premier cercle des investigations, Mimouni put reprendre le cours de ses constatations.

– La mort remonte à environ six ou huit heures, estima la légiste, une quinquagénaire originale, plutôt enveloppée, vêtue d'un ensemble pantalon vert assorti d'une écharpe rouge. La *rigor mortis* est installée, la température de la pièce est à peu près de 20 degrés... En outre, les lividités cadavériques déjà bien visibles et cyanosées sur la partie antérieure du cou, le torse et le haut des cuisses, sont encore sensibles à la pression... Ça nous amène à un homicide commis entre douze et quinze heures, à condition que personne n'ait déplacé le corps. S'il était mort dans le jardin, par exemple, vu qu'il fait entre 8 et 10 degrés dehors... Mais la répartition régulière des *livor mortis* semble indiquer que le sujet est tombé ici même.

Le médecin avait parlé assez fort pour que Sonia et Renaud l'entendent aussi. Ils ne lâchaient pas des yeux le jardinier qui disait s'appeler Tommy. Il avait découvert le corps, il était le premier témoin et peut-être plus qu'un simple témoin.

– Quelqu'un est-il venu rendre visite à monsieur Stark aujourd'hui ? demanda Revel qui s'était approché de Tommy.

– Je ne sais pas… Je suis arrivé à quatorze heures trente pour travailler. J'ai passé l'après-midi au fond du parc. Je n'ai pas vu Eddy… enfin, monsieur Stark…

– Quand vous dites l'après-midi… cela veut dire ? Il fait nuit à dix-sept heures…

– C'est ce que je dis, j'ai travaillé tout l'après-midi, jusqu'à la nuit. Vers dix-sept heures trente, je suis allé acheter des bulbes chez Jardiland à Maurepas, après être passé à la déchetterie…, et c'est en revenant que je me suis inquiété de ne pas voir de lumière chez monsieur Stark. Je me suis approché de la maison pour me rendre compte et j'ai trouvé la porte ouverte… C'est… C'était horrible !

– Comment entrez-vous dans la propriété ?

– J'ai un *bip* pour le portail électrique, et ensuite je me débrouille, les cabanes à outil ne sont pas fermées à clef.

– Vous avez les clefs de la maison ?

– Non, je n'y vais jamais…

Le regard de braise du beau tondeur de gazon s'échappa sur sa gauche. Il mentait. Le coup d'œil échangé entre le commandant et les deux capitaines ne laissait aucun doute.

– Attention, mon garçon, intervint Revel,
si tu nous enfumes, on va vite le savoir...
Alors, un conseil, dis la vérité, ce sera mieux
pour tout le monde et surtout pour toi.

– Il m'arrive d'entrer dans la maison, rectifia Tommy, mal à l'aise, mais je n'en ai pas
les clefs. J'y vais quand Eddy me le
demande...

– C'était sexuel entre vous ? fit Sonia qui
n'y allait jamais par quatre chemins.

– Nnnon...

Nouveau regard fuyant, vers la droite
cette fois. Le jardinier retenait une vérité
qui n'était sans doute pas glorieuse pour
lui. Revel soupira en faisant signe à Renaud
Lazare de le rejoindre. Cette affaire ressemblait à première vue à une banale histoire
de cul qui avait mal tourné, ou de jalousie
entre homos. Mais il fallait se méfier des
apparences, faire comme si c'était compliqué. Pour avoir oublié cette règle élémen-
taire, des policiers, dans le passé, avaient
lamentablement foiré, passant à côté
d'affaires restées sans solution. Lui aussi
avait vécu ces négligences, à titre profes-
sionnel et personnel. De tels souvenirs
s'avéraient plus sournois qu'un poison qui,
au lieu de se disperser, s'accumule avec le
temps.

– Tu fais prendre sa déposition dans le
détail, ordonna-t-il à son second de groupe.
Si tu sens qu'il est mouillé, tu le places en

GAV. Tu listes tous les gens qui viennent ici, les réguliers et les autres. Pour le reste, tu connais, perquises, réquises, etc… C'est sûrement une affaire de "corne-cul", mais on fait comme si c'était l'affaire du siècle. Et attention, la presse va se jeter là-dessus…

– Le parquet, il dit quoi ?

– Tu connais Gautheron, grimaça Revel, il ne dit rien. Il va falloir discuter avec lui de l'ouverture d'une information.

– On n'est pas pressés, si ça se trouve on peut sortir l'affaire en flag…

– Je me méfie des affaires qui paraissent toutes cuites…

Le capitaine acquiesça en se détournant. Abdel Mimouni les rejoignit à cet instant. Il agitait un morceau de plastique qu'il tendit à Lazare :

– La carte d'identité de la victime, dit-il avec un petit sourire, il s'appelait Michel Dupont…

– Ah bon ?

– Ouais, c'est nettement moins sexy, non ?

Le commandant Revel ne réagit pas, à croire que plus rien ne l'étonnait ni ne le déconcertait, ni ne l'amusait. Il fit un signe à Lazare :

– Je dois repasser au bureau, et après je rentre chez moi. Je te laisse continuer ?

4

Il était plus de vingt-deux heures quand Revel arrêta sa voiture de service devant une petite maison de la rue des Lilas. Dans cette partie la moins chic de Versailles, il avait acheté ce pavillon banal. À l'époque, il aurait pris n'importe quoi, du moment que cela lui permettait de quitter Rambouillet au plus vite. Ce lotissement avait fait l'affaire, avec ses alignements de maisons aux murs jaunes et aux volets bleu pâle, un garage, deux mètres carrés de pelouse en façade et, sur l'arrière, un jardin minuscule auquel on accédait en traversant le séjour. Chez les Revel, il était en friche, jamais véritablement entretenu.

Tout était éteint dans la maison, à l'exception d'une fenêtre au premier étage d'où la lumière filtrait à travers les volets clos. Au lieu de s'en réjouir, Maxime Revel ressentit de l'inquiétude et de la culpabilité. À l'intérieur, la maison était impeccablement rangée. En l'absence d'une femme de ménage, l'ordre et la propreté ambiants signifiaient que Léa était en pleine crise. Sur la table de la cuisine, un couvert était mis, un seul couvert, le culpabilisant lui et ses retards chroniques, tout comme la bouteille de bordeaux débouchée et la salade de tomates, le fromage et le cake aux fruits secs… Un festin auquel Léa n'avait évidemment pas touché. Il essaya de se rassurer en songeant qu'elle n'y aurait sans doute pas goûté même s'il était rentré à l'heure prévue. Comme tous les anorexiques, sa fille s'échinait à préparer des repas pour son entourage, à le gaver en se repaissant du spectacle qui lui tenait lieu de nourriture. Elle s'épuisait aussi aux tâches ménagères pour lesquelles elle se levait à l'aube, pour finir par d'interminables séances de gymnastique jusqu'au milieu de la nuit : dormir le moins possible faisait aussi partie du jeu.

Son trousseau de clefs lui échappa, toucha le carrelage à grand bruit. Revel se baissa pour le ramasser, se releva non sans difficulté à cause de ses articulations douloureuses. Trop de kilos, plus du tout de sport. Plus les excès d'alcool quand il fallait lâcher la soupape. En se redressant, il sentit monter une nouvelle quinte de toux et se précipita dans le cabinet de toilette de l'entrée. Après deux ou trois minutes, enfin calmé, son cœur battait la chamade et du sang maculait le lavabo. Pire, la crise avait été si violente qu'il s'était à moitié pissé dessus…

Il avala un grand verre d'eau, fit disparaître les traces de ses débordements et enfila un vieux jogging qui pendait, accroché au porte-manteau, comme un épouvantail.

En montant l'escalier, il se fit l'effet d'un vieillard au bout du rouleau. Des points noirs

tournoyaient devant ses yeux et une vive douleur lui fouillait la poitrine, juste en dessous
des côtes flottantes. Il frappa à la porte sur
laquelle Léa avait écrit son prénom au feutre
rouge, et ouvrit sans attendre la réponse. Sa
fille, installée devant un bureau surchargé de
livres et de papiers en vrac, écrivait, son dos
maigre penché en avant. Elle ne réagit pas,
ne tourna pas la tête. Lui reçut le choc de
cette silhouette efflanquée :

– Je suis désolé, Léa, dit-il, d'une voix
enrouée par les effets de ses quintes de toux,
le boulot, au dernier moment...

– Pas de problème, papa, fit la jeune fille
sans bouger.

– Une affaire de dernière minute, je n'ai
pas pu te rappeler...

– Je t'ai dit que ce n'est pas grave.

Le ton était plus haut, la nuance plus
aiguë. Elle était à cran. Elle avait encore maigri, son visage si beau et si pur n'était plus
qu'un crâne dont les os saillaient sous la
peau. Elle lui rappelait une affaire récente
qui avait commencé par la découverte d'un
corps momifié dans une cave, la couleur bru-
nâtre en moins.

– Papa, laisse-moi travailler, s'il te plaît,
j'ai un partiel dans trois semaines...

Elle avait le regard vert d'eau de sa mère,
très étiré vers les tempes, avec son éclat et
cette lueur rebelle. Marieke avait été une
jeune femme épanouie, pulpeuse et débor-

dante d'énergie. Léa avait été sa copie conforme jusqu'au début de l'année dernière. Maintenant, ses joues avaient fondu, son front paraissait bosselé, et ses seins aplatis par un pull moulant ressemblaient à deux outres vides.

– Papa ! s'impatienta Léa, j'ai du taf, tu comprends ou pas ?

– On peut quand même parler cinq minutes...

Maxime se dirigea vers le lit de sa fille d'où les peluches avaient disparu depuis longtemps, mais qui avait gardé sa couette "Dora l'exploratrice". Il s'y laissa tomber et, frottant ses mains l'une contre l'autre, s'efforça de sourire.

– Quarante kilos ce matin ! asséna la jeune fille qui, elle, ne souriait pas.

– Tu en parles comme d'une victoire ! protesta Maxime. Tu as perdu deux kilos en quinze jours, tu sais ce qui va se passer, Léa ?

– Il ne va rien se passer du tout. Je vais préparer et réussir mes examens, et je serai admise en deuxième année. Je vais bien !

Avant sa maladie, Léa riait et s'amusait. Elle avait des copines avec qui elle allait au cinéma, aux concerts de musique métal, genre qu'elle aimait plus que tout. Elle commençait à s'intéresser aux garçons qui tournaient autour d'elle, même si la ronde des mobylettes et des scooters devant la maison ne plaisait pas trop à Maxime ! Subitement, tout s'était déglingué. Elle prétextait : « Je suis trop grosse » pour éviter les pains au chocolat, les cookies et autres hamburgers. Progressivement, elle avait supprimé d'autres aliments qui n'étaient pas « bons pour ce qu'elle avait ». Le résultat avait été spectaculaire : dix kilos perdus en deux mois. Maxime n'avait pas vu venir le danger. Le lycée avait réagi le premier. Léa s'endormait en cours, et l'infirmière de l'établissement avait convoqué Maxime. Après une série de malaises, Léa avait confié à cette inconnue qu'elle n'avait pas eu ses règles depuis deux mois. Dépassé, Maxime avait emmené sa fille chez un médecin qui n'avait pas voulu assumer le traitement complexe de ce qui se présentait comme un trouble du comportement alimentaire, une psychopathologie de l'image du corps pour laquelle il était préférable de consulter un psy. Léa était montée sur ses grands chevaux. Pourquoi ne pas l'enfermer tout de suite ? Sur la promesse qu'elle allait se remettre à manger, Maxime avait renoncé au psy.

Pendant deux ou trois mois de trêve, Léa avait repris goût à la nourriture. Noël était arrivé avec les Svensson, les grands-parents maternels et suédois de Léa, débarqués à l'improviste, inquiets de la disparition de leur fille qu'ils ne parvenaient toujours pas à comprendre après des années d'angoisses, entre espoir et désespoir. Leur attitude rendait Maxime responsable de ce qui était arrivé et, pire, de ce qui n'était pas arrivé, à savoir la réapparition de Marieke d'une façon ou d'une autre. Laminés par le chagrin, ils se comportaient comme s'ils étaient les seuls à souffrir sans même se préoccuper de savoir pourquoi leur petite-fille avait autant maigri. Dans ce climat pesant, Léa s'était repliée sur elle-même, ne sortait plus, semblait avoir renoncé à tout signe extérieur de féminité.

– Léa, tu ne vas pas *bien*, comme tu dis ! Regarde-toi ! Il faut aller voir ce psy ! Je vais prendre rendez-vous, demain.

– Non, c'est dégueulasse !

– À partir de maintenant, on fera comme je dis.

– Je te déteste.

– Tant pis.

Léa se renversa en arrière, croisa les bras sur ses côtes saillantes, une expression terrible sur le visage :

– Tu sais, je comprends pourquoi maman est partie ! Pourquoi elle t'a quitté ! Parce qu'elle t'a quitté, papa ! Maman, *elle t'a quitté !*

Dans un silence consterné, Revel se mit à contempler le mur en face de lui, à la recherche d'un repère. Mais Léa avait arraché tous ses posters de Metallica, d'ACDC et de Zidane. Elle ne voulait plus rien aimer, elle n'aspirait qu'au vide et au dépouillement. Il resta un moment ainsi, loin sous la ligne de flottaison. Il avait besoin d'une cigarette.

Il marcha péniblement jusqu'à la porte et, la main sur la poignée, se retourna :

– C'est ce que tu penses, Léa ? Que ta maman est partie à cause de moi ?

Il vit ses lèvres trembler d'épuisement, de colère et de douleur. Elle se leva, chancela. Elle n'avait sûrement rien avalé depuis le matin, peut-être même depuis hier soir. Maxime lâcha la poignée de la porte et se précipita. *In extremis*, il rattrapa dans ses bras le corps tourmenté de sa fille.

5

L'audition de Tommy le jardinier, Thomas Fréaud pour l'état civil, vingt-cinq ans, se prolongeait au siège de la DRPJ de Versailles. Abdel Mimouni y passerait la nuit s'il le fallait, mais il le presserait jusqu'à ce qu'il en ait extrait toute la substance. L'entourage de la star du rock commençait à se préciser. Son carnet d'adresses avait dévoilé des habitués, des hommes en majorité et plutôt jeunes, mais également des femmes, des jeunes filles. À croire que, même plus très frais et en perte de vitesse, les *vieilles gloires* ne laissaient pas indifférent. Pendant que Mimouni cuisinait Tommy, les deux autres membres du groupe s'affairaient à établir les réquisitions pour les opérateurs de téléphonie, pour les deux banques où la rock-star détenait des comptes, pour les examens biologiques des prélèvements et l'exploitation des traces papillaires trouvées dans la maison. Il y avait aussi une belle empreinte de pas à l'aplomb d'une fenêtre située sur l'arrière de la grosse bâtisse. Tommy jurait que cette trace de pas ne lui appartenait pas. Les premiers examens semblaient lui donner raison.

– Je reviens, dit Renaud Lazare en se levant de son siège, je vais pisser et chercher un café, quelqu'un en veut ?

– Non, merci, firent ses deux collègues à l'unisson.

Les couloirs de la PJ étaient déserts à cette heure si l'on exceptait l'état-major et la permanence où l'activité était ralentie et l'ambiance plutôt feutrée. Au distributeur de café, Lazare ajouta une pièce de monnaie pour faire descendre une barre chocolatée qu'il ingurgita à toute vitesse, comme si sa perceptrice de femme, à l'affût de l'expansion de son "œuf colonial", pouvait le surprendre. Férue de gymnastique, elle traquait la moindre parcelle de graisse comme un enjeu vital.

En remontant avec son gobelet brûlant, il passa devant le bureau du commandant Revel dont la lampe était restée allumée. En homme soucieux de ne pas mettre la planète en péril, il entra pour l'éteindre, slaloma entre les piles de paperasses et de dossiers jusqu'au bureau en métal clair, ravagé par des années de mauvais traitements. Il s'assit un moment dans le fauteuil de cuir, l'unique luxe que s'autorisait Revel parce qu'il souffrait du dos. Au moment où il allait tirer sur la chaîne pour éteindre la lampe, il avisa une grosse chemise cartonnée dont la sangle n'avait pas été refermée. Le dossier était posé au bord de la table comme si quelqu'un venait juste de le consulter. Renaud Lazare lut sur la première page : DOSSIER N° 123/2001, HOMICIDES VOLONTAIRES. VICTIMES : Jean PORTE et Liliane PORTE, née ROBILLE.

– Nom de Dieu, grommela Lazare, c'est pas vrai !

Il y a des affaires comme celle-là qui te pourrissent la vie. On a beau faire, elles te hantent, elles restent en toi, plantées dans ta mémoire et dans ton cœur, comme un clou qu'un mauvais plaisant s'amuserait à tripoter à intervalles réguliers. Tu y penses chaque jour. Ça n'a rien à voir avec les théories sur le deuil impossible ou avec la justice à rendre aux victimes, ou encore avec la recherche d'une vérité qu'on devrait aux familles. C'est un mélange de tout cela, c'est vrai, mais c'est surtout en toi que tu portes ce fardeau. Et c'est à toi-même que tu dois quelque chose. Et tu ne sais pas pourquoi.

Ainsi, le "vieux" n'avait pas renoncé. Il ne renoncerait jamais ! Lui-même hébergeait quelques fantômes issus d'affaires qu'il s'efforçait de ne pas classer tout en perdant progressivement l'espoir de les résoudre. Le double homicide Porte s'estompait chaque jour un peu plus dans l'ombre mais, visiblement, pas pour Revel. Et Lazare savait très bien pourquoi le commandant n'arrivait pas à laisser tomber. L'affaire était intervenue le jour de la disparition de sa femme, Marieke. Du coup, Revel hébergeait deux clous supplémentaires dans son cœur. Renaud Lazare se mit à tourner les pages. Il s'arrêta sur le rapport de la salle de commandement du commissariat de Rambouillet :

Le vendredi 21 décembre 2001, à 7 heures, le commissariat de Rambouillet était appelé à intervenir place Félix-Faure, dans un bar nommé *La Fanfare*. L'appel provenait de madame Elvire PORTE, veuve DUMOULIN, 42 ans, employée comme femme de ménage au café ci-dessus désigné et appartenant à ses parents, Jean et Liliane PORTE, tous deux âgés de 67 ans. Comme tous les jours, madame PORTE venait ouvrir le café. Ses parents, logés dans la maison voisine du commerce, la rejoignaient aux environs de huit heures. À son arrivée, elle remarquait tout d'abord que la porte située à l'arrière de l'éta-

blissement n'était pas fermée à clef, ce
qui constituait une anomalie. Une fois
entrée, elle constatait que le système
d'alarme n'était pas branché ainsi qu'il
était de tradition de le faire le soir à
la fermeture, vers 22 heures, ses parents
se chargeant de cette formalité. Elle découvrait, derrière le bar, le corps de son
père allongé au milieu d'une grande quantité
de sang. Convaincue que celui-ci était
décédé, elle faisait aussitôt demi-tour pour
se rendre dans la maison, communiquant avec
le café par une cour, accessible aussi par
une porte donnant sur la place. Celle-ci
n'était pas fermée complètement, juste
poussée contre le chambranle (deuxième anomalie). Dans la maison, la porte d'entrée
était fermée mais non verrouillée, soit,
à ses dires, une troisième anomalie. Dans
la cuisine située au rez-de-chaussée sur
l'arrière de la maison, Elvire PORTE découvrait le corps de sa mère, couché sur le
côté, une importante quantité de sang autour
de la tête. Aussitôt, madame Porte appelait
Police Secours depuis son téléphone portable…

Renaud Lazare n'avait pas vécu cette phase
initiale de l'affaire puisqu'il était encore à
Lille à cette époque-là, mais il avait tant de
fois entendu l'histoire et lu les rapports et
procès-verbaux qu'il était parfois persuadé

d'avoir rédigé lui-même le compte-rendu de première intervention. Pourtant, c'était Revel qui l'avait signé. Il portait sa marque, concise, précise.

… À notre arrivée sur les lieux, nous, Maxime Revel, officier de police judiciaire de permanence au commissariat de Rambouillet, constatons que les pompiers sont déjà sur place ainsi que le docteur Séguret, médecin de la famille, appelé par madame Elvire Porte. Le praticien, autorisé par les pompiers à s'approcher des corps, a constaté les décès qui, selon lui, remonteraient à plusieurs heures (environ huit ou dix). Nous lui demandons de se retirer afin de laisser la place au médecin légiste. Rapportons qu'à cet instant, madame Martine Leroy, substitut du procureur de la République, nous rejoint sur les lieux. Nous lui rendons compte de nos premières constatations à savoir que les deux victimes ont succombé à des blessures multiples occasionnées par un instrument tranchant qui n'a pas été retrouvé. Les coups portés ont été particulièrement violents dans les deux cas. À noter que, pour ce qui concerne madame Liliane Porte née Robille, le cou présente une plaie large et profonde, la tête étant partiellement détachée du tronc.

Dans le café, le tiroir-caisse est grand ouvert et vide. Aucun autre désordre ou

anomalies ne sont constatés, à l'exception
d'une chaise renversée au sol (alors que
les autres sont installées sur les tables
en prévision probablement du nettoyage du
carrelage) et d'une bouteille de Ricard,
brisée, à proximité du corps de M. Porte.
Du liquide est répandu alentour qui dégage
une forte odeur d'anis. Des recherches
d'empreintes sont effectuées sur la chaise,
les débris de la bouteille sont saisis et
placés sous scellés (de 1 à 5) pour examen
ultérieur…

Entre le café et la maison, dans le passage
servant de cour et de terrasse l'été, aucun
élément particulier n'est observé. La température extérieure est de 8 degrés, le sol
composé de dalles de bois (de type caille-
botis) est humide. Il ne pleut pas mais,
vérification faite auprès de Météo France,
de faibles précipitations ont été constatées
entre 20 heures hier et 5 heures ce jour,
dans le secteur concerné. Le dallage en
bois est partiellement recouvert de feuilles
mortes provenant d'un platane situé au
centre de la terrasse et d'arbustes plantés
contre les murs. Toute recherche de traces
de passage s'avère inutile, madame Elvire
Porte, les pompiers et les autres personnes
présentes sur les lieux y ayant effectué
plusieurs allers et retours. Des photos sont
néanmoins réalisées par l'IJ, à toutes fins
utiles. Notons également que des traces de

sang sont visibles sur la dernière marche
de l'escalier menant à la maison, à l'abri
sous l'auvent de la porte. Elles font l'objet
d'un prélèvement (scellé numéro 6).

À l'intérieur de la maison, un grand
désordre est constaté dans les pièces du
rez-de-chaussée, à savoir une cuisine, une
salle de séjour, un salon, une chambre, une
salle de bains, des WC. Les meubles ont été
fouillés et en partie vidés de leur contenu.
Des morceaux de verre et bibelots brisés
jonchent le sol. Sur interpellation, madame
Elvire Porte se prétend incapable de déterminer si quelque chose a disparu. Elle nous
déclare seulement que ses parents ne déte-
naient pas d'objets de valeur mis à part
quelques bijoux et, qu'à son avis, rien n'a
été volé. Elle se réserve toutefois la possibilité d'un inventaire plus approfondi.
De même, en dehors de la caisse du bar dont
l'argent a disparu, elle n'a pas connaissance
que ses parents aient pu détenir d'autres
liquidités à leur domicile ou au café. Selon
madame Elvire Porte, la recette quotidienne
du débit de boissons est d'environ 7 000
francs. La cuisine, la salle de bains et
les WC n'ont a priori pas été visités. Faisons
procéder par l'identité judiciaire au relevé
d'empreintes dans l'ensemble des pièces et
à la saisie d'un certain nombre d'objets
dont la liste sera annexée au présent (scellés de 7 à 15).

    Madame Leroy, procureur de la République
nous ayant avisé qu'elle avait décidé la
saisine de la Brigade criminelle de la DRPJ
de Versailles, disons clore notre procès-
verbal de constatations. Le rapport d'intervention et les procès-verbaux établis
jusqu'ici seront remis en l'état au magistrat
pour être transmis à la DRPJ de Versailles.
    Fait à Rambouillet, le 21 décembre 2001
à 11 heures.

    Renaud Lazare ferma les yeux sur les mots
froids de la procédure en essayant d'imaginer
ce qu'avait dû ressentir le vieux ronchon à ce
moment-là. Alors beaucoup moins vieux et
bien moins ronchon qu'aujourd'hui. Il
n'empêche qu'il avait dû se sentir dépossédé.
Jusqu'en 2001, et depuis qu'il était flic,
Maxime Revel, OPJ de commissariat, avait
dû se contenter d'affaires mineures et subir
la frustration de remettre la procédure aux
"seigneurs" de la PJ, quand ce n'était pas aux
gendarmes...
    – Ben, qu'est-ce que tu fais là ? dit la voix de
Sonia Breton, si proche que Lazare sursauta
violemment, comme un môme pris en faute.
    – La vache, tu m'as fait peur !
    – Tu fouilles dans les affaires de Maxime,
maintenant ? demanda-t-elle en croisant les
bras sur une poitrine avantageuse.
    – Je suis venu éteindre la lumière...
    Elle le considéra avec un vague apitoiement.

– Et ça, c'est quoi ? fit la jeune femme en contournant le bureau, l'index pointé vers le gros dossier sur lequel Lazare avait posé les coudes. Ne me dis pas que c'est encore ce vieux nanar ! ajouta-t-elle sans lui laisser le temps de trouver une explication. L'affaire Porte... Vous allez traîner ça jusqu'à la retraite, ma parole !

Lazare se laissa aller contre le dossier du fauteuil. Il examina sa collègue avec une sorte de pitié.

– Non, mais c'est vrai, reprit Sonia l'air vaguement rêveur, quand les affaires ne sortent pas, elles ne sortent pas, c'est pas sain de trimbaler ça sur son dos. Il pourrait la donner au groupe Anacrim, maintenant... C'est leur boulot, après tout, de reprendre ce qui semble bloqué ou dans l'impasse, alors qu'approche la date fatidique de la prescription judiciaire. Ils sont même équipés de logiciels performants pour cela !

– Oui, mais Revel ne le fera jamais...

– C'est idiot...

– Tais-toi ! gronda Lazare, tu ne sais pas de quoi tu parles. Attends un peu d'avoir grandi, fillette, avant de juger !

Sonia était une belle brune au regard enflammé. Sa chevelure brillante, aile de corbeau, était retenue sur la nuque par un gros chouchou rouge. Cette couleur collait bien avec son tempérament impétueux. Plutôt bien roulée, elle attirait les regards des hommes, tous les regards sauf celui de Renaud Lazare qui, quoiqu'il en dise, était encore accro à sa femme, et celui de Revel mais, lui, c'était une autre histoire… Elle se dressa et toisa le capitaine du haut de son mètre soixante-cinq.

– En attendant, le contra-t-elle, il reste encore des réquises à taper et le PV de perquisition, je ne vais pas m'appuyer le boulot toute seule…

– Rentre chez toi, je vais finir, si c'est fonctionnaire que tu veux être, t'as qu'à le dire, Maxime te trouvera un remplaçant…

– Très drôle ! Je n'ai juste pas envie de passer la nuit ici !

– Ah ! t'as un jules, c'est ça ? T'as rencard ?

Elle haussa les épaules avec un petit sourire agacé.

– Oui, dit-elle en soupirant, c'est ça, et je vais me faire sauter toute la nuit !

Renaud Lazare prit son temps pour refermer le dossier et tout remettre dans l'état où il l'avait trouvé. Pas question que le commandant, un radar sur pattes, ne découvre qu'on était venu farfouiller dans ses papiers. S'il ne leur avait rien dit ce soir à propos de l'affaire Porte, il devait avoir ses raisons.

En dépit de sa sortie sur les "vieux nanars", Sonia ne bougeait pas. Elle savait bien que Lazare était dans le vrai quand il la traitait de gamine mal dégrossie. Pourtant il ignorait d'elle tant de choses ! Par exemple, qu'à vingt-huit ans, bien que pur produit d'une génération kleenex, elle n'arrivait pas à jeter ses vieilles fringues. Elle les sortait des placards à chaque saison et les rentrait aussitôt, incapable de s'en débarrasser. Chez elle, tout devait être d'une propreté parfaite et impeccablement rangé, sinon elle ne pouvait rien faire, même pas regarder la télé. Mais elle n'avait pas encore de clous dans le cœur et n'était pas pressée de savoir quel mal ça pouvait faire. Elle s'appuya des deux mains sur le bord du bureau, tendit le cou vers l'épaisse chemise cartonnée :

– Qu'est-ce qu'il y a de si palpitant dans ce dossier ? Il espère trouver quoi, Maxime ? Explique-moi, même si je suis une fonctionnaire, j'arriverai peut-être à comprendre...

Le capitaine soupira en tirant la chaînette de la lampe, les plongeant dans l'obscurité.

– Allez, viens, dit-il, les réquisitions nous attendent.

6

Au même moment, Maxime Revel mettait sa fille au lit avec le sentiment que sa vie, de nouveau, reprenait un virage dangereux. Après quelques secondes d'*absence*, Léa avait capitulé devant la détermination de son père. Elle avait même grignoté un ou deux morceaux de tomate avec lui. Ils avaient soigneu-

sement évité d'aborder le sujet refoulé au fond
d'eux-mêmes : Marieke, l'épouse, la mère,
volatilisée un soir, sans un mot. Dix ans, précisément, sans signe de vie. On n'avait rien
retrouvé d'elle. Sans Léa pour lui rappeler
qu'elle avait vraiment eu une mère, Maxime
Revel se serait demandé s'il n'avait pas rêvé
tout cela. Dans la cuisine du pavillon de Versailles où ils étaient attablés, rien ne pouvait
évoquer Marieke qui n'avait jamais vécu là.
Les images d'elle restaient enfouies en eux,
de plus en plus floues, au fur et à mesure que
les années passaient. Une fois la vaisselle
rangée, Maxime avait imposé à sa fille un
léger sédatif : si elle ne dormait pas, elle
sombrerait dans la folie. Dès le lendemain,
il rappellerait Maria, la femme de ménage
congédiée trois mois plus tôt. Ensuite, il
prendrait rendez-vous chez le psy.

— D'accord, avait dit Léa, mais à condition
que tu ailles consulter un médecin, toi aussi.
Tu crois que je ne vois rien ? Le sang dans le
lavabo et dans tes draps ? Sur ton oreiller ?

— C'est rien, j'ai la crève...

— Mais bien sûr ! Il faut que tu arrêtes de
fumer, papa, tu m'avais promis.

Il devait bien y avoir quinze ou seize ans
qu'il promettait. D'abord à Marieke qui ne
supportait pas l'odeur du tabac. Elle était
chanteuse lyrique et la moindre imperfec-
tion dans la qualité de l'air affectait ses
cordes vocales. Si elle avait renoncé, pour

lui, à une carrière prometteuse, elle n'en avait pas moins continué à chanter. Elle avait même trouvé des élèves, à Rambouillet. Elle enseignait bénévolement, deux fois par semaine, le solfège et le chant à des garnements, dans une Maison des jeunes, *l'Usine à chapeaux*. Après un cours, un jeudi soir, elle n'était pas rentrée. On n'avait retrouvé ni sa voiture, ni ses cahiers de chant, ni ses partitions, ni son violon, ni sa flûte. Son piano était toujours là, forcément, elle ne l'emportait pas avec elle. Mais depuis, il était resté fermé pour de bon.

– J'arrête de fumer si tu te remets à manger ! avait conclu Maxime sans y croire.

S'il avait été aussi simple de décider de ses addictions, le monde aurait tourné tout seul, sans fumeurs, sans buveurs, sans drogués, sans boulimiques, sans rien pour le déranger. Léa avait avalé sa "pilule d'oubli" sans mot dire et était montée dans sa chambre.

Maxime attendit qu'elle s'endorme et, une fois que son souffle se fut stabilisé, il lui raconta comment sa mère était belle, à vingt ans, quand il l'avait croisée dans un bus qui sillonnait Stockholm. Il l'avait à peine remarquée, lui, grand couillon de Français en voyage, qui ne songeait qu'à chahuter avec ses copains. Cette année-là, il souffrait le martyre à cause d'une fille dont il était éperdument entiché et qui le menait par le bout du nez. Marieke était tombée amoureuse au moment où il s'était pris la porte d'un bus dans la figure. Il s'était ouvert le front et elle avait essuyé le sang qui coulait dans ses yeux. Il avait passé le reste du séjour sans la voir, et était rentré en France.

Trois mois plus tard, Marieke avait débarqué un soir, devant la porte de la fac de droit, comme une évidence. Ils ne s'étaient plus quittés. Elle avait tout plaqué en Suède, une carrière de chanteuse, des amis plus beaux les uns que les autres, une famille riche, cultivée, influente, tout le contraire de celle de Maxime. Il avait passé le concours d'officier de police. Les problèmes matériels s'étaient arrangés mais la vie de flic n'est pas une sinécure. Revel n'avait pas su gérer les tentations diverses. Même la naissance de Léa, quelques années après leur mariage, n'avait pas assagi ses démons.

Pourquoi Marieke était-elle partie ? Même s'il était, à cette époque, plutôt mauvais mari et père plus que moyen, Marieke n'aurait jamais abandonné sa fille. Ses collègues croyaient à une fugue amoureuse avec un bénévole de la MJC, une histoire dont il n'aurait rien soupçonné parce qu'il n'était jamais là et ne s'intéressait pas à elle. L'homme avait été mis hors de cause, et la hiérarchie du commissariat de Rambouillet avait interdit à Revel de continuer à interférer dans les investigations. Il est fréquent, en

effet, que l'on doive chercher le criminel dans
le premier cercle des relations de la victime.
Revel était mieux placé que quiconque pour
le savoir. Cette suspicion qu'il sentait autour
de lui le mettait en rogne, et il accumulait les
maladresses. On lui avait suggéré une mutation ; il avait opté pour la PJ de Versailles où
il aurait les moyens d'enquêter sur la disparition de sa femme sans qu'on lui casse les
pieds. Dix ans après, il en était toujours au
même point.

7

À minuit et demi, Mimouni avait fini
d'explorer les méandres du cerveau de
Tommy. Cela n'avait pas été très compliqué,
le garçon avait un QI inversement propor-
tionnel à l'harmonie de ses formes et à sa
probable docilité amoureuse. Il n'avait pas
grand-chose à dire. Il fut autorisé à rentrer
chez lui, les premiers éléments recueillis
n'étant pas de nature à l'impliquer dans la
mort de son employeur. Des vérifications
s'imposaient cependant, en particulier sur
ses compétences en jardinage, sur ses autres
employeurs dont Mimouni n'était pas loin de
penser qu'ils pouvaient être aussi ses *clients*.
Tommy avait donné quelques noms de per-

sonnes connues qui recouraient à ses services : un comédien, un patron d'industrie, un secrétaire d'État… Il faudrait aviser la hiérarchie sans attendre et, sans doute, dans la suite du dossier, marcher sur des œufs. Tommy avait fait preuve d'une bonne volonté que Mimouni jugeait suspecte. Trop poli pour être honnête en résumé, et très agaçant avec ses œillades langoureuses. Comme il n'avait pas d'antécédents judiciaires, Thomas Fréaud fut libéré sur l'engagement de rester à la disposition des enquêteurs. Une équipe le raccompagna chez lui, histoire de vérifier qu'il était bien domicilié où il l'avait déclaré, à Flins, chez sa mère, une veuve un peu tyrannique. Marcelle Fréaud n'était pas chez elle. Si son fils estima cette absence anormale compte tenu de l'heure, il n'en laissa rien paraître.

Au moment de quitter la PJ, Lazare proposa à Sonia de la déposer à son domicile, ce qu'elle s'empressa d'accepter pour éviter une proposition identique de la part de Mimouni. Le capitaine était plutôt pas mal de sa personne, mais son insistance dérangeait Sonia. Habitué à ne pas rencontrer de résistance, sa façon de draguer la rebutait.

– Il est lourdingue, Abdel, par moment, je te jure, soupira-t-elle en dévalant les étages, et à l'adresse de Renaud Lazare qui essayait de tenir le rythme.

– Il n'est pas méchant, il se croit juste irré-
sistible... Remarque, je le comprends, t'es
canon quand même...

– Tu vas pas t'y mettre toi aussi ? Tu as
une femme, je te rappelle...

– De moins en moins...

– Quoi ?

– Rien. T'inquiète pas, je rigolais, tu n'es
pas mon genre ! Et toi, le tien, tout le monde
le sait, c'est le chef, je ne vais pas risquer à
me mettre en concurrence avec lui, ça pourrait nuire à ma carrière.

Il partit d'un rire pas vraiment joyeux tout
en traversant le parking sur lequel la PJ disposait de quelques places réservées mais toujours occupées par la Sécurité publique,
voire par les magistrats.

Sonia piqua un fard dans la nuit. Elle avait
en effet un faible pour Maxime Revel qui
incarnait tout ce qu'elle avait envie de trouver chez un homme. Il était le père qu'elle
aurait aimé avoir, à la place du sien qui avait
abandonné sa famille par pure lâcheté sans
jamais chercher à revoir qui que ce soit. Elle
adorait aussi le rôle de Pygmalion qu'il
endossait avec elle, sans se départir de son
côté "vieil ours" qui donnait du piquant à
leur relation professionnelle. Il y avait peut-
être de l'ambiguïté dans ses sentiments mais
elle se refusait à creuser la question. Et
comme lui ne la regardait pas comme une
femme, le problème était réglé.

– Je t'ai sauvé la mise, tu me dois un coup à boire, dit Lazare une fois qu'ils furent installés dans la vieille Citroën du capitaine.

– Quoi, maintenant ? Il est tard, tu vas te faire engueuler !

– Justement, je ne suis pas pressé de rentrer chez moi.

Dans la pénombre de l'habitacle, Sonia, intriguée par cette réponse inhabituelle, remarqua les traits tirés du capitaine. Il avait le visage gris des gens tourmentés par des soucis d'ordre personnel. Comme il n'avait pas réussi à faire un enfant à sa femme, celle-ci en profitait pour le tyranniser. Il y avait sûrement autre chose pour qu'il semble ainsi au taquet. Sonia était crevée, mais elle aimait bien Lazare. Elle laissa aller sa nuque contre l'appuie-tête :

– Dans un rade, alors, dit-elle, pas question que je t'invite chez moi !

– Évidemment non, quelle idée ! Et puis, tu me connais ?

– Justement.

À trois cents mètres de là, il arrêta sa voiture devant le *Black Moon*, un bar branché où, comme souvent à proximité des hôtels de police, les derniers consommateurs étaient la plupart du temps des flics ou des voyous. Leur entrée fit se retourner beaucoup de têtes. Sonia avait l'habitude de ces réactions et Lazare ne s'en lassait pas.

– C'est fou comme je me sens transparent en ta compagnie, se marra-t-il, tandis qu'ils s'installaient au bar.

Le barman laissa passer un moment avant de s'intéresser à eux et, en attendant, ils se remirent à parler boulot, terrain beaucoup moins glissant que celui de la vie privée. La nouvelle de la mort d'Eddy Stark ne devait pas être encore connue, sinon le téléphone n'aurait cessé de sonner dans les quartiers de la PJ ou du palais de justice.

Au même moment, le grand écran qui trônait au fond du bistrot, annonça, en bandeau, la mort du chanteur. Une phrase laconique qui ne fit pas réagir grand monde, à l'exception d'un type dans un état alcoolique avancé, appuyé sur un coude au bout du comptoir, un verre de bière jalousement serré entre ses mains.

– Eh ! gueula-t-il en se retournant vers la salle, vous avez vu ça, la vieille tarlouze est morte !

– Qui ? demandèrent les consommateurs les plus proches.

– Eddy Stark !

Quelques exclamations fusèrent, et les têtes se tournèrent vers la télé. Le commentaire n'était pas audible mais la tête du présentateur était éloquente. La photo d'un Eddy Stark aux plus belles heures de sa gloire s'afficha assortie du commentaire :

« *La star du rock a été sauvagement assas-sinée à son domicile des environs de Versailles. Les gendarmes n'ont pas tenu à s'exprimer sur l'enquête en cours…* »

– Y en a au moins un qu'a eu le courage de le faire taire, enfin ! beugla le consomma-teur bourré.

– Les gendarmes ! s'offusqua Lazare, ils s'emmerdent pas ceux-là ! Tu comprends pourquoi on n'a encore vu aucun journa-leux ; ils ont juste *oublié* de leur dire qu'on était saisis !

Sonia hocha la tête. C'est vrai qu'ils étaient gonflés, n'hésitant pas à s'exprimer devant les caméras, alors que les flics ne savaient que faire parler leurs représentants syndicaux dont l'immense connaissance du terrain est bien connue de tous ! Revel invoquait sou-vent l'obligation de réserve à laquelle ils étaient tenus. Et les gendarmes, eux, n'y étaient-ils pas astreints, à cette même réserve ?

– On devrait appeler Maxime pour le pré-venir, suggéra le capitaine.

Pendant qu'il sortait pour téléphoner, loin du brouhaha ambiant et des oreilles indis-crètes, la lieutenant commanda un rhum-coca pour elle, et un whisky pur malt pour son collègue.

– Ça fait quelque chose quand même, dit le barman à Sonia en posant les verres devant elle, mais ça lui pendait au nez…

– Pourquoi donc ? Vous le connaissiez ?

– Un peu...

– Ah bon ? Il venait ici ?

– Vous n'êtes pas du coin, vous ! ?

Sonia resta sur la réserve, ne sachant comment interpréter la réflexion du barman qui, faute de clients à servir dans l'immédiat, s'était mis à rincer des verres. Heureusement, il était bavard :

– Bon, c'est con ce que je viens de dire parce que, si vous étiez déjà venue ici, je vous aurais remarquée...

Lucide, se dit Sonia qui, néanmoins, lui sourit pour l'encourager à parler. Comme disait un de ses profs de l'école de police : « On ne sait jamais ce qu'on peut ramasser au détour d'une conversation insignifiante ».

– C'est votre copain, le chauve ?

– Lui ? Non ! C'est juste un collègue de travail.

– Tu bosses de nuit, alors ?

Le barman venait de franchir un cap décisif avec le tutoiement. Il ne fallait pas exagérer. Sonia lampa les dernières gouttes de son verre et fit mine de se lever.

– Oui, et d'ailleurs il faut que j'y retourne, fit-elle sèchement.

Elle excellait à souffler le chaud et le froid, et aussi dans l'art d'accoucher les barmen qui se faisaient prier.

– Je travaille à la morgue et, demain matin
de bonne heure, je dois préparer le corps
d'Eddy Stark pour l'autopsie, alors, tu vois,
maintenant je dois y aller.

Le barman qu'un consommateur assoiffé
venait de héler en l'appelant Stef, suspendit
son geste et son souffle, le regard horrifié.

– C'est quoi ce délire ? murmura-t-il en
hésitant sur la conduite à tenir. Tu...
Vous... êtes... comment on dit, déjà ? Et...
vous...

Du coin de l'œil, Sonia vit que Lazare revenait, agitant son portable.

– Bois ton verre ! lui ordonna Sonia avant
qu'il ne se hisse sur le tabouret, n'oublie pas
qu'on a du pain sur la planche... Plutôt du
Stark sur la planche...

– Oui, mais ça peut attendre demain,
riposta Lazare, il va pas se sauver que je
sache !

Stef, cette fois, semblait catastrophé pour
de bon, ou dégoûté, c'était difficile à dire. Il
gratifia les deux "charognards" d'un regard
outré avant de s'éloigner pour servir une
bière au biturin scotché au comptoir.

– Dommage que tu n'aies pas été là pour
voir ça, dit Sonia à Lazare en suivant le garçon des yeux.

8

Maxime Revel se leva péniblement du divan où il s'était endormi devant une série policière qui lui évitait de recourir aux somnifères. Il regarda tour à tour l'écran où s'agitait un comédien qui pouvait laisser croire à une scandaleuse exploitation des vieillards dans la police, et son téléphone qu'il venait de raccrocher. Lazare, avec son histoire de gendarmes qui bavassaient auprès des journalistes, avait compromis le début de sa nuit. Il savait qu'il ne se rendormirait pas. Pour ne pas être seul à tourner en rond, il décida de se trouver un compagnon d'insomnie et appela le substitut du procureur de la République. Le magistrat ne sauta pas de joie et ne se priva pas de le faire sentir, mais il promit de rappeler les gendarmes aux convenances. Revel remua le couteau dans la plaie en demandant au magistrat s'il assisterait à l'autopsie de l'ex-star. Le silence embarrassé de Louis Gautheron lui procura beaucoup de plaisir.

– Il s'agit d'une personne très connue en relation avec le gratin politique. Il a du beau monde dans son carnet d'adresses, insista-t-il, on va avoir droit à un battage médiatique énorme, pas longtemps peut-être, mais assez pour nous emmerder, passez-moi l'expression...

– Oui, oui, j'ai compris. À quelle heure ?

Revel raccrocha, satisfait. Il n'aimait pas plus les magistrats que les gendarmes, et celui-là encore moins que les autres.

Il abandonna son jogging usé mais douillet pour un jean et une chemise qui traînaient dans la salle de bains. De retour dans le salon, il alluma une cigarette et éteignit le lampadaire en forme de silhouette de femme, le seul objet rescapé de l'époque où il vivait avec Marieke.

Il marqua un temps au pied de l'escalier, aucun bruit ne provenait de l'étage. Il chassa de la main le nuage de fumée qui lui déchirait les poumons. Il se retint de tousser jusqu'à ce qu'il soit sorti de la maison. C'est dans la voiture de la brigade qu'il se laissa aller, les yeux hors de la tête.

Le gardien qui ouvrit la barrière de la PJ ne s'étonna pas de le voir débarquer, seul, à deux heures du matin. Depuis presque dix ans qu'il était là, Revel était coutumier des apparitions nocturnes solitaires, comme si son bureau lui servait de refuge, autant que de lieu de travail. Assis dans son fauteuil, il vit tout de suite que quelqu'un était venu là et il en fut contrarié. « Font chier ! », grommela-t-il à l'adresse des curieux qu'il ne connaissait que trop bien. Il posa ses grosses paluches sur le carton bouilli du dossier "Porte" pour réfléchir, dans un silence presque parfait. Il prit un stylo et quelques feuilles de papier dans le bac de son imprimante. D'une main encore tremblante à cause de la dernière quinte, il commença à écrire :

Ce jour, 20 décembre 2011, de passage dans la région de Rambouillet et traversant la place Félix-Faure, j'ai pu observer que le café La Fanfare avait été repeint et avait également changé de nom. Il s'appelle maintenant Les Furieux. De même, la maison appartenant autrefois aux victimes (M. et Mme Porte) et, depuis leur décès, à leur fille unique Elvire, a subi un ravalement intégral de la façade. J'ai ensuite pris contact avec madame Annette Reposoir, propriétaire exploitante de la Maison de la presse-tabac située en face du lieu du double homicide. La dame Reposoir a témoigné à plusieurs reprises dans le cadre de l'enquête initiale. Elle a porté à ma connaissance que les travaux avaient été effectués par les nouveaux tenanciers de l'établissement. Selon elle, madame Elvire Porte qui avait exploité le bar après la mort de ses parents, l'aurait cédé il y a quelques mois pour se retirer dans un lieu inconnu. Le nouveau propriétaire-exploitant serait son fils, Jérémy Dumoulin, âgé de 25 ans. Une visite au café Les Furieux m'a permis de constater que deux femmes se trouvaient sur place pour le service.

Le style de l'établissement a fortement été modifié. On y trouve aujourd'hui des jeux vidéo et une clientèle plus jeune, également d'un niveau social plus élevé que précédemment.

Selon madame Reposoir, la maison voisine du bar serait aujourd'hui organisée en chambres d'hôtes.

Revel omit d'inscrire dans son rapport ce que la pipelette avait ajouté à propos du genre d'hôtes qui fréquentaient ces chambres. Il n'indiqua pas davantage qu'Annette Reposoir lui avait promis de relever les immatriculations des limousines noires qui stationnaient là jusqu'à une heure avancée de la nuit. Dans l'immédiat, il voulait une nouvelle commission rogatoire, et ce n'était pas avec une histoire de maison close qui ne disait pas son nom, qu'il l'obtiendrait. En revanche, grâce à sa vieille complice du tabac-presse, il avait peut-être en main un élément nouveau sur lequel s'appuyer. Il conclut son rapport sur un point : le retour dans le quartier de Nathan Lepic, un jeune voisin dont madame Je-sais-tout pensait qu'il pourrait bien tout remettre en question...

9

Au *Black Moon*, la soirée tirait à sa fin. L'établissement n'avait pas réussi à obtenir l'autorisation d'ouverture au-delà de deux heures du matin à cause de riverains qui comptaient parmi eux un sous-préfet et le Premier président de la Cour d'appel. Les incessants claquements de portières et les grappes de consommateurs alcoolisés qui prenaient le trottoir pour cendrier, ne servaient pas la cause du bar que les huiles précitées auraient bien voulu faire fermer. Les derniers clients s'attardaient, y compris "Bob l'éponge" qui n'avait quitté le bar qu'à deux reprises pour aller se soulager des bières successives.

Sonia griffonna son numéro de téléphone sur un bout de papier que venait de lui glisser Stef. Elle le poussa vers lui :

– Appelle-moi demain, là, je ne peux vraiment pas rester.

Le barman fit une moue voulant aussi bien dire "je m'en fous" que "dommage tu ne sais pas ce que tu perds", ambigu même dans le plus insignifiant de ses propos. Pendant les trois quarts d'heure passés ensemble, chacun d'un côté du comptoir, il avait tenté de la convaincre qu'il était le meilleur coup de la ville, après, bien entendu, qu'elle eut rectifié

le tir à propos de son activité professionnelle :

– Mais non, je déconne, je suis infirmière
à l'hôpital de Saint-Germain, mon collègue
est anesthésiste...

Soulagé, Stef s'était rapproché pour
reprendre son plan drague où il l'avait laissé.
Sonia avait fait comprendre à Lazare qu'il
devait lui laisser les coudées franches, et le
capitaine était allé se poster sous la télé avec
son deuxième Lagavullin, humant avec délice
le parfum tourbé du breuvage. Il avait adopté
une attitude recueillie, tout à fait de circons-
tance.

– Il était fan de Stark, avait expliqué Sonia
en confidence à Stef, c'est dur pour lui ce
soir...

– C'est dur pour tout le monde ici, avait
dit le barman de son air entendu.

– Pourquoi ?

– Avec ce qu'il picolait, ça va faire un sacré
trou dans les recettes ! Et puis, tous ses petits
chéris vont le pleurer. Pas lui, mais plutôt les
biftons qu'il leur allongeait...

– Sans blague ! s'était exclamée Sonia en
arrondissant les yeux. Il aimait les garçons ?

– Mais tu sors d'où, toi, exactement ?
s'était marré Stef en lui servant un troisième
rhum-coca. C'est ma tournée, avait-il précisé
quand elle avait fait mine de refuser le verre
de l'amitié...

Et plus si affinités, supposait son beau regard de bovidé hypnotisé. Le temps que le barman aille servir un troupeau de gamins à peine pubères – mais forcément majeurs – qui s'arsouillaient au Morito, Sonia Breton avait préparé la question suivante. L'autre avait beau ne disposer que d'un demi-neurone opérationnel, il était malin comme un singe.

– Et toi, avait-elle repris quand il était revenu d'avoir secoué son shaker, tu devais le faire craquer, Eddy, gaulé comme tu es… ?

– Dans tes rêves, oui ! Même pour un million, j'irais pas sucer une vieille queue dans les chiottes !

– Ah ! parce que ça se passait dans les chiottes ? avait persiflé Sonia.

– Entre autres…

Elle s'était retournée pour détailler la salle où, à part Lazare qui n'en perdait pas une miette, personne ne prêtait attention aux images de Stark diffusées en boucle sur l'écran au milieu de morceaux choisis de ses concerts qui avaient enflammé les foules.

– Ils n'ont pas l'air très affectés, dis-moi, les gigolos, avait-elle remarqué.

– Bof, ils s'en foutent, un clou chasse l'autre… Depuis quelque temps, il venait moins, il paraît qu'il était malade. À force de s'en mettre dans le nez, remarque… Plus le reste…

Toujours aussi sibyllin pour distiller ses infos ! Le tableau était assez classique : un chanteur populaire, fou de sexe avec une forte préférence homosexuelle, alcoolique et gavé de coke et sûrement d'une liste d'autres saloperies, au fond d'une banalité consternante. Sonia, jusqu'ici, trouvait sa moisson assez maigre et se prenait à maudire le professeur de l'école de police et sa théorie des conversations négligeables susceptibles de devenir miraculeuses.

– C'est quoi, le reste ? avait-elle insisté.

– T'es bien curieuse, s'était rembruni le coupeur de rondelles de citron avec lesquelles il préparait un Perrier pour un extraterrestre égaré dans une assemblée d'ivrognes.

Elle s'était braquée à son tour :

– C'est toi qui as commencé, je m'en tape, moi, de cette vieille tantouze, j'étais pas née qu'il était déjà out ! Tu commences à me dire des trucs et tu ne finis pas tes phrases. Je ne vois pas comment on peut discuter avec toi. D'ailleurs je vais m'arracher, tiens...

– Attends, je blaguais... Reste encore un peu, j'te kiffe tu sais, t'es pas comme les autres perruches qui viennent se faire mettre en échange d'un ou deux Moritos ou d'un gramme de beuh... Toi, t'es... différente, tu me plais, sans déc...

Elle avait failli éclater de rire. Son ton suppliant, ses yeux de cocker...

– Ok, c'est bon, mais par pitié, finis ta phrase, c'est quoi le reste ?

Lazare attendait dans la voiture et il commençait à se demander ce qu'elle fabriquait. Il avait de plus en plus de mal à garder les yeux ouverts à cause de la fatigue et des doses de whisky dont il avait perdu l'habitude. Sans trop se rendre compte que, par manque de pratique justement, il allait devoir rouler bourré. Sa collègue étant probablement dans le même état que lui, il ne pourrait même pas lui demander de prendre le volant. Bon, il connaissait sa vieille Torpédo mieux que personne, elle le ramènerait toujours à la maison. À cette évocation, il esquissa une grimace en prévision de la grande scène : « T'as vu l'heure qu'il est ? Et t'es saoul en plus ! » Il aurait droit au canapé du salon, mais il s'en fichait. Ce soir, il ne demanderait pas pardon, il ne quémanderait pas le droit au lit conjugal. Il ne ferait rien. Il en avait marre.

Revenue sur le parking, Sonia demanda à Lazare de déverrouiller la portière. L'autre, complètement hébété, mit du temps à comprendre.

– Grouille-toi, râla la lieutenant, ça caille !

– Où on va ? fit Lazare complètement lar-
gué. Chez toi ? C'est où déjà ?

– Tourne à droite, ordonna Sonia. Et au
feu suivant, à gauche.

– Mais je croyais que t'habitais en banlieue ? Parce que là, on va au centre-ville, j'te
ferais dire...

– Oui, mais là, j'ai déménagé.

Elle hésitait entre s'amuser d'un Lazare
éméché qu'elle ne reconnaissait pas et appré-
hender qu'il ne les envoie dans le décor ou
dans une voiture en stationnement.

– Ah bon ! bafouilla-t-il, y a pas longtemps
alors !

– Non, cette nuit, t'as pas remarqué ?

Sur l'avenue de Paris, il y avait un peu plus
de circulation mais, heureusement, ils
n'étaient qu'à deux blocs de la PJ.

– Stop, dit Sonia, devant le porche. Gare-
toi. Terminus, tout le monde descend.

– Mais on est au boulot, là !

– Exact et on va y rester. Sauf si tu préfères te faire raccompagner parce qu'on
t'aura retiré ton permis et immobilisé ta
bagnole... On était suivis par un fourgon des
"bleus" ! C'est ta femme qui serait contente...

– Oh merde !

– De toute façon, il fallait que je voie le
chef, j'ai des choses à lui dire avant l'autopsie.

– Ah bon !... Mais comment tu sais qu'il
est là, Revel ?

– Parce que je le sais… Regarde, ajouta-t-elle charitable, il y a de la lumière dans son bureau.

10

Abdel Mimouni était déguisé en gravure de mode se rendant à un enterrement. « Tu vas assister à une autopsie, lui avait fait remarquer Revel la première fois qu'il l'avait vu débarquer accoutré comme un croque-mort, t'es pas obligé de faire comme si c'était un membre de ta famille ». Certes, le capitaine considérait l'autopsie comme un acte de la chaîne pénale indiscutable, mais aussi, et par principe, comme un outrage pour qui croyait obligatoire d'arriver dans l'au-delà avec tous ses morceaux à leur place s'il voulait gagner la vie éternelle.

« C'est par respect pour les morts », plaidait-il et, jusqu'ici, personne n'avait réussi à le faire changer de tenue quand il devait se rendre à l'IML.

– Tiens, voilà les pompes funèbres, susurra dans l'oreille de Revel, un des "charognards" de l'institut médico-légal, un type au regard flou planqué derrière des lunettes de format cul de bouteille.

– Eh, garçon, grogna le commandant de fort méchante humeur ce matin, tu mets *pause*, ok ? Occupe-toi de ton client et laisse les grandes personnes entre elles...

Revel avisa Louis Gautheron qui avait une mine de déterré.

– J'ai des infos, monsieur le substitut, dit-il d'une voix cette fois complètement éraillée.

– Je vous écoute, commandant.

– On va attendre l'arrivée du toubib, ça m'évitera de rabâcher.

Gautheron avait bien compris que Revel était dans un état "proche de l'Ohio". Il n'était pas rasé, comme d'habitude mais en pire. Ses yeux étaient injectés de sang ; il empestait la vieille clope et avait probablement passé une partie de la nuit à boire. Son caractère habituellement grincheux devenait carrément emporté. S'il n'avait pas été un enquêteur d'exception, il y a longtemps qu'il l'aurait déglingué, administrativement s'entend. Le commandant avait des excuses. Lui-même, Louis Gautheron, n'avait-il pas perdu sa femme en quelques semaines ? D'un cancer du pancréas, trop avancé quand il avait été diagnostiqué. Bon et alors ? Il s'était remarié deux ans plus tard, avec sa secrétaire, et maintenant elle était un peu casse-pieds. Mais au moins, il avait quelqu'un à qui parler le soir, et un corps à toucher la nuit quand il faisait des cauchemars. Il faudrait qu'il parle un de ces jours, à Revel. On pouvait à présent engager une procédure de déclaration d'absence, démarche qu'on avait le droit d'effectuer après dix ans de défection de la disparue, dûment constatée. À l'issue d'une décision de justice, sa femme serait considérée comme morte officiellement. C'était une façon de recommencer à vivre. Mais Revel avait-il envie de revivre ? Et accepterait-il de baisser les bras, de ne plus chercher à savoir ?

Le docteur Marie Stein fit son entrée, en retard comme d'habitude. Avec sa blouse verte et ses bottes en caoutchouc, elle semblait avoir doublé de volume. La tête coiffée d'une charlotte et les mains gantées de latex, on l'aurait plus volontiers imaginée dans une laiterie ou dans l'arrière-cuisine d'un restaurant. Or, c'était une redoutable professionnelle qui savait faire parler les cadavres comme personne.

– Bien, dit-elle, après avoir salué les trois hommes, la radiographie pratiquée sur la victime n'a révélé la présence d'aucun projectile.

Cette opération était devenue un préalable à toute autopsie après quelques retentissants fiascos judiciaires. Elle évitait des contestations ultérieures ou une nouvelle intervention, traumatisante pour les familles et source de déception, parce qu'une autopsie ratée ne se rattrape jamais.

– En revanche, nous avons détecté la présence d'un corps étranger dans le rectum, nous verrons tout à l'heure de quoi il s'agit.

Les deux flics échangèrent un regard. Dans une affaire traitée l'année précédente, une échauffourée qui avait mal tourné entre homos dans une back-room, un mort planquait une bouteille de Périer – petit modèle ! – dans son derrière, remontée de dix centimètres dans le colon. Revel avait aussi vu extraire un téléphone portable d'un rectum féminin.

– Docteur, je dois vous donner une information importante.

– Oui, commandant, je vous écoute...

– Selon une information toute fraîche, Stark était possiblement malade du sida.

– Ah...

Elle adressa au "charognard" un geste explicite pour lui faire rabattre la visière de son équipement devant son visage déjà protégé par un masque chirurgical.

– Messieurs, dit-elle aux trois hommes, je vous recommande de rester à distance. Si vous devez approcher, mettez des gants et une visière. Vous avez du matériel, là, sur cette console. Allons-y !

L'aide du médecin légiste retira le drap qui recouvrait le corps du chanteur. Marie Stein brancha son enregistreur dont le micro pendait à l'aplomb du sexe rabougri de la victime. Son ton monocorde indiquait une longue pratique de l'exercice. Abdel Mimouni s'était avancé d'un pas pour prendre les notes qui lui permettraient d'établir le procès-verbal d'assistance à autopsie. Un bruit provenant du couloir fit se retourner les spectateurs. Un fonctionnaire de l'identité judiciaire entra en coup de vent.

– Désolé, les embouteillages...

Revel haussa les épaules. Les *bouchons* avaient toujours bon dos. Quand le technicien eut fini de photographier le corps, Revel lui fit signe d'approcher et l'entraîna à l'écart :

– Je t'avertis, c'est la dernière fois...

– Oui, commandant, fit l'homme gêné. En fait, ça ne devait pas être moi, ce matin...

– Qui, alors ?

– Ricord... Il est venu de bonne heure pour prendre les "paluches" du mort, couper ses ongles et récupérer ses fringues... Il a dû partir précipitamment parce que sa femme était en train d'accoucher. Il m'a prévenu sur la route, j'ai fait le plus vite possible...

Revel ne fit pas de commentaire. C'était d'un chiant, ces trucs de la vie quotidienne ! Il se demandait parfois comment faisait le patron avec les syndicats, les revendications, les réunions, les malades et les mal-dans-leur-peau. Lui n'avait pas assisté à l'accouchement de Marieke ! Il ne se rappelait même plus où il était quand elle avait perdu les eaux. Elle avait désespérément tenté de le joindre et, pour finir, elle avait appelé un taxi. Ensuite, c'était flou, il avait eu la trouille, sinon comment expliquer qu'il soit allé se saouler avec application pendant un temps indéterminé ? Quand il avait fait la connaissance de sa fille, elle avait déjà deux jours. Marieke pleurait, elle avait eu peur de ne jamais le revoir. Il s'était senti minable.

Il fit un geste au photographe signifiant que l'incident était clos. Il considéra, songeur, la dépouille du vieux rocker dont les nombreux tatouages suivaient les défaillances de sa peau fripée. La voix de Marie Stein lui parvint, lointaine :

« *Nous constatons que le sujet mesure 1m80 et pèse 54 kg, un poids très inférieur à la normale... Il n'existe sur les membres supérieurs et les mains aucune blessure apparente de défense. Les crevés pratiqués sur les muscles charnus des membres inférieurs ne révèlent aucun hématome suspect... Nous remarquons sur la poitrine et le flanc gauche, des traces encore mal cicatrisées évoquant un zona en voie de guérison. De même, des lésions buccales de type candidose laissent à penser, sous réserve d'examen cytopathologique approfondi, que le sujet développait une maladie immunodéficitaire liée au virus HIV... L'indication favorable à cette maladie repose sur la présence sur le corps et les membres supérieurs de plusieurs lésions dites de Kaposi, qui ont pu se confondre, dans un premier temps, avec des traces superficielles d'hématomes liés à des coups ou chocs divers. De même, sur la face antérieure du corps, les lividités cadavériques fortement cyanosées en ont partiellement masqué la plupart.*

Tout en écoutant la légiste confirmer l'hypothèse d'un sida en phase d'évolution 3, Revel se remémora l'arrivée à la PJ, à plus de trois heures du matin, du tandem Sonia Breton-Renaud Lazare, particulièrement amoché. Il venait d'enlever ses chaussures et d'allonger ses pieds fatigués sur la tablette de l'ordinateur. Il se sentait mûr pour un petit somme, mais n'avait pas le courage de retourner chez lui. Il avait froncé les sourcils devant le tableau pitoyable d'un Lazare qui tenait à peine debout, et d'une Sonia qui s'en sortait mieux mais empestait le rhum à trois mètres.

– J'ai des trucs à te dire, chef, avait-elle lancé en s'efforçant de rester digne et droite sur ses jambes.

– Vous n'avez rien d'autre à foutre qu'à vous mettre dans cet état ? avait râlé Revel mal placé pour donner des leçons en matière d'excès. Bon, ça va, avait-il capitulé, va coucher ton copain de biture et reviens me voir.

C'est grâce à elle qu'il avait pu annoncer, avant la légiste, la maladie du rocker. Selon la source de Sonia, personne n'était censé être au courant. Or, quelqu'un était dans la confidence ou avait découvert le pot aux roses. Quelqu'un avait vendu la mèche, un soir de grosse défonce aux substances diverses sur fond d'alcool et de sexe, sous le regard curieux de Stef, le barman, et pas loin de ses oreilles qu'il laissait traîner partout par obligation professionnelle. Pour la première fois, Stef avait remarqué ce beau gosse qui avait épié toute la soirée les incessants voyages aux toilettes de la vedette serrée de près par une grappe de petites "fiottes", selon son expression. Eddy Stark était parti à bord de sa Ferrari sans un regard pour le client. Et puis, un type était arrivé, plutôt du genre petite frappe mais tout aussi inconnu au bataillon du *Black Moon*. Le beau gosse et lui avaient échangé un vague baiser et quelques phrases où il était question de Stark. De la suite de leur discussion à mots couverts, Stef avait déduit que le rocker avait le sida et qu'"il y avait urgence".

– C'est-à-dire ?

– Je ne sais rien de plus. Le deuxième gars s'est aperçu que Stef écoutait ce qu'ils disaient. Ils ont changé de sujet et ils sont partis...

– Tu crois qu'il a tout lâché, ton limonadier ?

– Peut-être pas, on a parlé dans des conditions assez décousues. Il m'a fait boire...

– Ben tiens ! Pourquoi il t'a fait cette confidence ?

– À ton avis ?

Revel avait fait la moue. Difficile de croire qu'un type branché en direct sur toutes les jolies gonzesses de la ville, pouvait livrer un secret à la première venue, sinon pour l'épater ou se rendre intéressant. Surtout si elle semblait résister un tant soit peu.

– Qui a opéré la perquisition chez le chanteur ? avait demandé Revel tout à trac.

– Glacier et Lazare, le PV doit être dans le bureau du groupe...

Sonia qui, même éméchée, comprenait son chef d'un seul regard, était allée chercher le document dans la pièce voisine. Lazare, couché sur un lit Picot, ronflait tout habillé.

Le procès-verbal ne mentionnait rien de particulier à propos de la pharmacie privée de la star. Les officiers avaient pourtant axé leurs recherches sur les stupéfiants ou assimilés, convaincus qu'elle consommait plus de cachetons en tout genre qu'elle n'en toucherait dans ses concerts. Beaucoup de produits, des antalgiques, des antispasmodiques, des anxiolytiques, des somnifères et des excitants, mais aucune mention de médicaments pouvant constituer de près ou de loin une thérapie anti-HIV.

– Est-ce que le fait qu'il ait caché sa maladie a de l'importance ? avait demandé Sonia qui, au contact du commandant, se "désem-brumait" à grande vitesse.

– Je ne sais pas encore. Il faudra interro-ger l'entourage et vérifier que ce secret en était bien un. Après, on se demandera pour-quoi il ne voulait pas que ça se sache, et on verra si c'était important ou pas. Et trouver pourquoi il ne voulait pas se soigner, si c'était bien le cas.

Pendant qu'il se rappelait cet échange de la nuit précédente, l'autopsie se poursuivait :

Le visage présente des taches rose foncé de petites dimensions, appelées pétéchies. Elles sont présentes également sur la conjonctive et indiquent une mort par asphyxie. Sur le cou, notons la présence d'un sillon de six milli-mètres de large et peu profond, plus marqué sur la partie antérieure. Il est possible d'indi-quer que la strangulation a été réalisée par quelqu'un se situant derrière la victime, mais la forme et l'orientation du sillon de strangu-lation indique plutôt une intervention par suspension.

La légiste mit son enregistreur sur pause :

– Je dirais, messieurs, en off, que ce cher monsieur a vraisemblablement été suspendu par un lien à une poutre ou quelque chose d'analogue.

Revel ne *voyait* pas à quoi Stark avait bien pu être accroché. Il s'aperçut que Mimouni fronçait les sourcils, ce qui voulait dire que ses pensées avaient suivi le même cheminement.

– Nous avons la cause de la mort, reprit la légiste. Si vous voulez mon avis, la suite logique se situe dans le rectum.

La découverte d'un sex-toy ne surprit personne. Un vibromasseur électrique d'une quinzaine de centimètres fut placé dans un récipient et scellé pour être analysé. Revel s'entretint avec le substitut Gautheron qui affichait une mine dégoûtée à la seule pensée de ce qu'il allait bien pouvoir raconter à la presse. Rien n'indiquait, maintenant, qu'on était en présence d'un homicide. Expliquer à une forêt de micros, sous l'œil avide d'une demi-douzaine de caméras, que l'idole des soixante-huitards avait raté sa dernière expérience d'auto-érotisme, n'allait pas être facile. Le commandant lui conseilla d'"habiller la mariée", autrement dit, d'user de la langue de bois.

Sur le chemin du retour, Maxime Revel appela sa fille. Elle répondit aussitôt, c'était suffisamment exceptionnel pour être considéré comme un bon présage. Elle se sentait bien et affirma à son père qu'elle avait pris un petit déjeuner. Un yaourt et une orange. Pas mal pour un début.

Il passa ensuite les deux coups de fil qu'il avait promis la veille à Léa. Il ne put obtenir de rendez-vous chez le psy avant le dernier

samedi de janvier. Quant à Maria, la femme
de ménage, elle venait de trouver un emploi
de caissière dans un supermarché. Elle lui
recommanda deux Portugaises de ses amies.
Revel raccrocha en marmonnant.

– Des ennuis ? s'enquit Mimouni sur le ton
altruiste qui caractérisait ses relations avec
les autres.

– Non, ça va.

– Tu rigoles, Maxime ! C'est ta fille ?

– Je te dis que ça va.

– Tu sais qu'on est là, tu peux nous parler,
le groupe c'est fait pour ça.

– Non, s'emporta Revel, le groupe c'est fait
pour bosser, point barre. Et quand j'aurai
besoin de nounous, je vous ferai signe.
D'ailleurs, convoque tout le monde dans mon
bureau dès notre arrivée !

Pour avoir vécu à ses côtés depuis cinq ans
maintenant, Mimouni savait qu'il fallait se
méfier des apparences avec son chef. Et il se
dit, ce matin plus que jamais, qu'il avait vraiment une sale gueule.

11

Il n'était pas le seul dans cet état. Renaud
Lazare ressemblait à un lapin trop longtemps
mariné dans le vin rouge. Ses yeux étaient

injectés, sa bouche lui semblait bourrée
d'étoupe et quelques troupeaux de gros animaux piétinaient son crâne, au dedans comme
au dehors. Sonia l'avait réveillé à six heures.
Elle n'avait pas envie de voir débarquer un
des patrons, et de devoir expliquer la présence de deux lits de camp dans le bureau du
groupe. Deux lits, puisqu'elle non plus n'était
pas rentrée chez elle.

– Tu devrais appeler ta femme, avait
conseillé la lieutenant qui redoutait de voir
rappliquer le dragon.

Un matin, Armelle Lazare était venue faire
un scandale parce que son mari avait décou-
ché sans prévenir. Sans chercher à savoir
pourquoi il n'avait pas appelé, elle s'était
conduite comme une mégère, peut-être simplement folle d'inquiétude sans pouvoir
l'exprimer. Revel avait alors menacé Lazare
de le virer. Pour lui, un homme incapable de
se faire respecter par sa femme, n'avait pas
sa place à la PJ.

Pendant qu'il s'expliquait au téléphone
avec sa virago, Sonia avait pris une douche.
Puis ils étaient descendus boire un café dans
une brasserie où Lazare s'était empiffré de
croissants pour "éponger" les whiskies de la
nuit.

– Qu'est-ce que tu lui as raconté à Revel ?
avait-il demandé en mastiquant une viennoi-
serie. Pourquoi tu voulais le voir ?

Elle lui avait résumé son "entretien" avec Stef, et le compte-rendu qu'elle en avait fait à Maxime Revel.

– Et c'est tout ? s'était étonné Lazare avec un regard en dessous.

– Ben, non, on a aussi baisé comme des bêtes, t'as rien entendu ?

Lazare avait esquissé un vague sourire, avalé la moitié de son café brûlant et fixé Sonia sérieusement :

– Je te le déconseille, fillette. Ce ne serait bon pour personne.

– Qu'est-ce que tu en sais ?

– Arrête tes conneries ! Tu sais très bien ce que je veux dire. Revel n'est pas fait pour l'amour, ni pour le bonheur.

– On tourne un nouvel épisode des *Bisounours*, ce matin, ou quoi ?

– Tu as très bien compris. Revel est un traumatisé de la vie. Il a morflé dans son enfance et après, je crois qu'il n'a jamais pu remonter la pente. Il a eu une chance de bien repartir avec une femme a priori formidable, et il a tout fait pour que ça foire. Va comprendre...

– Pourquoi *a priori* formidable ?

– Parce qu'on ne sait jamais tout des gens, même quand on les côtoie chaque jour...

– J'ai toujours cru que sa femme était un modèle, une perle ! Tu es en train de suggérer quoi, au juste ?

– Rien, je crois qu'elle était très bien, en effet.

– Je ne comprends pas ! s'insurgea Sonia. Je suis dans le groupe depuis un an, je n'arrive pas à savoir ce qui s'est passé. On dirait que vous avez reçu l'ordre de la boucler. C'est ça ?

– Non, mais Maxime n'aime pas qu'on parle de son histoire à tort et à travers, donc on fait gaffe. C'est son droit, après tout.

– Il y a autre chose. Je suis sûre qu'il y a autre chose. Et moi, Maxime, je le kiffe, comme tu dis, alors je veux savoir ce qu'il y a, sinon je vais le trouver, et je le somme de me dire ce qu'il a sur le cœur et pourquoi il ne veut pas me parler de sa femme !

Sonia s'était interrompue, hors d'haleine. Renaud Lazare la contemplait, sans bouger.

– Je crois que ce serait la pire idée qui soit.

– Alors, explique-moi, sinon je te jure que je fais un esclandre.

Après avoir balayé de la main quelques miettes qui avaient chuté sur son pull noir, le capitaine se pencha vers elle.

– Tu gardes ça pour toi. C'est uniquement pour que tu sois au courant et que tu arrêtes de fantasmer. L'affaire n'est pas aussi simple qu'il y paraît.

– Tu me fais peur…

– Ce n'est pas à ce point-là, mais autant que tu le saches, la femme de Revel avait mille raisons de se barrer. Tu vois comment il bosse, le temps qu'il passe hors de chez lui, ses excès parfois, eh bien, c'était pire à cette époque-là. Apparemment elle encaissait tout mais, après sa disparition, on s'est aperçu qu'elle avait... compensé.

– Avec ce prof de dessin de la MJC ? J'ai entendu parler de ça, en effet.

– Oui, ça c'était l'affaire en cours au moment de sa disparition.

– Tu veux dire...

Lazare lui avait expliqué comment Revel, après avoir cassé la gueule de son rival avant d'admettre qu'il n'était pour rien dans l'évaporation brutale de sa femme, s'était rongé les sangs jusqu'à fouiller loin dans le passé, remonter à des événements qui lui avaient échappé.

– Il a fini par apprendre que ce n'était pas la première fois, voilà. Et même que ses airs angéliques cachaient un gros appétit...

Sonia s'était redressée sur sa chaise, incrédule.

– Ouah !!! La vache ! C'est peut-être un de ses amants, un jaloux ou un éconduit, qui lui a réglé son compte, vous y avez pensé ?

Lazare avait haussé les épaules. Il n'était arrivé que bien plus tard. Mais oui, les enquêteurs y avaient pensé. À son air gêné et mal à l'aise, Sonia avait compris que c'était encore pire pour Revel.

– Les collègues de la cellule disparition ont creusé la piste des amants mais ils ont eu un gros doute, toujours pas dissipé.

– Tu veux dire, au sujet de Maxime ?

– Oui.

Pendant la réunion, Sonia eut du mal à se concentrer sur le dossier de la mort du chanteur et sur les consignes que Revel était en train de donner après leur avoir fait un point succinct de l'autopsie. Elle regardait le commandant et ne pouvait s'empêcher de penser aux insinuations de Lazare. Du moins, à celles qu'il tenait des collègues qui avaient suivi le dossier pendant des années. Que l'on n'ait rien trouvé, absolument rien qui puisse apporter un début d'explication à la disparition de Marieke Revel, était exceptionnel. Aucune hypothèse n'avait débouché.

Le 20 décembre 2001, elle était partie de chez elle en voiture, vers dix-neuf heures. Elle avait laissé la petite Léa en compagnie d'une jeune voisine qui faisait baby-sitter à ses heures perdues. Elle se rendait à l'autre bout de la ville de Rambouillet pour donner ses cours de musique à la MJC de *l'Usine à chapeaux*, située dans un quartier populaire. À quelques jours de Noël, elle préparait deux groupes de choristes à un concert qui serait donné à l'église Saint-Lubin, la nuit du réveillon, pour la messe de minuit. Marieke n'était pas croyante mais elle était charitable et altruiste et, surtout, elle aimait se lancer des défis, peut-être à cause de l'image fort dégradée que lui renvoyait son mari. Elle avait donné ses cours, jusqu'à vingt et une heures quinze, sans incident, contrairement à certains soirs. Comme souvent, tous les chanteurs n'étaient pas présents et elle en avait été un peu contrariée, parce que la date de la représentation approchait. Elle était repartie à bord de sa voiture, seule, à l'issue de la répétition.

Personne ne l'avait revue. Tous les gens qu'elle avait croisés ce soir-là, les choristes, leurs familles, leurs copains et les copains de leurs copains, les bénévoles de la MJC, leur entourage, leurs copains et encore les copains de leurs copains avaient été entendus. On en était arrivé à un professeur de dessin, amant furtif de la belle Suédoise. Il avait un alibi en béton, et sa femme avait découvert sa trahison à la faveur de l'enquête. Sa sincérité n'avait fait aucun doute. Après, en tirant les fils, les collègues avaient trouvé d'autres histoires, plutôt des aventures sans lendemain, avec des hommes croisés dans un salon de thé accueillant du centre-ville de Versailles. Un endroit que tous les flics de Rambouillet connaissaient, certains y puisant des coiffeuses le lundi, des maîtresses d'école le mercredi ou, à l'instar de Marieke, des mamans oisives pendant que les enfants étaient à l'école. Sur le même trottoir et sur celui d'en face, plusieurs hôtels très cosy recevaient les couples éphémères. Un grand Ibis, à l'angle de l'avenue voisine, garantissait même plus de discrétion et d'anonymat. L'établissement *Les menus plaisirs de la Reine* accueillait Marieke Revel, comme d'autres femmes délaissées, déçues ou en mal de frisson. Comment son mari ne l'avait-il pas appris ? La patronne, une ancienne prostituée rambolitaine reconvertie dans les petits fours, était restée sur une réserve de principe : elle ne savait rien de ses clients et elle ne connaissait personne. Qu'on n'ait rien établi par la suite à ce sujet, que Revel ait cherché sa femme sans résultat avec l'énergie du désespoir, ne plaidait pas forcément en sa faveur, avait expliqué Lazare. Qui, mieux qu'un flic, pouvait déjouer les pièges tendus par d'autres flics, éviter les écueils qui font toujours, à un moment ou à un autre, trébucher le coupable ?

Sonia regardait son chef de groupe et ne parvenait pas à l'imaginer dans ce rôle.

— Allô la terre ? fit la voix gravement enrouée du commandant. Tu es avec nous, Sonia ?

La lieutenant sortit de sa méditation avec un sursaut imperceptible. Les trois autres en profitèrent pour se marrer. Le commandant rappela tout le monde à l'ordre :

— On arrête les conneries, c'est pas encore l'heure de la récré ! Allez, récapitulons !

Il ne leur fallut pas plus d'un quart d'heure pour faire le point et se répartir les tâches. Abdel Mimouni et Renaud Lazare retourneraient en perquisition chez la star, avec les questions posées par sa maladie. Cette fois, en plus des médicaments, il convenait de chercher des traces de suivi médical, des papiers. Revel était intrigué par ce "secret", et il voulait creuser. Pendant ce temps, Antoine Glacier, renforcé par d'autres collègues du service, irait tirer les sonnettes, au sens large : les voisins, les relations, la liste des amants. Et passer tout le monde aux fichiers. Quand on part de rien ou de pas grand-chose, les "antécédents judiciaires" éventuels découvrent le petit bout de fil à tirer pour, ensuite, dérouler la pelote. Dans le même esprit, il faudrait reprendre Thomas Fréaud en audition, pour lui faire cracher ce qu'il savait. Mimouni protesta qu'à son avis, il n'avait plus rien à dire, mais Revel ne l'entendait pas ainsi :

– Un domestique, c'est un pot de fleurs avec des oreilles et une webcam. Il ne t'a sûrement pas tout raconté. Quant à toi, Sonia, tu vas retourner voir ton barman...

Elle l'avait oublié celui-là ! Lui, ses rhum-cocas, ses Mojitos et les secrets pourris qu'il volait au coin de son comptoir. Elle attendit, inquiète de ce qu'elle allait devoir faire.

– Tu as le choix, dit Revel sombrement, soit tu couches avec lui pour lui tirer les vers du nez sur l'oreiller, soit…

Sonia connaissait assez bien Revel pour savoir qu'il n'avait pas ce genre de plaisanterie facile. Aussi resta-t-elle silencieuse et sur ses gardes. Une fois de plus, les autres ricanèrent, sauf Lazare, un peu éteint.

– … C'était pour rire, dit le chef de groupe avec un mince sourire qui équivalait chez lui à une grosse marrade, tu fais comme tu le sens mais il faut revoir ce… Stef. Et collecter le plus possible de photos des proches, amis, relations du chanteur, constituer un album et toi, Sonia, tu lui présenteras les clichés.

– Ça va lui casser l'élan amoureux, ricana Mimouni.

– Ok, dit Sonia, j'ai bien reçu. Je préfère lui annoncer la couleur. En plus, ce type ne m'intéresse pas, il est trop jeune pour moi !

– Allez, abrégea Revel, on refait le point en fin de soirée.

Personne n'osa lui demander comment, lui, comptait prendre part à l'enquête.

Le commissaire Romain Bardet était mal à l'aise. En regardant arriver dans son bureau le commandant Revel, une forte envie le démangeait de l'envoyer se raser, se faire couper les cheveux qui pendaient dans son cou, s'acheter des fringues parce que celles qu'il portait n'avaient plus ni forme ni couleur. Mais une sorte d'apitoiement mêlé de respect l'en empêchait. Cet homme, d'après ce qu'on disait, vivait un enfer. Bardet ne savait pas grand-chose de son histoire, mais le divisionnaire Philippe Gaillard, péjiste versaillais depuis une douzaine d'années, le connaissait presque intimement et lui en avait souvent parlé.

– On en est où ? demanda-t-il, sans savoir précisément de quelle affaire Revel était venu lui parler. Je suis harcelé par les médias et je ne sais que leur dire. Je les envoie sur le patron qui les renvoie sur le proc, mais je sens qu'ils s'impatientent... Il a une famille, ce Stark ?

– Ses parents sont morts depuis longtemps, et il était fils unique. Il doit avoir deux ou trois douzaines d'ex-petites amies et autant d'ex-petits amis mais il ne s'est jamais marié. On ne sait pas s'il s'est reproduit.

– C'est triste. Après des années de gloire, finir comme ça...

– Oui...

– L'autopsie ?

Revel lui fit un résumé des dernières avancées. Romain Bardet, jeune patron fringant, soigné, style costume-cravate-décontracté-chic, revendiquait son image de métro-sexuel que ses troupes de la brigade criminelle lui avaient composée à partir de certains éléments récoltés ici et là. Il fréquentait un salon d'esthétique, faisait beaucoup de sport et des séances de bronzette ; ses mains étaient manucurées et il déplaçait autour de lui le nuage subtil d'un parfum coûteux. À trente-cinq ans, il avait divorcé deux fois et sa dernière "bimbo" était sur rampe de lancement. Elle n'allait pas tarder à exploser en vol. Mais, cette fois, ce serait plus simple, puisqu'il ne l'avait pas épousée. En homme moderne, Romain Bardet croquait la vie au jour le jour et ne voulait pas d'enfant. Quand il lui arrivait d'en parler avec Philippe Gaillard qui, lui, en avait trois, il affirmait que le monde était déjà surpeuplé et que l'humanité s'en remettrait s'il ne se reproduisait pas. Sur ce point, il était en phase avec un Revel qui, d'après les rumeurs, avait subi sa paternité comme une punition. Il se rendit compte que le commandant ne bronchait pas, alors qu'il venait d'achever son rapport et d'énumérer la "liste de courses" qu'il avait remise à son groupe.

– Vous aviez autre chose à me dire ? le relança-t-il non sans loucher sur le dossier que Revel avait posé sur ses genoux.

– Oui.

– C'est quoi ? fit semblant de s'interroger le commissaire qui avait compris depuis un moment où l'autre voulait en venir.

– Dossier "Porte", dit Revel sobrement.

– Ah !

12

Dans la maison de style "Ile de France à la campagne" d'Eddy Stark, les recherches avançaient en silence avec deux témoins requis pour l'occasion, ainsi que l'exigeait la procédure. Pour l'instant, pas le moindre document, pas l'ombre d'une ordonnance, aucun bilan sanguin ou trace de ce qui, généralement, accompagne un malade au bout du rouleau. Lazare avait fait fouiller les poubelles stockées dans le jardin, celles de la maison – de la cuisine, des deux salles de bains... – qui n'apportèrent rien de plus. Dans le bureau, Lazare saisit un ordinateur portable et deux clés USB dans un tiroir. Il fit rassembler dans des cartons un stock de documents, de ceux qu'on trouve chez toute personne qui mène une vie à peu près normale : factures, relevés bancaires. Et, s'agissant d'une personnalité du spectacle : des contrats, propositions diverses, relevés de droits, demandes d'interviews.

Au sous-sol de la maison, une salle de projection jouxtait un mini-studio d'enregistrement, décoré de trophées issus de la longue carrière du chanteur : photos, disques d'or ou de platine. Rien de passionnant pour l'enquête. Quand Lazare revint dans le salon, il trouva Mimouni en contemplation, le nez en l'air, à quelques centimètres de la silhouette tracée au sol.

– Regarde ça ! lui dit le grand brun, le doigt pointé sur un énorme joug de bœuf fixé aux poutres du plafond par des tiges métalliques de trois centimètres de diamètre.

Avec les roues et les moyeux de charrette, cet objet avait constitué un des standards rustiques de la décoration des années 1970. Celui-ci avait été transformé en lampe. Lazare hocha la tête : ils pensaient la même chose. L'usage de ce truc ringard avait évolué en même temps qu'Eddy Stark vieillissait et qu'il avait besoin de mises en scène pour stimuler sa libido.

– Attends ! s'exclama Lazare qui venait d'avoir une idée.

– Quoi ?

– Touche à rien, je vais rappeler l'IJ.

13

Sonia Breton passa la matinée à décortiquer les premiers résultats des réquisitions qu'elle avait faxées, en urgence, aux opérateurs de téléphonie et aux banques. Eddy Stark avait deux abonnements, un chez Orange, un chez SFR. Et deux téléphones qui étaient entre les mains d'un des techniciens du SRITT (Service régional de l'informatique et des traces technologiques) de la PJ de Versailles. Ce service allait lister les répertoires, les messageries, mails, SMS, MMS, les stockages d'images, de sons. Sonia examina les numéros, appelants et appelés. En quelques clics, la vie de l'abonné s'étalait, impudique. Dans les dix jours qui avaient précédé sa mort, le rocker avait donné et reçu cent quatre-vingts appels et deux fois plus de SMS. Sonia commença par les numéros qui revenaient souvent, plusieurs fois par jour même. Comme elle avait bien avancé, elle imagina que Maxime Revel allait être satisfait. Elle décida de relancer les banques dont les informations pouvaient s'avérer essentielles.

Vers midi, elle considéra que Stef avait assez dormi. Sur la messagerie de son téléphone, elle s'efforça de conserver un ton neutre pour lui demander de la rappeler dès que possible. Quand le beau barman se manifesta enfin, il était chez lui et il proposa à Sonia de venir le rejoindre, « avec les croissants », ajouta-t-il sur un ton qui supposait qu'il ne comptait pas seulement déguster des viennoiseries.

– Je ne peux pas, fit Sonia avec suffisamment de distance pour lui enlever toute illusion. Mais si tu veux, je t'invite près de mon boulot.

Il hésita, car il venait de se lever et il n'était pas prêt.

– Je ne t'emmène pas à *La Tour d'Argent*, le cadra-t-elle, tu peux venir en pyjama...

Cela le fit rire et il se rendit à ses arguments. Découvrant l'adresse de la brasserie de l'avenue de Paris où elle avait pris son petit déjeuner le matin avec Lazare, il observa un temps de silence.

– C'est en face des keufs, ça, non ?

– Oui, juste en face.

14

Maxime Revel quitta le palais de justice et le substitut Gautheron, conforté dans le jugement qu'il portait sur lui depuis qu'il le connaissait : c'était bien un con. Cette appréciation tournait certes au leitmotiv puisqu'il traitait les autres de "cons" aussi facilement que certains employaient des qualificatifs comme "sympa" ou "marrant". Romain Bardet l'avait pourtant prévenu : les éléments paraîtraient-ils suffisamment nouveaux au magistrat pour qu'il rédige un réquisitoire supplétif destiné au juge Melkior, encore en charge du dossier Porte ? Oh, bien sûr, Gautheron n'avait pas dit non, il demandait juste le temps d'une discussion avec le juge.

– C'est un peu mince, comprenez-moi ! Des changements de couleur de volets... Et puis ce gamin, Nathan Lepic, qui réapparaît après dix ans… On ne l'a pas interrogé au moment des faits ? Vous l'aviez sur la liste des témoins, non ?

– Ce gamin était autiste, une forme sévère de la maladie, « au moment des faits », comme vous dites. Il est parti dans un établissement spécialisé, et ses parents ont déménagé moins d'un mois après les meurtres. Le père est enseignant et il avait obtenu une mutation près du centre de Lanternat, en Normandie, où son fils allait être interne. Ils ont été contactés mais ne savaient rien ; ils n'étaient pas chez eux le soir des crimes. Le jeune Nathan était confié à la garde de sa grand-mère, laquelle avait à l'époque déclaré regarder la télévision dans sa chambre d'où elle n'avait aucun point de vue sur le café de *La Fanfare*. Elle est décédée l'année dernière.

Louis Gautheron avait fait une grimace qui voulait dire : « Y a rien de nouveau là-dedans », mais s'il s'était exprimé à haute voix, nul doute que Revel l'aurait encore mal pris. Le commandant avait relu les dépositions des parents de Nathan. Ceux-ci étaient à bout de résistance parce que leur fils ne dormait jamais plus d'une heure d'affilée, qu'il passait ses nuits à rôder dans sa chambre comme un fauve en cage, et qu'il ne cessait de marmonner des séries de chiffres, d'additions, de multiplications qui faisaient de lui un surdoué en calcul mental, mais un être totalement désocialisé. Nathan était capable de mémoriser une série de 20 ou 30 chiffres d'un seul coup d'œil, et rien d'autre ne l'intéressait sinon les moteurs dont il comptait en boucle les pièces sur les photos punaisées dans sa chambre. Son audition n'avait été possible que sous l'étroite surveillance d'un médecin. Et si les enquêteurs avaient insisté pour qu'elle ait lieu, c'était parce que la fenêtre de la chambre du gamin donnait sur le bar de *La Fanfare*. L'opération n'avait eu pour résultat que de pousser à bout l'officier en charge de l'interroger. L'enfant ne restait pas en place, comptait tout ce qui passait dans son champ de vision et poussait des cris perçants. Il n'y avait pas d'enregistrement vidéo obligatoire à cette époque, et c'était bien dommage car Revel restait persuadé que le gamin avait pu lâcher des détails significatifs au milieu de ses délires. Son collègue était peut-être passé à côté parce que l'enfant n'était plus capable de se concentrer. Par la suite, le médecin qui suivait Nathan s'était définitivement opposé à toute nouvelle audition.

– Et vous croyez qu'aujourd'hui, il est guéri et que, miraculeusement…

Il y avait dans cette phrase une ironie que Revel avait préféré ignorer sinon la discussion se serait mal terminée. Lui était un colosse, et le substitut, taillé dans un cure-dents, n'aurait pas fait le poids.

– Je ne sais pas s'il est guéri mais, selon mon informatrice...

– Madame Reposoir... Si j'ai bonne mémoire, elle avait émis beaucoup d'hypothèses douteuses dans ce dossier, non ? Et n'avait-elle pas des vues sur le café de *La Fanfare* ?

Oui, il avait été dit que l'affaire, très florissante, faisait l'objet de convoitises, dont celles d'Annette Reposoir, en tout premier lieu. Oui, la pipelette avait sous-entendu des choses que l'enquête avait mises en lumière par ailleurs. Comme les relations peu affectueuses entre les parents Porte et leur fille. Les uns prenant leur fille pour une ratée qui avait tout pour réussir et avait tout foiré. Qu'Elvire Porte ait souhaité la disparition de ses parents n'aurait pas été surprenant. Qu'elle soit passée à l'acte semblait absurde car elle les aimait malgré le peu de chaleur qu'ils lui manifestaient. De plus, elle avait un alibi pour le soir de leur mort. Néanmoins, elle devenait la seule héritière du café, de la maison et d'un beau bas de laine. C'était un point que Revel n'avait jamais perdu de vue une fois que, muté à la PJ de Versailles, il avait tout mis en œuvre pour récupérer le dossier Porte.

– Oui, Annette Reposoir a même fait des pieds et des mains pour convaincre l'héritière de lui céder le commerce...

– Vous voyez !

– Mais elle n'en a jamais fait mystère ! C'était presque devenu un jeu un peu pervers entre Elvire Porte et elle... Une façon de communiquer entre deux personnes particulièrement solitaires... Je voudrais revenir au sujet, monsieur le substitut, avait abrégé Revel abruptement. Je vous disais que la famille Lepic est revenue vivre à Rambouillet, place Félix-Faure, parce que la maison lui appartient, et qu'aujourd'hui le fils qui a réussi un bac S peut espérer mener une vie à peu près normale. Madame Reposoir a parlé avec Nathan qui lui semble apte à tenir une conversation et, par conséquent, à être valablement entendu.

Le magistrat s'était rembruni :

– Mais qu'est-ce que vous espérez au juste ?

Revel aurait préféré que le commissaire Bardet se soit chargé de cet exercice dialectique, mais celui-ci commençait aujourd'hui une session de deux jours aux Assises du Val d'Oise pour témoigner dans un procès qui s'annonçait houleux. Pour un peu, le commandant aurait quitté ce bureau sans autre commentaire pour aller à Rambouillet rencontrer Nathan Lepic qui bénéficiait toujours d'une mémoire exceptionnelle.

– Comme nous l'avons déjà dit tout à l'heure, cet enfant passait beaucoup de temps à sa fenêtre à compter les voitures, noter les numéros des plaques et décrire les caractéristiques des carrosseries, des moteurs... Il a sûrement vu quelque chose ce soir-là. Maintenant, il peut mieux communiquer. Il a un ordinateur dans la tête. Je ne veux pas passer à côté de cette possibilité.

Revel avait cru un moment qu'il avait emporté le morceau.

– Je vais en parler avec le juge, avait marmonné le magistrat.

– Dites-lui, dans ce cas, que je vais aussi retourner au bar, que je veux savoir ce que cachent ces travaux même si ça ne vous parle pas.

Le substitut Gautheron demeura un long moment immobile, les mains croisées sur le rapport que Revel lui avait apporté pour fonder sa démarche. « Sacré carafon ! » maugréat-il à l'adresse du commandant qui avait oublié de le saluer en partant. Du coup, il n'avait pas pu lui parler de la procédure de déclaration d'absence qui, de son point de vue, marquerait la fin d'une histoire et le début d'une autre. Il n'était vraiment pas comme tout le monde, ce Revel.

Louis Gautheron se souvenait de son énergie pour retrouver sa femme, de ses colères homériques quand on lui avait mis sous le nez ses infidélités. Il posa un regard sur le rapport "Porte", et fit le rapprochement avec ce qui chagrinait Revel. Les faits s'étaient déroulés dans la soirée où sa femme avait disparu. Depuis dix ans, Revel devait associer les deux affaires comme les deux faces d'un même événement.

Lorsque, le matin du 21 décembre 2001, il avait débarqué sur la scène de crime à *La Fanfare*, il ignorait encore que sa femme n'était pas rentrée de la nuit. Sa fille Léa s'était réveillée pour aller à l'école, et n'avait trouvé personne dans la maison. Le lit conjugal n'avait pas été défait et, dans la cuisine, tout était resté dans l'état où elle l'avait laissé la veille au soir. Léa avait alerté ses voisins après avoir vainement tenté de joindre sa mère et son père sur leurs portables. Revel avait été prévenu pendant qu'il effectuait les constatations au café de *La Fanfare*. Il avait demandé à ses voisins d'emmener Léa à l'école, il n'avait pas eu l'air inquiet et cette absence de réaction avait pesé lourd par la suite. Tout comme son obstination à ne pas répondre aux questions embarrassantes, ou son alibi invérifiable. Il avait prétendu avoir planqué toute la nuit, à proximité d'un squat, sur un gros trafic de stupéfiants, seul. Il était possible que, vers deux ou trois heures, il se soit endormi. Personne n'avait pu confirmer ses dires. À la question de savoir pourquoi il n'y avait aucune trace d'appel à sa femme sur

son mobile ou à son domicile, il avait
répondu qu'il ne le faisait jamais, qu'il n'y
avait pas de problème dans son couple et
que, s'il adorait sa fille, il n'était pas de ces
papas-poules toujours collés à leurs mômes.
Il considérait que l'éducation des enfants
était globalement une affaire de femme.

Louis Gautheron n'arrivait pas à se faire
une opinion. Revel était une forteresse inac-
cessible, pont-levis relevé. On ne pouvait pas
entrer. Et on ne pouvait rien savoir. Comme
beaucoup d'autres à Versailles, le substitut
aurait bien aimé savoir ce qu'il était advenu
de Marieke. En essayant de se mettre à la
place de Revel – et Dieu sait que l'exercice lui
coûtait – il arrivait à comprendre son obsession : que l'affaire Porte ne tombe pas dans
l'oubli définitif parce qu'elle obligeait tout le
monde à se souvenir qu'on n'avait toujours
pas retrouvé sa femme. Enfin, c'était peut-être
ça, comment être sûr avec un homme aussi
secret ? Louis Gautheron saisit le rapport en
soupirant et appela le juge.

15

Maxime Revel sortit contrarié du palais
de justice, et décida que le seul moyen de se
calmer était d'aller manger un morceau. Il

songea à appeler les membres de son équipe pour les convoquer dans une de leurs cantines. Seule, Sonia avait dû rester au service, mais il n'avait pas envie d'un tête à tête avec elle aujourd'hui. Il était agacé par l'admiration excessive et injustifiée dont elle l'enveloppait. Indécis, il s'arrêta pour allumer une cigarette et, en relevant la tête, il vit l'enseigne, *Les menus plaisirs de la Reine*, dans des tons de fleurs fanées et de vert pâle, assortis au rose indien des rideaux mousseux. Il apprécia le clin d'œil du destin.

À ambiance feutrée, conversations discrètes, odeurs subtiles et belles femmes, déjeunant entre elles ou en compagnie d'hommes élégants et attentionnés ! Revel se fit l'effet d'un éléphant mettant les pieds dans une cristallerie. Les deux filles affectées au service en salle, habillées en soubrettes grand siècle, restèrent un temps le plateau en l'air. La plus jeune fonça vers le fond de la pièce, décorée dans un style vaguement anglais, aux fauteuils Chesterfield et guéridons en faux palissandre. Elle avait reniflé l'odeur du poulet. Le secours arriva en la personne d'une plantureuse blonde aux cheveux courts, la cinquantaine très fardée, moulée dans un fourreau de soie du même vert que celui des volets de l'ex-*Fanfare* et celui de la devanture des *Menus plaisirs de la Reine*. Céladon ! Le nom revint à Revel à l'instant où la femme se plantait devant lui en croisant les bras, un petit sourire entre inquiétude et insolence sur ses lèvres charnues, revues et corrigées version 3D.

– Tiens, tiens, la basse-cour est de sortie, fit-elle à voix contenue, afin de ne pas effaroucher les consommateurs occupés à peaufiner leur plan "drague".

– Salut, Marlène, se contenta de dire Maxime, en tirant une longue bouffée de sa Marlboro.

– Eh ! s'insurgea la blonde, on ne fume pas ici !

Revel chercha un cendrier des yeux, elle lui montra la porte. Alors qu'il revenait dans la salle, il sentit monter une quinte et devina qu'elle allait être terrible. Dès qu'il commença à tousser, les conversations cessèrent et toutes les têtes se tournèrent vers lui. Marlène saisit son bras et l'entraîna vite fait à l'arrière de l'établissement. L'équipe de cuisine suspendit son activité à la vue de cet équipage insolite, la patronne soutenant comme elle pouvait un balaise qui crachait ses poumons. Quelqu'un se précipita avec un verre d'eau, mais Revel était incapable d'un mouvement contrôlé. Tout le monde recula, sauf le plongeur qui avança une chaise. Trop tard ! Plié en deux, le commandant tomba à genoux.

Quelques minutes plus tard, Marlène revint dans la salle se pencher à l'oreille d'un homme d'une cinquantaine d'années, attablé avec une jeune dinde brune plus maquillée qu'un tableau de maître volé, et qui gloussait à tout bout de champ aux propos de son compagnon. L'homme se leva en s'excusant d'un sourire auprès d'elle, posa sa serviette à côté de ses crêpes aux légumes-curry-salade de roquette et suivit la tenancière. Sa brigade avait allongé Revel au premier étage, sur le lit de son "boudoir", une pièce surchargée de bibelots et de fanfreluches. Un vrai décor de cocotte, aurait dit le policier, si toutefois il avait pu parler. La quinte s'était apaisée, mais il peinait à reprendre son souffle. Son cœur emballé semblait sur le point de le lâcher. L'homme aux cheveux grisonnants lui prit le pouls, examina ses pupilles :

– Bouge pas de là, dit-il à Marlène, je vais chercher ma trousse dans la voiture.

Revel qui se sentait pris au piège, tenta de se relever. Marlène le remit sans ménagement à l'horizontale.

– Aujourd'hui, c'est moi qui commande, fit-elle sur un ton de défi.

– Je m'étonne que vous soyez encore de ce monde, asséna le médecin lorsqu'il eut examiné le commandant. Normalement je devrais vous envoyer à l'hôpital.

– Pas question, grogna Revel qui sentait revenir ses forces.

– Il va falloir quand même y passer, vous fumez, vous crachez le sang, votre rythme cardiaque est totalement anarchique...

– Foutez-moi la paix !

Marlène écarta les bras dans un geste d'impuissance.

Le médecin fit une mimique dépitée avant de tourner le dos pour préparer une seringue. Par surprise, Revel reçut dans la cuisse une dose de tranquillisants. Il essaya de rugir mais, fallait-il qu'il soit faible, ne proféra qu'un petit cri d'enfant. En moins de dix secondes, il perdit le contact.

– Il va dormir quelques heures, ça ne peut pas lui faire de mal. Mais après, il faut qu'il consulte. Envoie-le à Méchart...

– Le cancérologue ?

– Oui, il consulte au CH, au Chesnay...

– Tu crois qu'il a le crabe ?

– Le pire n'est jamais sûr mais s'il ne l'a pas encore, il n'en est pas loin. Persuade-le de se traiter rapidement en tout cas, les symptômes ne sont pas bons.

– Persuade-le, persuade-le, râla Marlène, si tu crois qu'il se laisse persuader, celui-là... En plus, on est en froid depuis pas mal d'années...

– Ah ? Qu'est-ce qu'il fait dans ta chambre, dans ce cas ?

– Je me le demande, figure-toi, murmura la gargotière, songeuse.

16

Sonia attendit Stef devant la brasserie, *Le Point chaud*. Elle avait décidé de ne plus se faire passer pour une infirmière, "charognarde" à ses heures, et d'annoncer sa profession au barman sans lui laisser le temps de réagir. Elle le vit arriver en scooter. Après avoir défait son casque, il passa une main nerveuse dans ses cheveux bruns et, avisant Sonia sur le trottoir, regarda le restaurant.

– Y a plus de place ? s'enquit-il, visiblement inquiet.

La jeune femme agita un sac en papier.

– J'ai acheté des sandwichs, on va aller les déguster dans mon bureau...

Ses neurones encore mal réveillés n'assimilaient pas bien la situation.

– Ton bureau ? Mais je croyais que tu étais infirmière...

– Je suis flic, dit-elle en sortant sa carte de réquisition qu'elle agita sous ses yeux. J'ai des questions à te poser...

– Mais... Ben ça alors ! C'est du délire ! Et si je refuse ?

– Tu fais comme tu veux, mais je te le déconseille...

D'un geste du pouce, elle désigna trois gardiens de la paix qui attendaient sur le trottoir, à quelques mètres. Le garçon se mit à triturer la jugulaire de son casque. Sonia attendit patiemment que ralentisse la ronde des questions qui l'inquiétaient : assurance impayée, deux grammes de coke dans la poche et une barrette de shit chez lui, la fille mineure qu'il avait sautée la semaine dernière avait dû porter plainte... ? Au bord de la panique, il était très loin d'imaginer ce qu'attendait de lui la grande brune à qui il s'était préparé à sortir le grand jeu.

– C'est bon, je viens, marmonna-t-il, mais faudra m'expliquer tout ce cirque.

Abdel Mimouni s'était installé dans un bureau momentanément libre pour étaler ce qui avait été ramené de la deuxième perquisition chez Eddy Stark. Chaque fois qu'il trouvait une photo, il la donnait à Antoine Glacier qui avait déjà commencé à fabriquer quelques planches pouvant donner une idée des fréquentations du rocker. Sur la plupart des photos était inscrit un nom, sauf sur celles d'un jeune garçon de type asiatique demeuré anonyme.

– Sûrement un de ses mignons, trancha Glacier qui utilisait souvent un langage recherché et des mots désuets.

– Tu veux dire une de ses petites tarlouzes, je suppose ? rectifia Mimouni.

Très grand et très mince, Antoine Glacier planquait un beau regard émeraude derrière de grosses lunettes d'intello. Sonia avait bien essayé de le faire changer de montures, mais il s'accrochait à ses hublots. Célibataire lui aussi – ce groupe presque uniquement composé de cœurs à prendre était un des grands sujets de discussion dans le reste de la PJ –, ses théories et raisonnements, aussi judicieux que péremptoires, cachaient une timidité à la limite de la pathologie. À trente-trois ans, il vivait encore avec ses parents, les deux parties s'accommodant fort bien de cet arrangement. Mimouni en arrivait même à spéculer sur son absence de vie sexuelle. Il entretenait ainsi une légende et un mystère renforcés par un caractère peu expansif. L'opération "sonnettes" avait été un calvaire pour lui, d'autant plus que c'était logiquement Sonia, la dernière arrivée, qui aurait dû s'y coller. Mais elle avait réussi à convaincre le chef que deux officiers pour mener l'affaire, c'était un de trop. Celle-ci fit son entrée, justement, moulée dans un jean noir brillant et un pull du même rouge que l'élastique gaufré qui retenait ses longs cheveux.

– Vous en êtes où de l'album photos, les gars ?

– On a une vingtaine de clichés, dit Glacier, si tu patientes une demi-heure, je pense qu'on en aura le double… Pourquoi ?

– J'ai mon client à côté. Je vais déjà lui montrer ce que vous avez. Il bosse cet après-midi, je ne vais pas pouvoir le garder longtemps.

– Comme tu veux. Fais-lui décrire précisément les deux individus, ça pourrait nous orienter, fais-le aussi passer au Canonge...

– Ouais, soupira Sonia, épuisée d'avance.

Abdel Mimouni intervint :

– Tu as besoin d'aide, beauté ?

Sonia fit non de la tête, faisant voler sa queue de cheval avec grâce. Glacier la regarda sortir du coin de l'œil.

– Je te dis pas comment elle est bonne... rêva Mimouni en replongeant dans ses cartons de paperasses.

– Regarde bien ces photos, Stef !

– Je préférerais que vous m'appeliez Stéfane Bouglan et que vous ne me tutoyiez pas...

– T'as raison, garçon, on n'a pas élevé les cochons ensemble ! Bien... monsieur Dugland, pouvez-vous jeter un coup d'œil sur ces photographies et me dire si vous reconnaissez quelqu'un ?

– Et si je refuse ?

– C'est une manie chez toi ! Si tu refuses, je témoigne par PV de ce que tu m'as dit cette nuit, et je te place en garde à vue pour entrave à l'action de la Justice. Après, tu verras avec le juge...

– Cette nuit, vous étiez bourrée et vous m'avez fait parler contre mon gré...

– Qui va te croire ? Je te signale que je suis officier de police moi, et pas toi. Et c'est toi qui m'as fait boire, pas l'inverse. En plus, je témoignerai de ce que tu m'as dit à propos des pipes dans les chiottes, de la coke et des mineurs qui boivent de l'alcool dans ton rade. Ça devrait bien tourner autour de six mois de fermeture, ça. C'est ton patron qui va être content.

– C'est dégueulasse !

– Oui, mais il ne faut pas parler à tort et à travers aux gens qu'on ne connaît pas.

– Vous n'avez aucune preuve.

Sonia Breton plongea la main dans sa poche de jean, en extirpa un petit appareil rectangulaire de marque Olympus. Elle l'agita.

– Si, dit-elle, j'en ai. J'ai une fâcheuse manie, j'enregistre tout quand je bosse.

Personne n'avait jamais dit au barman bavard qu'un tel enregistrement ne valait pas preuve devant un tribunal. Il faut dire que ses études avaient été courtes et laborieuses. Il savait faire les Mojitos comme personne et draguer les filles à l'identique. Mais il ne se souvenait pas d'avoir ouvert un livre de sa vie. Il sentit qu'il n'allait pas faire le poids à jouer les marioles.

– Ok, souffla Stéfane Bouglan à bout d'arguments, mais il faut que je sois parti dans une heure.

17

Maxime Revel émergea de son sommeil, la nausée au fond de la gorge. Il resta un moment hébété à contempler un plafond inconnu avant de se rendre compte que quelqu'un ronflait à côté de lui. Discrètement, mais avec application. Il se dressa sur un coude, faisant renaître dans sa poitrine la douleur qui l'avait terrassé un peu plus tôt. Avant de retomber comme une chiffe molle sur le dos, il eut le temps de reconnaître Marlène, belle dans son sommeil, seulement vêtue d'un peignoir de satin rose qui découvrait une poitrine que le temps avait quelque peu affaissée, mais qui gagnait en douceur. Des seins comme Revel les appréciait, et des jambes impeccables pour un corps qui n'avait pas été ménagé. Il se souvint qu'il avait aimé cette femme, passionnément. D'une passion trouble et malsaine, comme une drogue. Il avança la main pour effleurer le sein gauche largement découvert, il posa le bout de ses doigts sur la chair blanche où quelques veines traçaient des lignes qui ressemblaient à des rivières tourmentées. Son corps exténué vibra à ce contact tel un vieux rafiot dans la tempête. Il se rendit compte alors que le ronflement avait cessé. Les yeux grands ouverts, Marlène le contemplait.

18

Stéfane Bouglan en était à son troisième visionnage des deux planches photographiques.

– Ça ne sert à rien de me les remontrer encore et encore, protesta-t-il, je vous dis que je ne reconnais personne...

– Ou que tu ne veux pas reconnaître, c'est différent...

Sonia s'acharnait. Elle voyait bien que le garçon de café disait la vérité. Des deux hommes qui, un soir trop alcoolisés au *Black Moon*, avaient balancé que Stark avait « *le sida et qu'il y avait urgence* », aucun ne figurait sur ces photos. Elle était retournée deux fois voir ses collègues qui bossaient à côté.

– Ben oui, ma grande, c'est quitte ou double, avait fatalisé Mimouni. On sait que tu veux faire plaisir au chef, mais si tes mecs ne sont pas là-dedans, ils n'y sont pas...

– Quand t'en auras marre d'être con..., s'était-elle insurgée en s'en allant, fâchée.

– Là, je ne peux pas lui donner tort, avait commenté Glacier, quittant pour une fois sa réserve.

C'est en revenant dans le bureau où s'impatientait Stéfane – l'heure qu'il avait accordée à Sonia était largement dépassée et il allait bientôt devoir appeler son patron pour l'informer du contretemps – que l'évidence la frappa. Ses collègues avaient concocté l'album avec les photos qu'ils avaient trouvées, mais les hommes qu'elle cherchait n'avaient peut-être jamais été pris en photo par Stark ou avec lui. Ou bien, il n'avait aucune raison de détenir une photo d'eux. Ou bien... Elle fit demi-tour.

– Dis donc, attaqua-t-elle sans préambule en pointant le doigt sur Mimouni, hier, quand tu as auditionné le jardinier, tu ne l'aurais pas flashé, des fois ?

C'était devenu une pratique courante quand on ne disposait pas de photos anthropométriques ni de motif valable pour en faire réaliser. Les téléphones portables étaient des auxiliaires précieux, comme les mini-enregistreurs ou les appareils photos numériques qui se glissaient dans un paquet de clopes.

– Bien sûr, je l'ai flashé... Mais qu'on est cons, on aurait dû commencer par là...

À la tête que fit le barman quand Glacier vint apporter le tirage papier d'un Tommy agrandi dix fois, Sonia sut qu'elle avait tiré le bon numéro. Officiellement, il nia l'avoir jamais rencontré, décidément vexé de s'être fait mener en bateau par une aussi "jolie gonzesse". Tant pis, se réjouit Sonia en laissant repartir Stef, on avance, c'est déjà ça. Revel sera peut-être content, pour une fois.

19

Content n'était pas le qualificatif le mieux adapté à la situation de Revel. Troublé convenait mieux. Également ému et bizarrement heureux tandis que Marlène le chevauchait avec une douceur inaccoutumée. Elle n'avait plus la fougue de ses trente ans, l'âge auquel il l'avait connue charnellement. Il avait aimé son corps souple et accueillant et là, il se dit qu'elle était telle qu'en elle-même, sensuelle et diablement efficace. Marlène l'amena au plaisir sans un mot, sans un baiser, sans un geste superflu.

Elle se laissa aller sur le côté, rabattit le drap sur ce corps qu'il trouvait maintenant alourdi, en marmonnant. Mais au fond d'elle-même, ravie. Elle savait ce qui se cachait derrière les goujateries de Revel. Autrefois, au temps de leurs amours clandestines et enflammées, il s'y prenait de la même façon, rude et sans manières. Elle adorait, elle l'adorait. Si elle n'avait pas été pute, il aurait quitté sa femme et se serait mis en ménage avec elle. Elle l'avait espéré, c'était presque arrivé. Quand elle avait trouvé ce salon de thé à reprendre à Versailles, il l'avait encouragée à quitter Rambouillet où elle tapinait en lisière de forêt.

Elle aimait faire la cuisine, surtout les gâteaux. L'espoir d'une nouvelle vie avec lui sans oser le lui dire, l'avait décidée à prendre la gérance du salon de thé qu'elle avait rebaptisé *Les menus plaisirs de la Reine*. Un endroit qu'elle avait transformé à sa manière, sensuelle et coquine comme l'étaient aussi ses créations pâtissières. Marlène n'avait pas tardé à voir arriver des couples dont il était évident qu'ils n'avaient rien de légitime. Revel était encore en poste au commissariat de Rambouillet et venait de temps à autre, mais jamais pendant les heures d'ouverture. Elle lui réservait ses nuits, quand il voulait bien. Il avait bien voulu un soir d'hiver, il y avait dix ans. Il lui avait interdit de parler à qui que ce soit de cette nuit passée avec elle alors que sa femme s'évaporait dans la nature. Leur histoire s'était arrêtée là, laminée par l'événement. Marlène en avait encore gros sur le cœur, et Revel continuait à se taire :

– Pourquoi tu es revenu, Maxime ? Pourquoi maintenant ?

– Le hasard, je suis passé devant la porte...

– Tu as vu de la lumière... Tu me prends pour une quiche, dis-moi ? Qu'est-ce qui t'amène ?

– Je ne sais pas. Je pense que je vais crever, je fais ma tournée d'adieux.

– Arrête tes conneries ! Je te connais. C'est pour ta femme, c'est ça ?

Le silence de Revel résonna comme un aveu dans la moiteur de la chambre surchauffée, au milieu des odeurs de sexe et de parfum.

– À propos, reprit-elle sur un vague ton provocateur, j'ai revu Bartoli, il y a un mois environ...

– Comment ça, revu ? demanda Revel, le souffle soudain plus court.

– Il est venu manger avec une collègue. Je ne sais pas s'il couche avec elle, mais le connaissant, c'est probable.

– Oui, et alors ?

– On a parlé... de toi, enfin plutôt de ta femme. C'est marrant, après tout ce temps... Bartoli a dit que chez les flics, on n'enterre jamais les morts avant d'avoir retrouvé leur corps. Il m'a demandé si je te voyais, si tu venais ici, enfin des questions en apparence anodines. Tu veux le fond de ma pensée ?

– Hmm...

– Oui ou non ?

– Oui ! Merde, accouche !

– Je pense que Bartoli sait, pour toi et moi, j'ignore comment. Et vu que ta femme venait ici, il s'est remis sur la piste.

– Quelle piste ?

– La tienne. Il pense toujours que tu es dans le coup pour ta femme.

– Ouais, eh bien, laisse-le penser ce qu'il veut, je m'en fous. Qu'est-ce que tu lui as dit ?

– Ce que j'ai toujours dit jusqu'ici. Qu'on ne se connaissait pas en privé. Que je savais qui tu étais puisque, à l'époque où je tapinais à Rambouillet, tu passais ton temps à me pourrir avec tes PV... Que j'ignorais que la belle Suédoise blonde qui venait au salon de thé était ta femme, ce qui est la stricte vérité. C'est tout, et je n'ai jamais changé une virgule à ce que j'ai toujours affirmé. Mais...

– Mais quoi ?

Marlène était embarrassée tout à coup. Revel se dressa sur un coude, la tête encore lourde des péripéties des dernières heures. Il vit qu'elle avait les yeux au plafond, la bouche entrouverte, trop grosse à présent qu'elle l'avait livrée aux piqûres de botox. Il s'emporta :

– Mais quoi ? Finis tes phrases, bordel !

– Eh bien, il y a une chose que je ne t'ai jamais dite... Ta femme, quand elle est venue ici pour la première fois... J'ai dit aux flics de Versailles qu'elle était venue seule...

– Elle n'est pas venue seule... ? s'inquiéta Revel qui sentit tout à coup une immense brèche s'ouvrir sous ses pieds. Avec qui ? Qui l'a amenée ?

– Bartoli.

Un voile noir tomba devant les yeux du commandant qui entreprit de rembobiner le film à toute allure. Bartoli ! Son pote. Son *alter ego* au commissariat de Rambouillet, celui avec lequel il partageait tout, les

planques, les procédures, les constates, les
parties de tarot, et aussi les parties de jambes
en l'air avec des filles qu'ils n'avaient aucun
mal à lever. Ils étaient jeunes, beaux et
conquérants. La fonction et ses accessoires
faisaient le reste, agissant comme un puis-
sant aphrodisiaque. Bartoli qui venait manger chez lui au moins une fois par semaine !
Le traître !

— L'enfoiré ! jura-t-il entre ses dents. Il la
sautait ?

— À ton avis ?

Et lui qui n'avait rien vu ! Personne n'avait
rien vu, rien su, ni lui, ni les enquêteurs de
la PJ de Versailles qui avaient pris le relais
quand il avait été avéré que Marieke Revel
n'était pas partie en balade romantique. Bartoli avait bien caché son jeu, lui aussi, le salopard ! Marlène médita un instant :

— Je crois qu'il en pinçait sérieusement
pour ta femme, fit-elle enfin.

— Ouais, tu crois ça, toi ? Et une femme
dont on est amoureux, on l'emmène dans un
claque ?

— Je te remercie, se cabra Marlène, c'est un
endroit respectable, ici ! Ce que font les
clients en sortant, c'est leur affaire. Et puis,
Bartoli venait là parce qu'il me connaissait.
S'il avait eu vent de notre... relation à cette
époque-là, il ne se serait pas montré aussi
imprudent.

— Mais toi, tu aurais pu me le dire !

– Te dire quoi ? Que Bartoli venait dans mon... claque, comme tu dis ? Comme la moitié de tes collègues de Rambouillet qui amenaient leurs petites amies ou des pécores qu'ils ramassaient en traitant leurs affaires ? Quant à ta femme, si j'avais su que c'était ta femme, je me serais empressée de te le dire, j'aurais au moins eu une chance que tu la quittes !

C'était frappé au coin du bon sens. On n'en finirait donc jamais de découvrir des trucs derrière les trucs, de faux-semblants en mensonges, de trahisons en coups bas. Bartoli ! Bartoli et Marieke ! Le ciel lui tombait sur la tête. Il se leva péniblement, s'assit au bord du lit, son corps nu, blanc, trop gras, fatigué, comme incapable d'aller plus loin.

– Tu n'es pas en bon état, Revel, dit Marlène en se levant à son tour. Il faut que tu voies un spécialiste, je vais prendre rendez-vous pour toi. Je vais m'occuper de toi...

Il avait envie de l'envoyer se faire voir, elle et son spécialiste. Mais il était fourbu, à sa merci.

– On verra, maugréa-t-il pour la forme.

Alors qu'il était prêt à partir, il s'aperçut que son téléphone portable était éteint. Marlène avoua qu'elle l'avait arrêté parce qu'elle avait voulu qu'il se repose. Si c'était comme ça qu'elle comptait s'occuper de lui, ça n'allait pas marcher. Il constata qu'il y avait pas moins de dix appels en absence et qu'il était dix-sept heures. Marlène le regardait avec anxiété.

– Je te reverrai ? dit-elle, n'osant pas demander « quand ? », car elle savait à quel point il détestait les questions à double entrée.

– Je ne sais pas encore, Marlène. Je verrai, on verra...

– Je comprends, murmura celle qui, à la différence de tous les autres, ne lui recommandait pas de tourner la page de son histoire familiale et de passer à autre chose. Ah, au fait, tiens, j'ai quelque chose pour toi...

La main sur la poignée de la porte, Revel s'arrêta. Marlène se dirigea vers un bonheur-du-jour en bois de rose, dont elle ouvrit le tiroir du haut. Elle en sortit un paquet de photos qu'elle entreprit de trier.

– J'ai fait du rangement, l'autre jour. J'ai balancé une tonne de vieux papiers et de photos. Et celles-là, je ne sais pas pourquoi, je les ai gardées...

Revel les prit avec appréhension. Le premier cliché le représentait avec dix ans et dix kilos de moins, les cheveux encore sombres et avec une moustache ; il posait à côté d'une voiture de police. Le deuxième avait été pris le même jour, Revel riait, le bras autour des épaules de Jack Bartoli. Les suivants étaient du même tonneau, sauf qu'ils avaient été pris ici, dans le boudoir des *Menus plaisirs de la Reine*, à son insu, dans une posture qui ne laissait pas de doute quant à ce que le commandant était venu y faire. Contrarié, Revel constatait que, contrairement à ce qu'il avait exigé de Marlène, elle avait conservé des traces de leur liaison. Et quelles traces !

– Qui a vu ces photos, à part toi ?

– Mais… personne, murmura-t-elle, pourquoi ?

– Parce que si quelqu'un les avait trouvées ici, on aurait été dans une sacrée merde, toi et moi, tu t'en rends compte ?

– Je les avais oubliées, à vrai dire, et puis, qui serait venu les chercher là ?

– Ma pauvre fille, tu ne connais pas les flics ?

– Ben si, justement. Et moi, je n'avais rien à craindre, je n'ai rien fait à ta femme…

– Tu insinues quoi, exactement ? gronda-t-il. Tu penses aussi que j'ai buté ma femme, c'est ça ?

– Il y a forcément quelqu'un qui lui a fait quelque chose, non ? Je ne dis pas que c'est toi. Je sais que ce n'est pas toi. Je vais détruire ces photos, donne !

Elle tendit la main pour les lui reprendre, mais il l'interrompit d'un geste. Il préférait s'en charger lui-même, tout en espérant qu'elle n'en avait pas d'autres dans ses tiroirs. Il allait les mettre dans sa poche quand l'une d'entre elles lui échappa et tomba au sol. Marlène se précipita pour la ramasser :

– Ah oui, celle-là... murmura-t-elle en la tendant à Revel.

Sur un papier de qualité médiocre, Marieke Revel souriait dans le salon de thé, sous le tableau représentant des jeunes filles poursuivies dans la forêt par de beaux jeunes gens dont les vêtements ajustés laissaient deviner les parties avantageuses de leur anatomie. Elle était en compagnie d'une femme, attablée devant un plateau de petits fours et une théière. Le cœur de Revel s'emballa.

– Qui est-ce ? demanda-t-il d'une voix cassée par l'émotion qui le gagnait.

– Comment ça ? Tu déconnes ? C'est...

– Je sais que c'est Marieke, oui, je ne suis pas devenu amnésique. Je te parle de l'autre...

Il l'avait reconnue tout de suite pour l'avoir eue tant de fois en face de lui. Qu'elle figure sur une photo avec sa femme le laissait sans voix. Marlène jeta un coup d'œil au cliché et fit la moue.

– La femme, là, la brune, avec Marieke ? répéta Revel comme s'il s'adressait à un enfant un peu simplet.

– Je ne sais pas qui c'est. Je ne me rappelle même pas l'avoir vue ici. En tout cas, je ne l'ai pas revue depuis cette photo, je peux te l'assurer... Tu sais qui c'est, toi ?

Pour savoir, il savait. Cette photo le plongeait dans un abîme de questions. Comment expliquer que sa femme, peu de temps avant sa

disparition, avait pris le thé ici, chez sa maîtresse à lui, avec Elvire Porte, veuve Dumoulin,
la fille des cafetiers assassinés à *La Fanfare* ?

20

Le commissaire Romain Bardet intercepta Revel dès qu'il posa le pied sur le
palier du troisième étage. Il s'était mis à
neigeoter dehors, et le commandant avait
encore quelques flocons accrochés aux poils
de son loden.

– Ah ! Revel, s'exclama Bardet, vous voilà
enfin ! Où étiez-vous passé, bon sang ? Ça
fait des heures que tout le monde vous
cherche ! Venez dans mon bureau !

Revel lui emboîta le pas tout au long d'un
couloir balisé d'armoires métalliques. Ici,
comme probablement dans tous les services
de police de France, l'espace faisait défaut.
Petit à petit, les classeurs envahissaient les
lieux où ils étaient en principe interdits pour
raison de sécurité.

– J'ai fait un malaise, expliqua Revel pour
couper court à toute autre explication, j'ai dû
me reposer un peu.

– Ah ! Grave ?

– Je l'ignore…

– Vous tirez trop sur la corde, Revel, il faut faire gaffe, un jour ou l'autre, ça vous jouera des tours. Soignez-vous !

– Quand j'aurai le temps, maugréa le commandant. En attendant, je voudrais que vous gardiez ça pour vous, patron.

Ils entrèrent dans le bureau du commissaire, un espace exigu et surchargé de papiers, dossiers, registres mais aussi d'objets insolites en ce lieu : un sac en cuir d'où dépassait le manche d'une raquette de tennis, une serviette griffée d'un célèbre crocodile, posée sur le radiateur.

– La presse a sorti l'affaire Stark, et l'histoire du sida est en filigrane, fit Bardet, contrarié. Ça fait du barouf. Le Proc est furieux.

– Il n'imagine pas que c'est moi qui ai balancé, quand même ?

– Non, fit le commissaire avec un mince sourire, il vous connaît, il sait qu'il n'y a aucun risque... Il pense à quelqu'un de votre groupe.

– Impossible.

– Ouais, bon, tout est possible, vous le savez parfaitement. Allez me tirer ça au clair, et dans une heure, on fait le point sur l'enquête. Je suppose qu'il y a du nouveau ?

La tension était à son comble quand Revel fit son entrée, environné d'un nuage de fumée. Ils l'avaient cherché tout l'après-midi et commençaient à se faire du souci car il ne répondait plus sur son téléphone. Il avait écouté leurs messages, mais puisqu'il était là, pourquoi faire tant d'histoires ?

– Bien, dit-il en relevant les yeux vers ses quatre collaborateurs. Quoi de neuf ?

– C'est tout ce que tu trouves à dire ? rouspéta Abdel Mimouni, on se fait du mauvais sang depuis ce matin… Qu'est-ce qui s'est passé ?

– Mais rien, bougonna Revel, j'ai eu des affaires à régler…

– Et le téléphone, c'est fait pour les clébards ? renchérit Renaud Lazare. Merde, t'es pas réglo, Maxime.

– Comment ça, je ne suis pas réglo ? J'ai des comptes à vous rendre à présent ?

– On te dit qu'on s'est mis la rate au courtbouillon. On a même appelé l'hôpital et ta fille…

Cette fois, c'était Sonia qui s'en mêlait. Le seul à se taire fut Antoine Glacier, mais il n'en pensait pas moins.

– Ma fille ? Je vous interdis de l'appeler pour ce genre de chose. Vous imaginez ce qu'elle peut penser, après ce qu'elle a vécu ?

– Rassure-toi, on a "habillé la mariée", comme tu dis. Désolé, Maxime, mais là, on ne savait plus quoi faire. Le patron est venu trois fois pour te voir, on ne savait pas non plus que lui dire…

Il redressa la tête, les fusilla du regard :

– Je sais, je l'ai vu… Il m'a dit aussi que quelqu'un avait bavassé à la presse à propos d'Eddy Stark. Maintenant tout le monde sait qu'il avait le sida…

– On n'y est pour rien, affirma Lazare. Je ne vois pas qui aurait pu…

– Tu parles ! Mais bon, maintenant que le coup est parti, il faudra faire avec. Putain que c'est chiant ces médias toujours à nos bottes ! Allez, je vous écoute.

Chacun fit son rapport. Lazare et Mimouni décrivirent la potence improvisée qui servait très certainement au chanteur pour des séances d'auto-érotisme. Les traces de friction sur le haut du joug ne laissaient guère de place au doute. L'équipe technique travaillait pour en établir la matérialité. Mais on n'avait retrouvé ni cordelette, ni lien d'aucune sorte dans toute la maison. Alors, à moins que le chanteur ne soit pas mort sur le coup, et qu'il ait trouvé le temps d'aller planquer cet élément primordial juste avant d'expirer, on ne prenait guère de risque en spéculant sur une intervention extérieure. Cela éloignait l'hypothèse de l'accident, et on s'orientait logiquement vers un homicide ou une mise en scène destinée à le faire croire.

– Dans quel but ? demanda Revel. Si on imagine une séance sexuelle à plusieurs, ce que laisseraient penser les verres et les bouteilles sur la table, en supposant qu'il ait claqué pendant la manœuvre, pourquoi ne pas tout laisser en l'état ?

– On n'en sait rien... Il y a plusieurs "paluches" différentes sur les objets de la table, confirma Mimouni, mais on ne peut pas affirmer que leur utilisation ait été récente. C'est un peu le bordel chez lui...

– Il avait une femme de ménage ?

– Oui, elle vient le vendredi, répondit Lazare, ce qui explique l'état de la baraque le jeudi... J'ai envoyé une équipe à son adresse...

– Donc, reprit Revel qui griffonnait des notes sur un bout de papier, si on revient à ma question...

– Tu as une idée derrière la tête ? suggéra Sonia.

– Non, mais je me dis que cette situation manque de logique. Ou Stark se rate pendant une séance de touche-pipi assistée par strangulation et sex-toy, seul ou accompagné, et son ou ses camarades de jeu le laissent là et basta... Mais dès lors qu'ils enlèvent la corde, c'est qu'on veut nous orienter vers autre chose...

– Ou alors, c'est un homicide pur et simple, répliqua Lazare avec son bon sens de nordiste. Une séance non pas érotique, mais de torture pour laisser planer le doute, justement.

– Ouais..., c'est bien tiré par les cheveux tout ça. Il faudra en apprendre plus sur ses pratiques sexuelles. Quelque chose sur la maladie ?

– Non, dit Lazare, on n'a trouvé aucune trace de quoi que ce soit qui révèle le sida de Stark. On a fait, en revanche, pas mal d'autres découvertes intéressantes. Vas-y, Sonia !

La jeune femme feuilleta les papiers qu'elle avait posés sur ses genoux.

– Exploitation des téléphones, dit-elle avec un peu d'excitation dans la voix. Au cours des dix derniers jours, un numéro revient plusieurs fois, entrant et sortant. Ce qui intrigue, c'est l'heure des appels, très tard le soir ou au milieu de la nuit. Destination : New York. Le nom de l'abonné est Steve Stark-Kim. C'est le fils de Stark.

– Le fils ? Je croyais qu'il n'avait pas d'enfant !

– Fils adoptif. Un jeune Coréen de dix-huit ans, adopté il y a trois ans.

– Ok… Ça ouvre des horizons ?

– Oui, répondit Lazare. Aux États-Unis, il est inscrit dans une école d'art dramatique privée, la Juilliard School de New York, très coûteuse, comme en témoignent des factures retrouvées. Or, les relevés bancaires de Stark montrent qu'il était fauché. Il a annulé une tournée, puis une autre, rompu un contrat avec sa maison de disques et foutu en rogne son manager qui lui réclame un bon paquet de sous, au moins dix millions d'euros.

– Il faudra voir tous ces gens… Établissez la liste par ordre d'importance.

– Un autre numéro a été repéré plusieurs fois ces derniers temps, continua Sonia, celui d'un notaire, maître Delamare, rue des Pyramides à Paris. Il est à Berlin aujourd'hui, mais j'ai pu lui parler. Il n'a rien voulu dire de précis au téléphone, on le verra demain. J'ai cru comprendre que Stark a fait un testament, plusieurs fois modifié, et qu'il avait rendez-vous chez ce notaire...

– Il a eu lieu ce rendez-vous ?

– Non, c'était prévu pour dans quelques jours.

– Dans les papiers, enchaîna Glacier, on a trouvé les références de plusieurs contrats d'assurance. Chez Allianz en France et Helvetia, une compagnie suisse, plus une troisième aux États-Unis. Helvetia a envoyé un courrier il y a un mois, indiquant que les « modifications avaient été enregistrées et prenaient effet à la date du 30 novembre ». On va creuser, mais ça sent les assurances-vie.

Ils évoquèrent quelques autres points encore sans réponse. Antoine Glacier fit état de son tirage de sonnettes aux environs du domicile de Stark, un quartier résidentiel aux propriétés imposantes. Stark était connu de son voisinage, beaucoup de gens du show-biz ou de la télévision, pour aimer la fête et les jeunes gens, mais il n'y avait rien de sulfureux dans ses activités privées. Le jour de son décès, aucune voiture n'avait été vue à proximité de sa maison, pas plus

que de rôdeur ou de personne au comportement suspect. Glacier se tut. C'était frus-
trant, mais il ne fallait pas désespérer, il y
aurait sûrement des "touches" dans les jours
à venir.

– C'est tout ? demanda Revel. Ton barman, Sonia ?

La lieutenant sourit largement. Elle était
contente d'elle et cela se voyait. Elle se leva,
s'avança vers le bureau de Revel. Sans un
mot, elle posa devant lui la photo du jardinier, Thomas Fréaud, dit Tommy.

– Je te l'ai gardé pour la bonne bouche,
dit-elle. C'est lui qui bavassait au sujet de
Stark et de son sida...

– Bien ! Et l'autre ?

– Pas identifié. Il ne fait pas partie des
proches de la victime. Mais, en même temps,
ça peut être n'importe quel fan ou un de ces
innombrables types qui frayent dans le
sillage des stars...

– On a appris quoi sur Fréaud ?

– Rien d'excitant, dit Glacier qui avait
interrogé les voisins. Il est proche de Stark,
sûrement plus intime qu'il n'a voulu le dire.
Mais il bosse aussi pour de vrai...

– Il habite où, déjà ?

– Chez sa mère. Une petite maison dans le
centre de Flins, où elle est gardienne en titre
d'une cité. On l'a appelée, sans réponse. Il
semblerait qu'elle ne soit pas chez elle.

– Qu'est-ce qu'on fait ? On le reprend en audition ? suggéra Lazare.

– Non, je préfère qu'on attende un peu. Tâchons d'abord d'en savoir plus. Si on n'a pas plus de billes que ça, on risque de se tirer une balle dans le pied parce qu'on ne va pas savoir sur quoi l'accrocher, à part sur des "oublis" bénins. À présent, vous savez ce qu'il en est des gardes à vue avec l'avocat... Qu'est-ce que vous en pensez ? fit Revel en les examinant à tour de rôle.

Ils n'en pensaient rien. Sinon que Revel avait raison pour les gardes à vue avec baveux dans les jambes. Il était révolu le temps où on pouvait espérer faire craquer les suspects pendant des interrogatoires marathon, en alternant les bonnes manières et les moins bonnes. Maintenant les avocats assistaient et, s'ils n'étaient pas censés intervenir, ils ne se privaient pas de le faire, recommandant, avant toute chose, à leur client de ne rien dire. Ils restèrent donc sur une réserve de bon aloi, un peu surpris quand Revel leur demanda pour la deuxième fois ce qu'ils pensaient ou s'ils avaient une idée de scénario. Pour lui qui refusait de spéculer dans le vide, cette attitude étrange indiquait qu'il avait la tête ailleurs.

– Très bien, fit le commandant en se rejetant en arrière, on en reste là pour ce soir. Je vais voir le patron et tout le monde va se coucher.

Il aurait pu dire « Vous avez bien bossé » ou les encourager d'une manière ou d'une autre. Il n'en fit rien, mais aucun d'entre eux ne songea à s'en offusquer.

21

Maxime Revel se gara à quelques centaines de mètres d'une maison en pierres de taille. Ironie du sort, la rue Paul-Doumer, parallèle à la rue Gambetta, voisinait avec la MJC de *l'Usine à chapeaux* et l'église Saint-Lubin, deux ancrages de Marieke dans ce quartier résidentiel de Rambouillet. La bâtisse présentait des fenêtres à petits carreaux, une double porte en chêne avec un lion en bronze qui servait de heurtoir. Les volets étaient délabrés, la façade noire de crasse, un jardinet en friche séparait la maison de la rue. L'état de l'ensemble jurait avec l'entretien soigné des maisons voisines, assez cossues. Aucun nom n'était inscrit sur la porte, mais deux lettres et un magazine publicitaire posés sur un paillasson confirmèrent à Revel qu'il était à la bonne adresse, chez la bonne personne.

La femme qui ouvrit, affichait une cinquantaine mal en point. Les années avaient scarifié son visage de multiples ridules et de plaques de couperose qu'elle ne songeait pas à cacher, pas plus que ses cheveux gris pen-douillant de chaque côté de ses joues creuses.

– Comment allez-vous, Elvire ? demanda Revel d'une voix neutre.

– Ça va…

Elvire Porte, veuve Dumoulin, était sur la défensive et ne s'en cachait pas. Il y avait plu-sieurs années qu'elle n'avait pas revu le com-mandant. Elle ne l'aimait pas, cela se voyait au regard hostile qu'elle posait sur lui. Elle s'était méfiée de lui dès le premier jour, quand il était venu constater la mort violente de ses parents. D'emblée, elle avait vu qu'il la regardait avec un air de dire « Toi, tu es dans le coup, tu vas passer un sale quart d'heure ». Heureusement, après lui, d'autres enquêteurs étaient arrivés qui ne s'y étaient pas pris de la même façon. Ils avaient été professionnels, précis dans leurs questions, et plutôt bien-veillants. Ils avaient compris qu'elle n'avait rien à voir avec tout cela, rien qu'à la façon dont elle s'était effondrée après les premiers jours, ceux qui, d'après les experts en psycho-logie comportementale, correspondent à la phase de sidération.

Pourtant, ses parents n'avaient jamais été tendres avec elle. À l'époque, elle était au fond du trou. Son mari, un bon à rien, venait de mourir d'avoir trop bu, trop fumé, trop fait n'importe quoi. On l'avait retrouvé brûlé dans sa voiture avec 2 grammes d'alcool dans le sang. Les gendarmes n'avaient pas cherché plus loin. Jean-Paul Dumoulin était mort comme il avait vécu, misérablement. Elvire n'avait alors pas le sou et un enfant à charge. La seule aide que lui avaient consentie ses parents avait été de l'employer comme femme de ménage pour un salaire de misère. Elle avait eu au moins une raison par jour de souhaiter leur mort. Mais les premiers enquêteurs de la PJ de Versailles n'y avaient pas prêté attention.

Presque deux ans après le meurtre des Porte, elle avait vu Revel revenir. Elle ne savait pas comment il s'était débrouillé, mais il avait réussi à récupérer le dossier. Et là, elle avait souffert car il ne l'avait pas lâchée. Elle n'arrivait toujours pas à comprendre son acharnement. Alors, oui, elle détestait ce flic autant qu'elle en avait peur. Aujourd'hui encore, en le voyant assis en face d'elle avec son teint gris, ses doigts jaunes de gros fumeur, elle se retrouvait dans le même état, le sang en ébullition, des picotements le long des jambes et sur les mains. Prudemment, elle attendit que le commandant annonce la couleur.

– Je voulais savoir comment vous alliez après tout ce temps !

Tu parles ! Il venait prendre de ses nouvelles ! Et comment l'avait-il retrouvée ici, dans cette maison où elle vivait depuis même pas deux ans ? Elle ne posa pas la question, parfaitement au courant que personne ne

pouvait échapper aux flics. Un coup de fil à
la Sécu, à la mairie, aux impôts...

– Vous avez une belle maison, apprécia
Revel en regardant autour de lui, vous avez
vendu l'autre ?

Elle savait qu'elle devait lui demander à
quel titre il était là. Maître Jubin ne cessait
de le lui rabâcher, à l'époque des faits. Elle
devait exiger une commission rogatoire,
éventuellement s'abriter derrière le juge,
l'avocat. Ne pas se laisser intimider. Ne rien
dire, surtout à lui qui reprenait au vol le
moindre de ses propos.

– Je n'ai rien à ajouter à ce sujet, s'entendit-
elle répondre comme dans un rêve.

– Oh ! pardon ! sursauta le colosse qui,
sans lui demander son avis, venait d'allumer
une cigarette.

Sans lui en proposer une, non plus, et
pourtant elle aurait bien fumé, histoire
d'occuper ses mains qui tremblaient.

– Vous avez raison, Elvire, je ne suis pas
venu pour vous parler de l'affaire ni de la
façon dont vous êtes devenue propriétaire de
cette belle maison...

Ben voyons ! Comme si elle n'était pas
dupe de ses insinuations ! Du reste, elle
n'avait pas besoin de lui répondre, il n'était
pas du style à débarquer sans biscuits. Il était
évident qu'il savait très bien comment elle
avait fait pour acheter cette baraque, combien il lui restait sur son compte bancaire et

tout le montage qui concernait *La Fanfare*, enfin *Les Furieux*, à présent.

– Excusez-moi ! fit Revel, je suis venu pour...

Il mit la main à sa poche, en tira un bout de carton qu'il plaqua sur la toile cirée au milieu des miettes de pain rassis et d'innombrables traces laissées par les verres et les culs de bouteilles.

– ... ça !

Malgré elle, Elvire Porte posa les yeux sur la photo que Revel venait de sortir de ses fouilles. D'abord elle ne reconnut rien, ni le lieu où elle avait été prise, ni les deux femmes attablées côte à côte. Elle secoua ses mèches grisonnantes tandis que son teint de buveuse d'alcools forts s'empourprait. C'était quoi le nouveau jeu ?

– Regardez mieux ! ordonna Revel en poussant vers elle la photo.

Elle s'exécuta et se concentra sur la femme blonde qui lui disait vaguement quelque chose. Puis, elle réalisa que l'autre, à côté de la blonde, c'était elle ! Nom d'un chien, qu'est-ce qu'elle avait changé ! Sur le cliché, elle avait des cheveux mi-longs, abondants, d'une belle couleur cuivrée. Son visage était plus lisse, ses lèvres, étirées sur un sourire timide, dégageaient des dents blanches qui n'avaient rien à voir avec les chicots abîmés qu'elle cachait à présent derrière sa main quand elle riait. Ce qui ne lui arrivait prati-

quement plus jamais ! Sa silhouette aussi
était étonnamment fine, loin de ses empâte-
ments d'aujourd'hui et de cette voussure qui
pliait son dos comme celui d'une sorcière. Sa
stupeur n'échappa pas à Revel :

– Ça y est ? Vous avez recollé les morceaux ? La mémoire vous revient ?

– Oui, murmura-t-elle, les yeux rivés sur le
carré de papier aux couleurs passées. C'est
moi et…

– Et ?

– Et madame Marieke, votre femme.

22

Antoine Glacier et son équipe étaient revenus vers huit heures s'intéresser aux abords
de la maison d'Eddy Stark sans progresser
significativement jusqu'à l'arrivée d'une voiture jaune de La Poste. Le facteur qui accom-
plissait cette tournée depuis dix-huit mois,
dut s'expliquer longuement sur les habitudes
de la star. Stark, bien sûr, faisait partie des
célébrités qu'il chouchoutait un peu plus que
les autres usagers, à hauteur des étrennes
reçues le Jour de l'An. De plus, le rocker était
un homme charmant qui invitait toujours le
facteur à entrer quand celui-ci apportait un
recommandé. Il y avait souvent du monde

chez lui et "un coup à boire" à la clé. Ces derniers temps, depuis quatre à six mois, le
chanteur recevait surtout des lettres recom-
mandées, la plupart à l'en-tête d'études
d'huissiers, laissant supposer que Stark
"avait des soucis". Le jour de sa mort, le pos-
tier n'avait pas sonné au portail car il n'y
avait pas de recommandés. Il ne se souvenait pas d'avoir laissé quelque chose dans la
boîte à lettres. Comme celle-ci avait été
retrouvée bourrée de prospectus en tout
genre, le facteur le renseigna sur les autres
distributeurs de publicité. En quelques
minutes, le lieutenant remonta jusqu'au nom
et au numéro de portable de l'employé sus-
ceptible d'être passé le jour du crime pour
remplir la boîte aux lettres de réclames.

23

Maxime Revel venait de quitter Elvire
Porte aux environs de midi, quand son téléphone s'était mis à sonner.
– Quoi ? avait-il aboyé.
– Tu rentres, chef ? avait demandé Sonia
aussi poliment qu'elle le pouvait en dépit de
l'envie qui la démangeait de lui raccrocher au
nez.
– Ça dépend…

– On a du nouveau… En plus, Lazare et moi allons chez le notaire en début d'après-midi…

– Je ne serai pas là avant une heure, avait-il bougonné.

Le soupir de Sonia lui avait arraché les oreilles. Du coup, il avait fait fissa et mis le "bleu" sur le toit de la voiture. Mais il restait songeur et contrarié. La veille au soir, il n'avait pas vu Léa. Elle lui avait préparé un dîner avec un gros gâteau au chocolat, une recette de sa mère. Il en manquait une tranche. À la place, Léa avait laissé un mot : « Bon appétit, papou, tu vas voir, il est à tomber ». Papou ! Elle ne l'avait plus appelé ainsi depuis combien d'années ? Il aurait dû se réjouir qu'elle ait mangé de ce gâteau mais il avait ressenti de la gêne. Ce n'est pas aux vieux singes qu'on apprend à faire la grimace, tout de même. Il connaissait par cœur les astuces des drogués, leur habileté mise au service de leur obsession. Et Léa était droguée, d'une certaine manière. Il avait fouillé dans la poubelle de la cuisine et, comme il n'y avait rien de suspect, il était allé rechercher les sacs dans le conteneur de rue et y avait trouvé la part de gâteau. Ce matin, avant de partir, alors que sa fille était encore dans sa chambre, il avait laissé un mot près du gâteau auquel il n'avait pas touché : « Tu peux mettre le reste à la poubelle <u>AUSSI</u> ». Bien sûr qu'il était en rogne, mais ce message

était absurde de la part d'un père qui préten-
dait vouloir aider sa fille. Bien sûr, elle
n'allait pas lui répondre au téléphone et, pas
certain de savoir quoi lui dire, il avait
renoncé à l'appeler.

Au bureau, malgré des douleurs lanci-
nantes dans la poitrine, il réussit à grignoter
une part des pizzas que son équipe avait fait
livrer, assorties de bière pour Lazare, de
coca-cola pour les autres. Ils ne firent
aucune remarque ni ne lui posèrent de questions, mais le silence qui l'accueillit était
éloquent : son attitude lointaine et son
absence d'intérêt pour l'affaire Stark comme
les mystères dont il entourait son emploi du
temps, commençaient à peser sur le groupe.
Il en prit conscience tout à coup, bizarrement chagriné de les voir aussi inquiets.

– J'ai fait aussi vite que j'ai pu…, dit-il en
avalant une bouchée de pizza. Alors ?

– Je pars dans un quart d'heure avec
Sonia, l'avertit Lazare. Le notaire nous
attend avec des infos, semble-t-il. Mais on n'a
pas de commission rogatoire et je ne suis pas
sûr qu'il nous reçoive à bras ouverts.

– J'irai au parquet cet après-midi, dit-il
conciliant. Je voulais garder l'affaire en flag
mais tant pis… Si nécessaire, je vous faxerai
la CR. Quoi d'autre ?

– J'ai trouvé un témoin qui me paraît
sérieux, annonça Antoine Glacier.

Il avait le rose aux joues, le jeune lieutenant, et cela n'avait rien à voir avec le froid
pinçant qui s'était abattu sur Versailles et ses
forêts humides, pendant la nuit. Il rapporta
son entretien avec le facteur et ce qu'il avait
découvert grâce à lui.

– Pour distribuer les publicités dans le secteur, un employé est passé dans la rue une
première fois à 13 heures, une deuxième à
13 h 15 ou 13 h 20...

– Pourquoi deux passages ?

– Parce qu'ils quadrillent à pied le quartier
par groupe de rues. Un véhicule les dépose en
un point donné, avec leur chariot bourré de
prospectus. Ils se dispersent pour travailler et
se retrouvent en fin de tournée. Ils font un
premier passage par les numéros pairs et
reviennent dans l'autre sens pour distribuer
les numéros impairs. Ou inversement...

– Ok..., donc à 13 heures, ton gars passe
devant chez Stark, et qu'est-ce qu'il voit ?

– Mon gars est une fille... Elle s'appelle
Marie Vallon et travaille en intérim ; elle est
étudiante en médecine, par ailleurs.

– Bon, alors ? s'impatienta Revel.

– Quand elle est passée la première fois,
elle a vu une femme devant le portail...

– Une femme ?

– Oui et pas n'importe quelle femme, une
infirmière, vêtue d'une blouse blanche et
d'une parka sans manche avec une sacoche
noire plutôt volumineuse, un bonnet de laine

et des lunettes. Plutôt grande. Quand elle est repassée, entre un quart d'heure et vingt minutes plus tard, l'infirmière repartait. A priori elle venait de quitter la maison. Elle semblait pressée.

– Une bagnole ?

– Non, elle était à pied, elle a tourné à l'angle de la rue. Le témoin ne l'a pas suivie, cela va de soi.

– Mouais... ça nous avance à quoi ? Parce que, soit c'est une infirmière qui venait donner des soins à Stark, ce qui semble logique maintenant qu'on sait qu'il était malade, soit...

– Marie Vallon a remarqué cette femme parce qu'elle fréquente le milieu médical et qu'à force d'arpenter les rues, elle a un certain sens de l'observation. Elle a donné un détail qui me paraît important... L'infirmière a ouvert elle-même le portail.

Revel redressa la tête. Les autres, déjà au courant, ne réagirent pas.

– Elle avait une clef ?

– Non, un *bip*, c'est un portail électrique, je te rappelle.

– Peut-être qu'elle venait tous les jours, voire plusieurs fois par jour, et qu'il lui avait filé ce *bip* pour lui faciliter l'accès...

Glacier fit une moue. Revel s'éclaircit la voix :

– ... On a les résultats des examens toxicologiques ?

– Pas encore, répondit Sonia. Ce soir, probablement.

– Bon, dit le commandant, appelle le responsable du labo, demande-lui s'il a cherché
des traces d'un traitement, sinon qu'il s'y
colle, *illico*. Et si vous ne l'avez pas déjà fait,
allez voir dans la maison s'il y a des traces de
passage de cette infirmière...

– Non, on n'a trouvé ni seringue, ni coton
ni ampoule ni flacon, pas plus dans la maison que dans les poubelles...

– Elle a peut-être emporté ses déchets
dans ce cas... L'empreinte de pas dans le jardin, ça correspond à quoi ?

Lazare qui suivait le cheminement de la
pensée de son chef de groupe, farfouilla dans
ses papiers. Il en sortit une photo agrandie
de l'empreinte :

– L'IJ a fait un moulage. C'est une chaussure de sport, une basket... de pointure : 40-
41. La recherche dans les bases de données
de ces produits indique qu'on est en présence
d'une chaussure de marque Nike, un modèle
abandonné depuis plus de cinq ans. Fréaud,
lui, chausse du 43. La pointure correspond
plutôt à celle de la victime, mais on n'a
retrouvé aucune chaussure pouvant corres-
pondre à cette empreinte dans la maison.

– Elle avait quoi aux pieds, l'infirmière ?

– Le témoin ne se souvient pas. A priori
des chaussures basses. Sans certitude.

– Bien, bien... Vous allez chercher qui peut être cette infirmière, d'où elle vient. Antoine, si ce soir, tu n'as pas trouvé d'où sortait cette femme, c'est que c'était bidon. Tu crois qu'elle pourrait nous aider à faire un portrait-robot, ta Marie quelque chose ?

C'était peu probable. Marie Vallon avait vu la femme de profil la première fois et de dos, la deuxième. Revel se leva tandis que Glacier continuait à parler : Marie Vallon pouvait en revanche décrire une allure générale, taille, corpulence, tenue du squelette, âge... Elle avait aussi noté un détail qui pouvait avoir son importance : la femme arborait une grosse verrue sur le côté gauche du nez, presque au bout. Une anomalie suffisamment cruelle pour qu'on la remarque.

– C'est parfait, garde-là à disposition, coupa Revel. Ce point-là est peut-être important.

Mimouni finit le dernier morceau de pizza, et Sonia n'attendit pas pour enchaîner :

– J'ai les premiers retours des banques, dit-elle. Eddy Stark était vraiment très mal en point financièrement, on approfondit ses comptes. Avec Mimouni, on a aussi contacté les assureurs et on attend des nouvelles dans l'après-midi.

– Et le fils caché ? s'enquit Revel en allumant une cigarette malgré l'interdiction générale de fumer.

– Pas pu lui parler mais, d'après l'école new-yorkaise, on l'attend incessamment sur Paris.

– Qui ça, on ?

– Son parrain, Tony Maxwell, le comédien, un vieux copain d'Eddy, inséparables mais pas toujours fourrés ensemble. Tu vois ?

– Très bien. Il a été entendu ?

– Non, mais comme il accompagnera le gamin, on l'auditionnera à ce moment-là.

24

Renaud Lazare et Sonia Breton étaient assis dans l'antichambre de l'étude, au premier étage d'un vaste ensemble de bureaux, dans un immeuble luxueux de la rue des Pyramides, presque à l'angle de l'avenue de l'Opéra. Lazare n'était pas au mieux de sa forme. Comme l'attente s'annonçait longue, Sonia en profita pour revenir sur leur conversation le long du trajet.

Dans la voiture, il avait sorti un paquet de feuillets que la lieutenant avait reconnu comme des listings téléphoniques.

– C'est quoi ? avait-elle demandé, faisant tressaillir le capitaine qui s'était empressé de se tourner vers la portière pour échapper au regard aigu de sa collègue.

– Rien qui te concerne, avait-il dit un peu sèchement.

Elle avait insisté, parce que c'était dans son tempérament de ne jamais rien lâcher, et aussi parce qu'elle voyait que son capitaine n'était pas dans son état normal.

– Vous êtes marrantes, vous, les bonnes femmes, avait-il protesté. C'est dans votre nature de vous mêler de tout, de vouloir sauver le monde et les malheureux qui le peuplent...

– Tu vois que tu es malheureux !

Il avait marqué un temps, posé les feuillets sur ses genoux et regardé par la vitre. Comme sous le tunnel de Saint-Cloud il n'y a pas grand-chose à voir, elle en avait déduit qu'elle avait mis dans le mille.

– Ma femme me trompe, avait finalement lâché Lazare alors qu'elle ouvrait la bouche pour revenir à la charge.

– Et tu espionnes son téléphone ! Tu ne devrais pas !

– Ah bon ? Et pourquoi donc ?

– Parce que c'est interdit et qu'en plus, ça ne sert à rien.

– Oui, mais dans ces cas-là, tous les moyens sont bons. De toute façon, ça n'a plus d'importance, elle m'a craché le morceau, hier soir.

– Merde ! Je croyais qu'elle était chiante, jalouse, possessive...

– Justement, j'aurais dû me méfier... En général, les jaloux sont des trompeurs. Ils projettent leur penchant à l'infidélité sur l'autre...

– Ouah, docteur Freud !

– Et comment ! Et là, j'ai les preuves... (il avait agité les listings)... elle l'appelle entre dix et quinze fois par jour, y compris la nuit... C'est son coach de gym, tu le crois, toi ?

– C'est assez banal... Ça lui passera, tu sais, ces mecs c'est petite tête, gros bras, ça ne peut pas durer... Elle vit le syndrome du moniteur de ski. Au bout d'un moment, ça lasse. Surtout quand ils enlèvent leurs lunettes et qu'il ne leur reste que deux ronds tout blancs sur la tronche, tu vois ?

– J'm'en fous. Je me dis que c'est aussi bien comme ça.

– Si tu le dis... Qu'est-ce que tu vas faire ?

– Je vais prendre une piaule à l'hôtel.

– Tu déconnes ?

– J'en ai l'air ?

Enfin, coupant court à ces confidences, l'assistante du notaire les invita d'un geste à la suivre.

Maître Delamare se leva pour les accueillir. C'était un sexagénaire au maintien soigné, conscient de sa belle allure qu'il entretenait avec subtilité. Ses cheveux grisonnants, encore abondants et délicatement ondulés, étaient traités pour renforcer la nuance de gris sans l'ostentation malhabile des teintures des vieux beaux. D'emblée, il fixa son regard couleur acier sur Sonia, la détaillant de haut en bas, façon marchand de bestiaux dans une foire.

– Hum, hum..., toussota discrètement Lazare pour faire redescendre maître Delamare sur terre.

– Excusez-moi ! répliqua l'homme un peu troublé, je... enfin, pardon... Je vous écoute.

Il reporta avec regret ses yeux sur Lazare d'un air qui semblait dire : « La police n'a qu'à embaucher des laiderons, je vous assure, ce serait plus facile pour tout le monde ». Le capitaine exposa l'objet de leur visite en insistant sur l'importance de découvrir rapidement de nouveaux éléments permettant d'orienter l'enquête. Le notaire sembla réfléchir à la rafale de sous-entendus de cette entrée en matière :

– Cette étude que j'ai héritée de mon père, dit-il, est une des plus importantes de Paris. Je me suis fait, à titre personnel, une clientèle dans le spectacle, le show-biz. C'est un milieu que je connais bien, grâce à ma première femme qui était comédienne. La deuxième était danseuse au Crazy Horse...

– Donc, dit sèchement Sonia pour éviter l'énumération du Who's who, vous connaissiez Eddy Stark ?

– Oui, très bien même, mademoiselle... ?

– Breton, lieutenant Breton. Nous nous sommes déjà présentés en entrant.

Lazare lui envoya discrètement un coup de pied sous la table, puis reprit les choses en main et fit part de leur attente. Le notaire l'écouta sans plus regarder Sonia. À la fin, il soupira :

– J'ai ouvert le testament de mon client et vérifié auprès du Fichier central des dispositions testamentaires qu'il n'avait pas déposé d'autres volontés chez un confrère. Vous savez bien sûr qu'il s'appelait en réalité Michel Dupont...

– Oui, et qu'il a adopté un jeune homme il y a trois ans, ne put s'empêcher de compléter Sonia, crispée autant par le côté suffisant du notaire que par sa façon de parler, très haute bourgeoisie parisienne.

– En effet... Du reste, le testament dont il est question a été rédigé un an après la clôture définitive de la procédure d'adoption. Je puis vous en communiquer le contenu sur réquisition. Vous avez une commission rogatoire, je suppose ? Je devrai aussi aviser le Conseil supérieur du notariat.

– Nous sommes encore dans le cadre de l'enquête de flagrant délit, fit Lazare, moins agacé que Sonia, mais plutôt amusé par la mine du notaire. Notre chef de groupe doit être en ce moment au parquet de Versailles, je peux l'appeler si vous voulez...

– Je préfère, oui.

Sonia se leva précipitamment en montrant son téléphone. Elle n'avait nulle envie de se

retrouver en tête à tête avec maître Delamare. Quand elle fut sortie, Lazare lut dans
le regard du notaire qu'il allait faire un commentaire sur le physique de sa collègue. Il ne
lui en laissa pas l'occasion :

– Pouvez-vous d'ores et déjà me donner
une indication qui me permettrait d'avancer
un tant soit peu, maître ?

– Oh, bien sûr...

Le notaire quitta son siège pour contourner
son bureau, un meuble monstrueusement
imposant avec des pieds en forme de carya-
tides supportant un plateau de verre de deux
centimètres d'épaisseur. Il se saisit d'une liasse
de papiers et revint vers Lazare.

– Je suis déjà en mesure de vous signaler
qu'Eddy m'avait appelé, il y a de cela une
dizaine de jours, pour me demander un
rendez-vous. Il voulait modifier ce document,
m'a-t-il indiqué, « après avoir réfléchi à certains paramètres de son existence ». Je ne
sais pas ce qu'il voulait dire par là. Sauf à
considérer les bénéficiaires..., comme souvent...

– Vous avez eu ce rendez-vous ?

– Hélas, non. Je me suis beaucoup absenté
ces temps-ci, et Eddy ne voulait avoir affaire
à aucun de mes collaborateurs. Nous étions
convenus de nous rappeler à mon retour de
Berlin, c'est-à-dire ce matin.

« C'est-à-dire trop tard », faillit conclure
Lazare. Il se contenta d'une grimace expli-

cite. Maître Delamare tenait toujours le document entre ses doigts manucurés, vierges de toute alliance. Le capitaine mourait d'envie de le lui arracher, mais il comprit que le notaire attendait le retour de Sonia. La belle se faisait désirer et la conversation languissait. Lazare regarda autour de lui. Au contraire de ce qu'il croisait au quotidien dans les bureaux de la brigade criminelle ou dans les cabinets d'instruction, il n'y avait ici aucun objet insolite issu de saisies ni de greffier planqué derrière des piles de dossiers au bord de l'écroulement. Alors, soit le notaire n'en fichait pas une rame, soit il était entouré de petites mains pour tout préparer et maintenir ce bureau en état impeccable. Maître Delamare suivit le regard du capitaine qui venait de s'arrêter sur une tapisserie couvrant le pan entier du mur en vis-à-vis de la table. Elle illustrait l'histoire de la Justice, depuis Saint-Louis sous son chêne jusqu'à une dernière scène d'Ancien Régime.

– Cette tapisserie est dans ma famille depuis plus de 150 ans, expliqua le notaire. Mon arrière-grand-père l'a obtenue en échange d'une prestation que son client ne pouvait payer. D'une valeur inestimable, elle a été fabriquée à Beauvais et a survécu à la destruction massive de la Révolution parce que planquée dans le grenier d'une ferme. Il y a vingt ans de cela, cette pièce nous a été volée, arrachée sans précaution de ce mur. Restée perdue pendant des années, vos collègues l'ont finalement retrouvée. Vous voyez...

– Que dois-je voir, maître ?

– Eh bien, vos collègues... Ils ont des résultats, parfois...

Le retour de Sonia sauva le tabellion d'une riposte cinglante de Lazare. Elle posa un papier sur la table :

– Voilà la CR, faxée depuis le cabinet du juge Nadia Bintge, du TGI de Versailles.

– Très bien, dans ce cas, allons-y.

25

Maxime Revel n'eut qu'à traverser le couloir pour passer du cabinet du juge Nadia Bintge à celui du juge Martin Melkior. Il avait obtenu du substitut Gautheron l'ouverture d'une information et la désignation d'un juge d'instruction dans l'affaire Eddy Stark, plus facilement qu'il ne l'avait convaincu de relancer la machine pour le dossier Porte. Il avait finalement vaincu les réticences de Gautheron parce que le substitut l'avait senti à fleur de peau. Revel était agacé de deviner, sous l'apparence rigide du magistrat, de la pitié et une forme de condescendance. Il subodorait une intervention de Romain Bardet, le patron de la brigade criminelle. « Faites-lui une fleur, monsieur le substitut, ça l'aidera à sortir du trou dans lequel il s'enfonce un peu plus chaque jour. Et puis, il est malade, vous savez… il ne veut pas en convenir, mais il n'en a plus pour longtemps… »

Le juge Melkior l'accueillit avec sa chaleur coutumière. C'était un quinquagénaire moustachu, doté d'un physique de bouledogue rompu aux sports de combat. À sa seule vue, les futurs mis en examen "flippaient". Alors qu'il aurait dû, depuis longtemps, accéder à des postes autrement plus prestigieux et surtout plus tranquilles, Melkior s'accrochait à l'instruction comme un chien à son os. C'était toute sa vie, cette ambiance. Depuis sa sortie de l'École nationale de la magistrature, il avait souvent changé de ville, mais il ne s'était jamais résigné à changer de fonction. Arrivé à Versailles en même temps que Revel, l'affaire Porte avait été son premier dossier. Lui aussi avait l'échec cloué au cœur, et que Maxime ait des "billes" pour relancer l'enquête ne pouvait que le satisfaire. Pour la première fois depuis longtemps, le commandant sourit franchement. Le juge casa sa masse de muscles derrière un bureau surchargé, coincé contre une fenêtre d'où il bénéficiait d'une vue imprenable sur le château.

– Pourquoi vous n'êtes pas venu me trouver directement pour l'affaire Porte ? reprocha-t-il sans préambule à Revel qui restait debout.

Asseyez-vous donc, vous me donnez le tour-
nis !

– Monsieur le juge, fit Revel en s'exécu-
tant, vous me connaissez. Quand j'ai raison,
je veux que cela soit reconnu. Croyez-moi,
cette affaire, on va la sortir, j'en suis sûr...

– Qu'est-ce qui vous rend si sûr ?

Le commandant lui exposa en quelques
mots le refus d'Elvire Porte de s'expliquer sur
ses ressources, et d'éclairer sa lanterne sur la
cession de *La Fanfare*, son installation conco-
mitante dans cette maison dix fois trop
grande pour elle et maintenant à l'abandon,
son air buté qui cachait des secrets.

Il omit de relater le dernier échange qu'il
avait eu avec elle :

*« Qui a pris cette photo, Elvire ? Et quand ?
Et pourquoi vous trouviez-vous avec ma
femme aux* Menus plaisir de la Reine *? Je ne
vous veux aucun mal. Je veux juste savoir ce
qui lui est arrivé. Ma fille est gravement
malade, je suis persuadé que si quelqu'un
l'aidait à comprendre pourquoi sa vie est devenue ce qu'elle est, elle irait mieux. Je suis sûr
que vous pouvez m'aider Elvire, avait-il
insisté, vous avez un fils, non ? »*

*Elle lui avait répliqué que son fils n'avait
rien à voir là-dedans et qu'il n'avait pas intérêt
à la doubler. Quand il avait promis de la laisser tranquille si elle lui expliquait pourquoi elle
se trouvait sur une photo avec sa femme, elle
avait eu un rictus éloquent : une parole de flic*

ne vaut pas mieux qu'une parole de voyou.
Mais elle avait fini par se confier :

« *Votre femme donnait des cours de chant.*
J'allais à la MJC, de temps en temps, emmener
Jérémy... mon fils. Un jour, il a entendu la
chorale et il est resté scotché... Et le chant avec
votre femme, lui a plu ; il l'aimait beaucoup,
vous savez... Les chorales préparaient la messe
de minuit à Saint-Lubin quand, fin novembre,
mon mari est mort dans cet accident, il a brûlé
dans sa voiture, il était saoul... Jérémy a été
beaucoup perturbé alors qu'il aurait dû être
soulagé de la mort de cette... carne de Dumou-
lin, un salopard brutal avec nous. Il a tout
arrêté, l'école définitivement à quinze ans et
même le chant... Votre femme m'a appelée
pour qu'il revienne à la chorale. En fait, il traî-
nait un peu partout à Rambouillet mais aussi
à Versailles. Un jour que j'étais allée là-bas
pour le récupérer dans une énième galère, je
suis tombée sur elle, devant le salon de thé...
où elle m'a invitée à prendre un verre. Elle m'a
encore dit que mon garçon devait absolument
revenir chanter, c'était son seul vrai "baryton".
Votre photo a été prise par une grande blonde,
la patronne, je crois... »

Non, Revel n'allait pas évoquer cette
conversation. Pas avant d'avoir dit deux mots
à Marlène. Et, ça, le juge Melkior n'avait pas
besoin de le savoir. Il fallait pourtant qu'il
arrive à glisser quelque part que madame

Porte refusait, à présent, de parler de son fils. Entre eux, rien n'allait plus.

– Bien, finit par lui dire le juge Melkior, vous allez donc entendre ce jeune homme… Nathan Lepic ? Faites attention qu'il ne soit pas sous tutelle ou un truc comme ça.

– J'ai vérifié, il est majeur et libre de s'exprimer. Mais je ne serai pas seul et je demanderai à un des parents d'assister à l'audition. Je voudrais aussi faire quelques nouvelles recherches du côté du bar.

– *La Fanfare* ? s'étonna Melkior, vous avez du nouveau de ce côté-là aussi ?

– Je voudrais mettre à plat les montages financiers de ces derniers mois. J'ai également besoin d'une commission rogatoire technique. J'ai quelques numéros à mettre sur écoute.

Le juge lui faisait confiance. Jamais il ne l'avait déçu. Ses excès de zèle n'étaient pas pour lui déplaire, à lui qui rêvait de pouvoir caresser les oreilles d'un de ces abrutis de prévenus qui se foutaient ouvertement de sa figure avec la bénédiction complice de leurs avocats.

Alors qu'il était occupé à dicter à sa greffière le premier texte concernant les actes d'enquête à prévoir, la porte s'ouvrit après un coup bref et impatient. Le substitut Gautheron passa la tête et, apercevant Revel, sembla soulagé :

– J'espérais bien vous trouver là ! fit-il d'une voix qui n'annonçait rien de bon.

Le juge Melkior suspendit sa dictée et Revel se leva de sa chaise avec difficulté. À la vue de Gautheron, il sentit monter une quinte de toux qui promettait d'être homérique.

– Je viens d'être appelé par maître Jubin, l'avocat de madame Elvire Porte.

– Ah, ce prétentieux de Jubin ! s'écria Melkior à tout hasard, pour voler au secours de Revel.

– Prétentieux, peut-être. En tout cas, il est furax. Il vient protester officiellement contre le harcèlement que le commandant Revel fait peser sur sa cliente. Il paraît que…

– Je suis allé la voir, reconnut Revel avant que l'autre ne le morde, mais ce n'était pas pour l'affaire.

– Allons bon ! Dites-moi donc pourquoi, dans ce cas ?

– Non, je suis désolé, c'est… personnel.

– Écoutez, Revel, il n'y a rien de personnel qui tienne. Elle est prête à porter plainte.

– Qu'elle le fasse ! En tout cas, sa réaction montre une chose…

– Elle n'est pas tranquille, surenchérit le juge Melkior.

– Ah bon ? se dressa le substitut tel un coq prêt au combat, alors toi aussi, Martin, tu t'y mets ? Dans ce cas… Vous ne pourrez pas dire que vous n'avez pas été avertis ! Et qu'est-ce que je lui dis, moi au baveux ?

– Tu lui dis que Revel a une commission rogatoire pour conduire de nouvelles investigations et, pour le faire taire, nous allons dater nos actes de ce matin, neuf heures.

Louis Gautheron se mit à danser d'un pied sur l'autre. Revel fronça les sourcils :

– Ça ne m'arrange pas, dit-il. Pas que l'acte soit antidaté, ça c'est plutôt une bonne idée, mais qu'il sache qu'il y a une nouvelle CR. Il va la prévenir… Ça risque de faire l'effet d'un pavé dans la mare.

– Et que vous, vous soyez allé voir cette bonne femme, ce n'est pas aussi un pavé dans la mare ? s'insurgea Gautheron.

– Vous n'avez qu'à lui dire que je suis un vieux con, sénile et incontrôlable, et que vous allez tirer ça au clair et me taper sur les doigts. Le temps qu'il se retourne, j'aurai déjà avancé.

– D'accord, capitula le substitut, mais je vous préviens, vous avez intérêt à sortir quelque chose, sinon on est dans la mouise…

Après le départ de Gautheron, ils éclatèrent de rire, ce qui déclencha chez Revel une belle quinte de toux.

– Ça va ? s'enquit la greffière compatissante, cependant que le juge le jaugeait d'un regard soucieux.

Le magistrat lui tendit les documents demandés mais, avant de les lâcher, il s'adressa, amical, à un Revel aux yeux injectés de sang, de l'humidité au-dessus de la lèvre supérieure, qui soufflait comme un vieux tracteur :

– Ne traînez pas, ça peut devenir grave, vous savez...

– Je sais. Merci, monsieur le juge, pour tout...

– Vous la cherchez toujours... ? demanda le juge en lui serrant la main... Votre femme, n'est-ce pas ?

26

Dans les embouteillages du retour sur Versailles, Lazare passa son temps à râler :

– Je vais demander ma mutation à Lille, marmonna-t-il alors qu'ils étaient complètement à l'arrêt.

– Tu veux que je mette le gyro ?

– Non, pas question.

– Oui, mais on va pas coucher là, quand même !

Sonia haussa les épaules en soupirant si fort que les cheveux de sa frange volèrent. Lazare ouvrit le dossier qu'il avait posé sur ses genoux et décida de donner quelques coups de fil. Bientôt en ligne avec le laboratoire de toxicologie, il coinça le téléphone entre sa joue et son épaule pour noter ce que son correspondant lui disait.

– Vous avez mis en évidence un psychotrope ? Oui ? Ah, très bien, je note... Oui, je sais que vous allez me faxer le compte-rendu mais j'ai besoin de savoir maintenant... Oui, merci...

– Alors ? s'enquit Sonia une fois qu'il eut coupé la communication.

– *Flunitrazepam* en quantité importante. On aura le dosage exact sur le rapport, mais...

– Excuse-moi, mais c'est quoi, ton truc *zepam* ?

– L'autre nom du *Rhoïpnol*, qu'on appelle vulgairement la drogue du viol. Il y a aussi une forte concentration de *kétamine*... C'est...

– Oui, ça je connais, dit Sonia, mon oncle est vétérinaire dans le domaine hippique... C'est un anesthésiant pour les chevaux.

– Ouais, mais certains l'utilisent aussi comme stupéfiant. Il faudra qu'on regarde dans tout ce qu'on a saisi, mais je n'ai pas le souvenir de produits contenant ces deux éléments-là. Il n'y a pas de trace de molécules laissant supposer un traitement spécifique...

– Donc, il ne soignait pas un sida ?

– Pas depuis au moins trois semaines, délai de maintien des traces de certaines substances dans l'organisme.

Lazare appela aussi le groupe pour savoir si on avait quelque chose de nouveau au sujet de Tommy le jardinier. « Pourquoi cette question ? » répondit Mimouni, la voix prise par un rhume naissant.

– Il faut mettre les téléphones fixe et portable de Fréaud aux zonzons, dit Lazare, vois ça avec la juge !

– Pourquoi ?

– Je te dirai en arrivant...

– La juge va me demander, Renaud, je te préviens...

– Selon le testament de Stark, il hérite de la moitié de tous ses biens...

– Ah, d'accord, la petite lopette ! s'exclama Mimouni après un double éternuement. Putain, j'ai chopé la crève, merde !

Lazare voulut ignorer les souffrances de son collègue.

– Bon, faut pas s'enflammer... D'après le notaire, le chanteur ne roulait pas sur l'or et, une fois réglées les créances en cours, il ne va pas rester grand-chose à son fils adoptif et au beau Tommy... La maison de Marly est estimée à deux millions d'euros, montant peut-être surestimé et sous réserve qu'il n'y ait pas d'hypothèque dessus. Il a aussi un petit appartement à New York où il descend quand il va voir le gamin.

– Ah, quand même !

– Tout petit, et pas dans Manhattan...

– Tu oublies les assurances-vie...

– D'après le notaire, elles sont exclues des dispositions testamentaires, sauf si mention explicite en est faite dans les contrats et le testament lui-même, ce qui n'est pas le cas en l'espèce. On a des retours des assureurs ?

– Rien de précis encore. Côté Suisse, ils tirent la gueule, ils veulent une CRI pour répondre, mais j'ai entendu dans leur silence que c'est assez juteux. La compagnie française envoie sa réponse pour ce soir. Les Amerlocks, on verra plus tard, j'ai appelé l'officier de liaison de l'ambassade des États-Unis pour voir comment on peut procéder sans passer par Interpol qui va nous faire lanterner six mois, au bas mot...

Lazare resta un moment rêveur après avoir coupé la communication. Dehors, les murs du tunnel de Saint-Cloud avaient laissé la place aux bois dépouillés, noyés dans la brume de la nuit tombée.

– Tu sais que demain, c'est le réveillon de Noël ? dit doucement Sonia.

– Noël ?

– Oui, Noël, le sapin, les cadeaux, la messe de minuit...

– J'ai pas de gosses, et ma femme est athée ; elle se fout de Noël, on ne l'a jamais fêté.

– Oui, mais cette année, t'es pas avec elle...

– Et alors, qu'est-ce que ça peut me foutre ?

Sonia n'avait pas de très bons souvenirs de ses premiers Noëls quand son père était encore là et que le couple, chancelant depuis le début et en quelque sorte mort-né, essayait de donner le change en décorant un sapin avec des cadeaux trop beaux, trop chers comme pour se faire pardonner tout ce qui n'allait pas. Tout s'était arrêté quand son père avait mis les voiles. Dès qu'elle l'avait pu, elle avait établi une distance constante entre sa mère dépressive qui maniait le reproche à égalité avec le plumeau dont elle faisait un usage immodéré. Ses deux frères avaient fui aussi, l'un en Pologne pour se marier, l'autre au Canada pour se pacser avec un type deux fois plus âgé que lui, qui devait lui rappeler son père, en plus riche. Il n'y aurait plus jamais de Noël familial chez les Breton.

– Remarque, dit Sonia, je me fous aussi de Noël, je déteste cet étalage de bouffe et de cadeaux, le genre "amusez-vous, il le faut !", je préfère faire la fête quand j'en ai envie et avec qui j'ai envie...

Lazare ne répondit pas, obstinément tourné vers la nuit qui, à l'approche de l'agglomération versaillaise, laissait progressivement la place aux lampadaires urbains. La jeune femme s'engagea sur la bretelle de sortie "Versailles château", où la circulation était plus fluide.

– En tout cas, dit-elle avec fermeté, il n'est pas question que tu ailles à l'hôtel.

– Ah ouais, et j'irais où ?

– Chez moi.

Renaud Lazare sursauta avant d'ébaucher un sourire sans joie. Comme ils approchaient du service, il rassembla ses papiers et les rangea dans sa serviette en cuir où il casa également son téléphone et ses lunettes de lecture.

– Tu n'y penses pas ?

– Bien sûr que si, j'y pense depuis qu'on était chez le notaire. J'ai une chambre de libre et... à l'hôtel, tu vas déprimer. On a besoin d'un adjoint en forme, déjà qu'on a un chef pas au mieux, ces temps-ci...

– Non, Sonia, c'est gentil, mais ce n'est pas une bonne idée. Les gens vont jaser... Tu connais les collègues. Et pour mon divorce, ça peut me porter tort.

– Non, mais t'es trop, toi ! s'écria-t-elle. Tu sais que les lois sur le divorce ont évolué ? Et qu'est-ce qu'elle pourrait te prendre de plus ta bourgeoise ? Vous n'avez pas de mômes et elle gagne plus de fric que toi ! Et si je t'entends bien, t'es déjà divorcé dans ta tête, non ?

– Parfaitement ! Et si tu me connaissais un peu, tu saurais que je ne changerai pas d'avis. Elle ne m'aime plus et moi non plus.

– Et pourquoi les collègues jaseraient ? Qui pourrait croire que toi et moi pouvons être autre chose qu'amis ?

– C'est vrai, se rembrunit Lazare, je n'ai rien pour te plaire, tu me l'as déjà dit.

– C'est la vérité, je ne vais pas te mentir, murmura Sonia. Mais j'aime parler et bosser avec toi. Ma proposition est sincère.

Lazare sortit du véhicule qui venait de se garer, à cheval sur le trottoir, faute de place sur le parking. Quand Sonia arriva à sa hauteur, il posa une main sur son épaule et lui sourit, le regard vaguement embrumé :

– Merci, Sonia, t'es une fille super.

27

Maxime Revel avait passé le reste de l'après-midi à préparer l'exécution de ses nouvelles commissions rogatoires. Il avait demandé l'aide d'Antoine Glacier, de tous le plus discret et le moins enclin à lui faire des remarques. Bien sûr, le commissaire Bardet allait le surveiller. Il n'accepterait pas qu'il délaisse une affaire toute fraîche pour rouvrir maintenant cette vieille lune. Il allait devoir lui parler, le rassurer : tout serait fait en temps et en heure.

Antoine Glacier commença par rédiger les réquisitions aux opérateurs de téléphonie pour la ligne fixe d'Elvire Porte et son téléphone mobile. Il fit la même chose pour le café *Les Furieux* et le mobile de Jérémy Dumoulin. Revel hésitait à se rendre directement à Rambouillet pour rencontrer Nathan Lepic, au risque de ne trouver personne à cause des vacances. Il ne lui vint même pas à l'esprit, à cet instant, de se demander ce qu'allait faire Léa de ses congés ni, surtout, ce qu'il allait lui proposer pour Noël. Il valait mieux, sans doute, qu'il n'y pense pas, effrayé à la seule perspective d'un tête à tête, plutôt sinistre, avec sa fille.

Les Lepic avaient fort heureusement horreur de la neige, ou pas les moyens de s'offrir des vacances à la montagne ou au soleil. Ils acceptèrent sans réticence, quoiqu'un peu surpris, de recevoir Revel le lendemain matin. Le commandant remercia le Ciel en silence. C'était une façon de parler parce que le Ciel, il y avait bien longtemps qu'il l'avait rayé de la liste de ses incantations.

Il s'attela ensuite à mettre à plat la situation du bar *Les Furieux* en commençant par consulter le registre du commerce. Le nouveau propriétaire de l'affaire mêlant vente de boissons fraîches et soirées chaudes était bien Jérémy Dumoulin, le fils d'Elvire Porte. Que cachait la brouille entre la mère et le fils ? Comment le fils, plutôt à la dérive selon sa mère, avait-il réussi ce coup ? Avec qui ? Et avec quel argent ? Il demanda à Antoine Glacier de rechercher pour lui les éléments sur la conclusion de cette vente, le transfert de propriété ainsi que les modalités de financement. Au besoin, il pouvait demander l'aide de la brigade financière, spécialisée dans ce type d'investigations. Puis il remit son manteau et sortit.

28

Marlène vit entrer Revel et elle ressentit aussitôt ce mélange de joie intense et de peur qu'il lui avait toujours inspiré. Le salon de thé était aux trois quarts plein, mais il ne s'en soucia pas. Il saisit Marlène par le poignet et l'entraîna sans ménagement vers la cuisine.

– Quoi ? Qu'est-ce qui te prend ? demanda la blonde d'une voix étranglée. Tu es devenu fou ?

– Maintenant, tu vas me dire pourquoi tu as pris cette photo ! Ou pour qui ?

– Pour personne... lâche-moi, tu me fais mal...

Revel posa sa grosse pogne sous le cou de Marlène et la poussa contre un gros frigo américain qui vacilla sous le choc. Elle ouvrit la bouche, tenta de happer l'air, de l'affolement dans les yeux.

– Dis-moi la vérité...

Il s'aperçut à sa peau qui commençait à cuivrer dangereusement et à son regard qui se troublait, que s'il ne lâchait pas son étreinte, elle ne serait pas près de lui répondre. Il laissa retomber sa main. Elle porta la sienne à sa gorge en respirant avidement.

– T'es vraiment trop con ! cracha-t-elle d'une voix cassée quand elle eut récupéré son souffle. Qu'est-ce que tu crois ? Bartoli se tapait ta femme, et moi je voulais que tu le saches parce que ça se passait ici ! Personne ne m'a demandé de prendre cette photo !

– Tu m'as toujours dit que tu ne connaissais pas Marieke, gronda-t-il, la poitrine serrée comme dans un étau.

Elle toussota, une main devant la bouche, l'autre ornée d'une grosse bague en toc. Revel saisit cette main et la serra avec force :

– Réponds-moi, Marlène !

– Je l'avais vue avec Bartoli sans savoir qui elle était, je te le jure. C'est la femme, là sur la photo, qui a vendu la mèche. Elle l'a appelée madame Revel... J'ai compris... C'est tout. Je te jure que c'est vrai.

Il la dévisagea un long moment. Quelque chose lui disait qu'elle ne mentait pas. Il devait s'excuser, il n'avait aucune raison de la traiter ainsi. Mais il était obligé de reconnaître que, depuis qu'il la connaissait, il avait toujours eu avec elle ce genre de relation, vaguement sado-maso. Il l'avait aimée autant que méprisée. Aujourd'hui, il se rendait compte que rien n'avait changé.

– Tu voulais me faire chanter ?

– Pauvre con, redit-elle en le défiant, je voulais seulement que tu la largues !

– Tu n'aurais pas voulu aussi qu'elle disparaisse, par hasard ?

Il n'avait même pas haussé le ton, celui d'une conversation anodine. Pourtant, il l'accusait. Marlène sembla foudroyée, l'espace d'un instant :

– Tu ne crois pas… Maxime, enfin, tu insinues que j'aurais pu…

Les larmes jaillirent sans prévenir, barbouillant aussitôt de noir les yeux de Marlène, prise de râles et de hoquets. Les digues érigées toutes ces années pour masquer sa vie ratée, cédaient d'un coup. C'était brutal et violent, et Revel ne sut plus quoi faire, se dandinant d'un pied sur l'autre. Une porte s'ouvrit dans son dos :

– Madame ? fit la voix inquiète d'une femme, est-ce que ça va ?

– Ça va, ça va ! gronda Revel.

Marlène se mit à sangloter de plus belle. La serveuse fit un pas de côté pour tenter d'apercevoir sa patronne :

– On dirait pas ! On vous entend depuis la salle. Les clients se demandent ce qui se passe !

– Je vous dis que ça va ! Ta patronne a avalé son whisky de travers…

– Ah bon ?

Sans bouger, dos tourné, Revel fit un geste impatient, signifiant à la serveuse de retourner d'où elle venait. La jeune femme s'exécuta en bredouillant qu'il fallait que « madame revienne en salle, quand même ».

– Elle va venir ! s'énerva Revel, fiche le camp !

Gauchement, il tendit le bras vers Marlène, effleura ses joues trempées d'une main maladroite, repoussa quelques mèches collées à son front. Elle lui parut fragile et pitoyable, et une forte houle enfla dans sa poitrine, à son corps défendant. Deux fois en deux jours, il lui avait fallu affronter une femme en détresse. Il n'allait tout de même pas se laisser aller à chialer à son tour ! Il attira la tête de Marlène contre le tissu rêche de son manteau.

– Pardon, fit-il, dans un murmure, tu as raison, je suis un con.

29

Plusieurs véhicules de chaînes de télévision et de stations de radio stationnaient le long du trottoir, de part et d'autre de l'avenue de Paris. Revel se fraya un passage entre les micros.

– Commandant Revel ! Que pouvez-vous nous dire sur Eddy Stark ?

– Rien, bougonna-t-il. Je ne sais pas de quoi vous parlez.

– C'est vous qui êtes chargé de l'enquête, pourtant !

Il eut envie de répondre une vacherie, de balancer une repartie bien cinglante mais, lucide, il sut se maîtriser. Revel releva son col pour échapper à l'œil curieux d'une caméra.

– Vous savez que je ne peux rien vous dire. Pourquoi n'allez-vous pas plutôt au palais de justice ?

– Le substitut Gautheron n'est pas disponible.

– Je vais prévenir mon patron que vous êtes là. Laissez-moi passer !

Il finit par se dégager de la meute et monta les étages aussi vite que son souffle dégradé le lui permettait, jusqu'au secrétariat du directeur.

– Ils sont tous à la remise de la Légion d'honneur du préfet, expliqua Nadine, en lui tendant un petit panier de bonbons qu'il refusa d'un mouvement irrité.

– Qu'est-ce qu'on fait de la presse ? Y a au moins trente médias en bas !

– Le patron est au courant…

« Alors, se dit Revel, si le patron est au courant, j'en ai rien à cirer ». Il allait devoir tenir son groupe, le faire sortir discrètement du bâtiment et, si des témoins étaient entendus en ce moment, il faudrait les garder à l'écart des "charognards". Maintenant, les médias dirigeaient tout parce que tout le monde jactait à tort et à travers, voire leur refilait les PV et les rapports. La vie de flic qui obligeait à s'adapter en permanence, était devenue difficile.

Le commandant grimpa la dernière marche avec la sensation qu'une main géante fouillait sans retenue dans sa poitrine. Il n'avait pas fumé pourtant depuis la dernière Marlboro dans la cuisine de Marlène. Il avait toussé comme un perdu, elle l'avait engueulé. Elle avait profité de sa faiblesse pour passer ses nerfs sur lui. L'hypothèse d'une responsabilité de Marlène n'avait jamais été envisagée dans l'enquête sur la disparition de sa femme. À cause de lui, de son silence et de celui qu'il avait cru imposer à sa maîtresse, ses collègues n'avaient pas orienté leur enquête dans ce sens. Planté en haut de l'escalier, Revel secoua la tête. C'était une idée absurde. Comment s'y serait-elle pris pour faire disparaître Marieke ? Seule, c'était inconcevable, à moins de fomenter un traquenard très sophistiqué. Marlène n'était pas sotte mais quand même ! Avait-elle été aidée ? Mais par qui ? Le premier nom qui lui vint à l'esprit fut celui de Bartoli. S'il se souvenait bien, à l'époque, Jack en finissait avec un divorce compliqué, son deuxième en dix ans. Il avait fait trois gosses à sa première femme, deux à l'autre. Il croulait sous les pensions alimentaires, toujours fauché, tapant l'incruste à droite à gauche, à partir du 15 du mois. Ce qui ne l'empêchait pas de sauter sur la femme des autres, le salaud ! Qu'est-ce qui aurait pu convaincre Bartoli de se débarrasser de

Marieke avec l'aide de Marlène ? Ou l'inverse ? Est-ce que Marieke l'avait envoyé se rhabiller parce qu'au fond, elle n'aimait que lui, Maxime Revel ?

– Arrête de te la jouer polar, mon vieux !

– Qu'est-ce que tu dis, Baxime ? émit derrière lui une voix mâle et nasillarde.

– Je me parlais à moi-même !

– Oh ! c'est le début de la fin, alors...

– Pourquoi tu parles avec cette voix de perroquet, Abdel ?

– J'ai chopé la crève, répondit Mimouni entre plusieurs éternuements.

– Garde-la surtout, prévint Revel en s'engageant dans le couloir de la Crim... Les autres sont là ?

– Oui, sauf Badel et Steider qui sont encore à Marly, ils épongent les baisons...

Revel s'arrêta net :

– Qui ?

Mimouni secoua la tête, abattu.

– Ah, je pige, ricana Revel, tu veux dire Manel et Steiner...

– C'est ça, boque toi de boi !

Ils passèrent devant le bureau éteint du commissaire Bardet, sûrement en train de siffler du champagne avec les huiles chez le préfet. Il se heurta à Sonia qui sortait en coup de vent du bureau du groupe, les joues rouges.

– C'est trop dingue !

Revel et Mimouni s'arrêtèrent en même temps.

– Contact dans cinq minutes, dit le commandant pour couper court à l'emballement de la lieutenant, préviens le groupe !

Comme l'avait dit Mimouni, une partie des "trompettes" n'était pas encore revenue de la pêche aux informations dans le quartier de Stark. Ce surnom était donné aux membres du groupe les derniers arrivés, les moins gradés. Ils se faisaient les dents sur les tâches les plus ingrates, mais il fallait en passer par là pour devenir un bon enquêteur de police criminelle. Lazare et Sonia s'étaient placés à l'écart de Mimouni qui, un mouchoir sous le nez, assistait, impuissant, à la vidange de son cerveau. Revel en finit avec les PV que des mains charitables avaient empilés sur son bureau : perquisitions effectuées par Mimouni au domicile d'Eddy Stark pour chercher des éléments dans les dépendances de la maison, un garage avec une Ferrari, une Mercedes plus toute jeune et un petit 4×4 qui devait servir à Tommy le jardinier car il était équipé d'une boule de traction. Des traces de boue et des débris végétaux maculaient les tapis de sol et le haillon arrière.

– J'y cherchais des chaussures correspondant aux traces sous la fenêtre, dit le capitaine Mimouni, les yeux larmoyants. Je n'ai rien trouvé. J'ai posé des scellés partout et laissé un gardien en faction, à cause des journaleux qui rôdent. Et s'il y a un lézard du côté de Thomas Fréaud, j'ai pas envie qu'il revienne patauger là-bas...

– Bonne initiative, approuva Revel. On en est où avec lui ?

– Je l'ai fait "brancher", il y a une heure, précisa Renaud Lazare.

– Ouais, grogna le commandant en les regardant tour à tour. On aurait peut-être dû le garder finalement...

Mimouni qui avait une légère tendance à la paranoïa, se cabra.

– "On" aurait dû... Tu veux dire que boi, j'aurais dû le placer en GAV ! Et pour quel botif, s'il te plaît ? C'est facile, après coup... Et puis...

– Stop, ordonna Revel, on ne va pas perdre de temps à discutailler. Je disais ça comme ça. Tu as raison. On ne sait pas encore ce qu'il fabriquait avec Stark...

– Qu'il l'ait couché dans son lit et sur son testament n'est pas totalement inintéressant, fit Lazare. Surtout que Stark voulait modifier le dit-testament, précisément.

– Pour l'instant, on est dans les suppositions, avertit Revel. Son portable, ça donne quoi ?

– Rien, dit Sonia qui semblait surexcitée. Il n'a pas bougé depuis qu'on l'a branché. Ni téléphoné. Il est localisé sur la balise qui couvre le domicile de sa mère à Flins. Il y a eu quelques appels entrants dans la journée, en cours de vérification.

– Ouais, ou alors, il a un autre portable...

– Ou bien il a passé la journée à dormir chez maman... Chez elle non plus, il n'y a pas de trafic.

– Elle est peut-être partie pour les fêtes, suggéra Mimouni, quoi d'étodant ?

Lazare en convint avant de revenir sur la visite au notaire.

– C'est quand même bizarre, cette histoire de testament, fit Revel quand il eut terminé.

– Il devait se le taper, éructa Mimouni en se tenant la gorge.

– Enfin... De là à...

– Je souscris au doute, ironisa Glacier qui venait de faire une entrée discrète. Je parie-rais pour une autre explication.

Il se laissa tomber sur une chaise, retira ses lunettes dont il se mit à frotter les verres vigoureusement avec la manche de son pull. Sonia qui l'observait, l'air de rien, ne put s'empêcher de penser qu'il avait des yeux extraordinairement beaux. Glacier, son ménage personnel terminé, s'aperçut que tout le groupe attendait la suite :

– J'ai fait vérifier tous les cabinets d'infir-mières du secteur, les médecins et hôpitaux. Aucun personnel médical n'a été envoyé chez Stark. Il n'y a aucune trace non plus de soins infirmiers à domicile dans les papiers de la victime.

– La sécu ?

– Aucune prestation n'a été versée à Michel Dupont depuis plus de deux ans.

– Il ne se faisait certainement pas soigner, dit Lazare qui en profita pour leur communiquer les résultats du laboratoire.

– Ça conforte l'hypothèse d'une fausse infirmière.

– Bon, dit Revel qui triturait une Marlboro avec une envie folle de l'allumer. Une infirmière bidon, qu'est-ce que ça peut signifier ?

À l'évidence, une fausse infirmière repérée en train de pénétrer dans une propriété à l'heure approximative où son occupant avait été tué, pouvait en faire une suspecte.

– J'ai peut-être l'explication, lança Sonia Breton, les yeux brillants d'excitation.

Elle agita un papier, savourant son effet.

– Voici la réponse de la compagnie d'assurances Allianz. Stark a souscrit une police d'assurance-vie, il y a dix ans, pour un contrat assez modeste. Il a augmenté les garanties une fois, au moment de l'arrivée de son fils adoptif, inscrit comme seul et unique bénéficiaire. Puis, il a remonté encore le niveau du capital garanti pour un montant de trois millions d'euros, il y a deux ans, maximum versé en cas de décès accidentel ou indépendant de sa volonté…

– Comme un assassinat par exemple ?

– Exactement. Un million en cas de mort naturelle. Les garanties ne valent pas en cas de suicide, c'est une construction assez classique.

– La vache ! éructa Revel après un temps d'assimilation. Ça, c'est une nouvelle intéressante !

– Ça n'explique pas pourquoi il cachait sa maladie, reprit Mimouni toujours obstiné.

– Parce que les assurances demandent des garanties médicales pour accepter de couvrir des montants pareils, dit Sonia.

– Il faut vérifier ce point en détail, conclut Revel après un échange de vues sur la question. Pourquoi Stark avait-il intérêt à occulter sa maladie ? Qu'en disent les assurances ? On n'a pas de réponse de la compagnie suisse ? Ni des Américains ?

– Non, ça va prendre encore un peu de temps. L'officier de liaison n'a pas la main sur les grands groupes d'assurances. Il faut passer par la voie officielle. La juge a établi les CRI, mais il faut un peu de temps maintenant, tu sais comment ça marche.

– Je me demande, fit Lazare, pourquoi Fréaud, lui, était au courant que Stark avait le sida, et pourquoi il en parlait avec un inconnu au *Black Moon*. Il me paraît pour le moins bizarre que ce petit con ait pu savoir ce que personne n'était censé savoir...

– Tu as raison, c'est un point crucial...

Ils conclurent la réunion sur une séance d'éternuements de Mimouni à qui Revel intima l'ordre de rentrer chez lui sans plus attendre, pour éviter un effet contagion. L'intéressé ne se fit pas prier et remit ses PV à Lazare qui s'en saisit du bout des doigts. Sonia attendait un satisfecit mais Revel, après avoir distribué quelques consignes pour le lendemain, ouvrit le dossier "Porte". Comme elle ne bougeait pas et Lazare non plus, il releva la tête après deux bonnes minutes :

– Qu'est-ce que vous attendez ? demanda-t-il d'une voix éraillée.

Lazare prit la parole, Sonia naturellement rangée à ses côtés :

– Maxime, demain c'est la veille de Noël, la moitié du groupe est en vacances, Mimouni est HS et toi, visiblement, tu penses à autre chose. Alors je me disais qu'on pouvait faire une trêve dans l'affaire Stark…

– Vous avez des projets ? s'enquit Revel comme si c'était la chose la plus incongrue qu'on pût imaginer. Vous êtes de permanence à domicile, tous les deux, non ?

– Oui, mais on peut lever le pied et se contenter des urgences…

Revel s'adossa à son fauteuil, croisa les mains sur son ventre et s'abîma dans une réflexion dont il ne tarda pas à livrer le résultat :

– D'accord…

– Ça marche, murmura Sonia, étonnée que le commandant ait cédé aussi facilement.

– Dans ce cas, fit Revel avec un petit air en dessous qui confirma les craintes de la lieutenant, je vous réquisitionne pour demain matin...

Lazare et Sonia Breton échangèrent un regard mortifié.

– Je vais entendre Nathan Lepic, à Rambouillet. J'ai besoin de vous pour m'assister, le garçon n'est pas tout à fait... ordinaire...

– Tous les deux ? objecta Lazare.

– J'ai besoin de l'un de vous deux, mais deux regards valent mieux qu'un.

Les deux officiers hésitèrent. Cette histoire Porte plombait Revel. Il ne redeviendrait lui-même que lorsqu'il aurait épuisé toutes les ressources du dossier. Ils ne savaient pas tout, mais devinaient que le "vieux" avait fait des découvertes autour desquelles il piaffait comme un cheval à qui on promet une balade en forêt.

– Je ne connais pas le dossier, objecta Sonia. Je ne suis pas sûre de t'être utile...

– Bon, alors Lazare viendra seul, soupira le commandant. En attendant laissez-moi, il faut que je relise deux ou trois trucs...

Une fois leurs affaires rassemblées et les PV du dossier "Stark" bouclés dans une armoire, ils repassèrent devant le bureau de Revel. Ils le virent effondré sur ses mains jointes au-dessus du dossier ouvert. Ils se précipitèrent et comprirent, soulagés, qu'il s'était assoupi. Doucement, Sonia le secoua. Il se dressa comme un diable jaillissant de sa boîte :

– Quoi ? Qu'est-ce qui se passe ? Quel jour on est ?

– Le 15 janvier, se marra Lazare, ça fait trois semaines que tu dors... Tu devrais rentrer chez toi, Maxime. Prendre un bain chaud et te coucher...

– Ouais, marmonna le "vieux", très drôle, et c'est toi qui vas faire mon boulot ?

Sonia fit le tour du siège de Revel et entreprit de ranger les PV sur lesquels le commandant avait laissé échapper un filet de bave. Puis d'un geste sans appel, elle ferma la grosse chemise cartonnée et s'en empara, la serrant contre elle comme un enfant.

– Renaud a raison, il faut que tu ailles roupiller... Le dossier, c'est nous qui allons le relire.

Cette décision péremptoire prit Lazare au dépourvu mais, avant que Revel ne s'avise de protester, il acquiesça d'un vigoureux hochement de tête.

– Voilà comment on se fout dans la merde, commenta sobrement le capitaine après qu'ils eurent éteint les lumières, accompagné Revel à sa voiture et que lui-même eut démarré sa vieille casserole.

30

En arrivant chez lui, Maxime Revel constata que tout était éteint. Une pointe d'angoisse accéléra son souffle. Il s'était arrêté en route pour acheter une pizza avec l'espoir insensé que Léa accepterait de la partager avec lui. Depuis son acte idiot du matin, elle ne s'était pas manifestée. Il avait imaginé qu'elle serait là, à l'attendre et qu'elle l'accueillerait comme si de rien n'était.

Mais Léa était plutôt du genre à bouder, interminablement. Dans la maison, il retrouva ses vêtements souillés à l'endroit où il les avait laissés, la vaisselle sale dans l'évier, les mégots dans le cendrier sur la table du salon qui empestait la clope. Il sourit vaguement. Il préférait cette petite rébellion à la passivité que sa fille affichait ces dernières semaines. À l'étage, la porte de Léa était fermée à clef. Bouderie, dodo, ou bien elle était partie se réfugier chez une des rares copines qui acceptaient encore de la fréquenter ? Il n'osa pas insister et exécuta dans l'ordre le programme recommandé par ses collaborateurs : dans un bain brûlant, il s'étrilla de la tête aux pieds. Il enfila un pyjama propre, et se fit réchauffer la pizza qu'il mangea, entièrement, devant une série policière de deuxième partie de soirée. Ses pensées étaient ailleurs, entraînées par ses fantômes, rebondis-

sant de Marlène à Léa, de Marieke à Elvire
Porte. Il avala ensuite un demi-comprimé de
somnifère et s'endormit comme un bébé.

31

Sonia et Lazare firent eux aussi une halte
à *Rapid Pizza* pour la deuxième fois de la
journée. La jeune lieutenant n'avait ni le
temps ni l'envie de cuisiner. Lazare avait ron-
chonné dans la voiture : il répugnait encore
à accepter la proposition de sa collègue de
l'héberger « le temps qu'il se retourne » et,
surtout, il avait espéré rattraper du sommeil.
Il n'avait plus vingt ans, et n'était pas comme
elle capable de passer plusieurs jours debout
et de récupérer en quelques minutes.

— C'est pas grave, tu dormiras pendant que
moi je me taperai le dossier, avait soupiré
Sonia.

— Ben voyons... C'est mon genre...

— Ne t'enflamme pas, le prévint-elle, alors
qu'ils roulaient vers La Celle-Saint-Cloud, je
n'ai pas de villa de luxe, j'habite seulement
Beauregard...

Lazare connaissait le quartier de Beauregard pour y être allé quelques fois en perquisition. C'était un ensemble immobilier bâti
dans les années cinquante, offrant toutes les

caractéristiques de l'époque : cubes ou paral-
lélépipèdes, avec de minuscules balcons
aujourd'hui fleuris de paraboles.

Lazare regarda l'appartement de Sonia
avec curiosité. En découvrant la chambre
qu'elle lui destinait, séparée de la sienne par
un étroit corridor, il crut se trouver dans une
piaule de bidasse. Un lit étroit tiré au cordeau, une chaise, une table avec une lampe
de bureau en métal gris, un placard à portes
coulissantes, pas de rideaux. Il faisait chaud,
trop chaud, dans cette minuscule chambre. Il
songea à la débauche de bibelots qui encom-
braient celle de sa femme, et qui avait été
aussi la sienne jusqu'à hier. Sa femme, si
rigide en apparence, ressemblait à une
espèce de cocotte à côté de sa collègue qui,
derrière son impétuosité, cachait une rigueur
signifiant qu'elle était sans doute profondé-
ment solitaire et qu'elle ne s'aimait pas.

– Tiens, dit Sonia qui se demandait comment interpréter la perplexité de Lazare,
dans le placard, tu pourras ranger tes
affaires. Par contre, on devra partager la salle
de bains, c'est un HLM ici et…

– Oui, mais arrête de stresser, c'est parfait !

Il se tourna vers elle et lui sourit franchement. Toute anxiété disparut du visage de
Sonia :

– Viens, dit-elle, je te montre le reste de
l'appart…

Après avoir englouti la pizza et pris une douche, Sonia avait aussitôt lavé leurs vêtements qui, à présent, tournaient dans le sèche-linge. Lazare découvrait cette jeune femme à l'image de son logement spartiate. Rien ne traînait, pas un vêtement sur une chaise, pas une serviette mouillée en vrac dans la salle de bains où chaque objet était rangé, aligné en ordre ! La cuisine ressemblait à un laboratoire ou au décor minimaliste d'un appartement-témoin. Le salon, tout aussi dépouillé, ne sacrifiait à la modernité que par un écran plat, planté au milieu d'un panneau vide. Chaque fois qu'elle posait un verre ou une assiette sur la table, Sonia vérifiait d'un coup d'œil qu'elle n'avait rien dérangé. Dès que Lazare laissait tomber une miette ou faisait gicler de l'eau en se servant à boire, il sentait monter le stress de la jeune femme et l'effort immense qu'elle s'imposait pour ne pas se jeter sur une éponge ou un chiffon. La vaisselle rangée, elle se détendit un peu. Enfin, assis chacun d'un côté de la table de la cuisine, ils ouvrirent le dossier et commencèrent à feuilleter les PV.

– Je te propose de relire le rapport de synthèse, suggéra Lazare, ça va me rafraîchir la mémoire à moi aussi... Ensuite on regardera de près les témoignages des riverains puisque c'est là que Maxime cherche, on dirait...

C'était en effet d'une grande logique. Sonia récupéra le premier rapport de la phase de flagrance de l'enquête et commença à lire.

Lazare scruta son visage pour tenter d'y déceler les sensations que lui inspiraient ces trente pages rédigées en style administratif et monocorde. Parfois, derrière les mots d'un rapport d'enquête, se cachaient des sous-entendus que l'enquêteur délivrait soit comme un message d'impuissance, soit comme une manière de dire « je ne suis pas dupe mais je ne peux rien prouver ». Le rapport concluait provisoirement qu'il faudrait chercher l'assassin parmi les nombreux clients du bar *La Fanfare* et que l'on trouverait le mobile dans une querelle d'ivrognes ou un éventuel conflit d'intérêt. Ce dernier point était tellement évasif qu'on se demandait bien de quoi il pouvait être question.

– Tu veux mon avis ? proféra Sonia après un temps de réflexion. Il me semble évident que j'aurais cherché le responsable des deux meurtres du côté de la fille, non ?

Lazare rejeta les bras derrière le dossier de sa chaise et s'étira en faisant la grimace. Dieu que ce logement était inconfortable !

– Quand Revel est arrivé à la PJ et qu'il a demandé à reprendre le dossier Porte, il s'est jeté là-dessus, bien évidemment... Un mois à peine avant le double homicide de ses parents, Elvire Porte venait de perdre son mari dans des circonstances pas très nettes. Il picolait comme un malade et, ce soir-là, il était parti bourré en bagnole avec un brouillard à couper au couteau. Personne n'a été capable de dire ce qu'il fichait dans ce coin paumé de campagne où il s'est viandé. Il est parti dans le décor et la bagnole a brûlé, lui avec. L'enquête des gendarmes a conclu à l'accident d'emblée, mais Revel n'était pas convaincu...

– Pourquoi ?

– Le soir de l'accident, quand ils sont venus annoncer la nouvelle de la mort de Dumoulin, les gendarmes ont trouvé la mère ivre morte chez elle, et le garçon tranquillement couché dans son lit.

– Et alors ?

– Alors ? Jérémy, c'était pas le genre à se mettre au lit en attendant que son père vienne l'en sortir pour le tabasser...

– Ça ne me dit pas pourquoi Revel a douté...

– Dès qu'il a repris le dossier sur la mort des vieux, il s'est intéressé à Elvire et à son fils forcément, puisque le premier rapport les avait, en quelque sorte, écartés. Je dirais même qu'il les a "mis à poil" en relançant l'étude de la téléphonie, et en constatant qu'un portable avait appelé le domicile des Dumoulin une heure avant que Jean-Paul Dumoulin se crache en bagnole. Ce portable avait été volé très peu de temps auparavant dans un supermarché, à deux kilomètres du lieu de l'accident. L'appel a été "borné" au même endroit, à peu de chose près. Revel est persuadé que...

– ... Le jeune Jérémy est le voleur du téléphone portable et l'auteur du coup de fil...

– T'as tout pigé ! Le hic, c'est qu'on ne peut rien démontrer. La femme qui a été délestée de son téléphone, ne s'en est rendu compte que beaucoup plus tard. Elle a été entendue, mais n'a aucun rapport avec les Dumoulin-Porte, c'est une certitude. Quant à Elvire Porte, elle a dit n'avoir aucun souvenir de cet appel. C'est probablement...

– ... Le mari qui l'a pris ! Donc, le seul élément tangible dans la mort de Dumoulin, c'est cet appel...

– C'est ça. Revel a toujours pensé que le gamin avait appelé chez lui pour demander qu'on vienne le chercher, et que c'est le père qui a décidé d'y aller.

– Bizarre, non ? Il savait qu'il allait dérouiller...

– Oui, ça chiffonnait Revel aussi... Et tu le connais, il a extrapolé...

– Un piège ?

– Oui. Jérémy et sa mère auraient concocté un plan pour se débarrasser du père violent... Le garçon appelle. Il invente un truc assez gros pour que Dumoulin se déplace. Sur la route, le môme se débrouille pour provoquer un accident et il fout le feu à la voiture...

– Ok… Mais comment il s'en sort, Jérémy ? Il a dû dire où il se trouvait à ce moment-là ?

– La mère et le fils ont affirmé qu'il était rentré à la maison avant que son père ne parte en voiture… Ils ont été suffisamment convaincants avec les gendarmes…

– Je vois… Et le gamin a eu le temps de faire brûler son père et sa caisse, et de rentrer se pieuter ?

– Rambouillet n'est distant que de sept kilomètres du lieu de l'accident… À pied en se pressant un peu, et le temps que les gendarmes débarquent, il y a longtemps qu'il était rentré.

– Je ne veux pas t'embêter, dit le capitaine vaguement gêné quand même, mais si on doit y passer une partie de la nuit, je boirais bien un café…

– Je n'ai que du café en poudre…

– C'est mieux que rien, dis-moi où il est, je m'en occupe. Tu en veux ?

– Non ! s'exclama Sonia en se levant précipitamment. Attends, j'y vais !

Lazare l'observa s'empressant vers le coin-cuisine, visiblement contrariée. Il était partagé entre l'amusement et la consternation. Sonia s'agita un moment, revint avec un mug fumant :

– Excuse-moi, je n'ai pas de sucre… Je sais que tu en mets dans ton café.

– Ben oui… tant pis, merci quand même.

– On peut reprendre ? demanda-t-elle. Je comprends ce qui a chagriné Revel ! Pour les meurtres de *La Fanfare*, Elvire Porte a été entendue une fois dans la période de flagrance, son fils aussi, une page et demie de rapport, plus rapide tu peux pas... ! Pas de perquisition chez eux... L'étude de la téléphonie montre qu'Elvire Porte était chez elle au moment de la mort de ses parents. Elle a reçu un appel d'un démarcheur d'Orange, à dix-neuf heures. La communication a duré trois minutes. Puis, une demi-heure après, quelqu'un l'a appelée d'une cabine du centre-ville, pendant deux minutes. Elle a ensuite appelé la MJC de *l'Usine à chapeaux* à vingt et une heures, trois minutes quarante-cinq, ses parents à vingt-deux heures et encore une fois à vingt-deux heures quinze, deux appels non aboutis. Et dans son audition, elle dit...

Lazare avait anticipé la question et lut le PV d'audition d'Elvire Porte :

Je n'ai pas bougé de chez moi, le soir du 20 décembre 2001. Je n'avais pas de raison de sortir... À dix-neuf heures trente, Jérémy m'a appelée pour me dire qu'il allait à la répétition de la chorale. Comme je ne lui faisais pas confiance, j'ai rappelé la MJC à vingt et une heures pour savoir s'il y était. On m'a dit que les élèves du premier cours venaient de partir et qu'on ne savait pas s'il était présent ou non. Je ne me rappelle plus qui m'a répondu, je ne connais pas tout le monde là-bas, et la personne ne s'est pas présentée. À ce moment-là, Jérémy est rentré, il a mangé et il est allé dans sa chambre pour regarder la télé… Les deux communications à mes parents étaient destinées à leur dire que je ne me sentais pas bien (j'avais un début de grippe) et que je n'irais pas travailler le lendemain matin. Je me suis fait un grog et suis allée me coucher. Cela ne m'a pas étonnée de ne pas avoir de réponse à mes appels. Ils sont assez « spéciaux » avec moi et il leur arrive de ne pas me prendre au téléphone. N'ayant pas pu leur parler le soir, je craignais leur réaction, je suis allée au café le lendemain matin à l'heure habituelle…

– Tu vois, c'est assez bien emballé et le fils a confirmé en tous points.

– Les élèves de la chorale et la MJC ont dit quoi, à son sujet ?

– Personne n'a vu Jérémy à la répétition ce soir-là, mais il embrouillait sa mère tout le temps. Moi, ce qui me surprend le plus, c'est qu'il lui ait téléphoné, justement, pour lui raconter une craque… Mais bon, ils n'ont pas varié dans leurs déclarations. Après la mort des vieux, Elvire Porte a été hospitalisée quelques temps et le gamin placé dans un foyer. Ceci explique peut-être cela. Quand

Revel a repris les choses en main, le temps avait passé et tu sais ce que c'est, ce qu'on n'a pas fait dans les premières quarante-huit heures...

– C'est foutu, je sais... Ok, alors on sait qu'entre la fille Porte et ses parents ce n'était pas l'extase... Avec Jérémy, ça se passait comment ?

– Ils n'avaient pas de relations, les vieux désapprouvaient tout ce que faisait leur fille, y compris ce gosse, pas bien fini d'après eux.

– Côté finances ? On regarde ce que ça donne ?

Cela donnait deux cas de figure : la fille Porte et son fils, dans la mouise jusqu'au cou. Leur baraque, une espèce de taudis en lisière de forêt, prenait l'eau. On leur avait coupé plusieurs fois l'électricité et le téléphone. Ils cumulaient une année de loyers de retard. Les maigres ressources de Jean-Paul Dumoulin étaient englouties dans la boisson et le tabac. En revanche, les comptes des cabaretiers étaient correctement approvisionnés, sans être florissants. En plus du commerce de boissons et de l'habitation attenante, ils possédaient une maison dans Rambouillet, louée à un médecin, et un appartement en multipropriété dans le sud de l'Espagne.

– Bien sûr, la première chose qui vient à l'esprit, c'est qu'il y ait eu conflit à propos du fric. Elvire en a besoin, ses parents en ont un peu. En les tuant, elle hérite...

– Évidemment. Mais je la vois mal faire ça. C'est un petit gabarit, les vieux étaient encore à même de se défendre. Regarde le rapport d'autopsie...

Sonia s'exécuta :

– Jean Porte avait reçu dix coups de couteau dans l'abdomen, le thorax et le cou. L'agresseur était d'une taille à peu près équivalente à celle de la victime, les derniers coups avaient été portés quand l'homme était à terre. Pas de blessures de défense, ni de traces de lutte, rien sous les ongles. Liliane Porte avait été attaquée de dos, également au couteau. D'une taille inférieure à celle de son mari, la trajectoire des coups était sensiblement la même cependant. Pas davantage de résistance ou de lutte de son côté. Il n'était pas possible de dire qui avait été tué en premier, les deux meurtres étant très proches l'un de l'autre...

Lazare fit la réflexion que cela ne cadrait pas avec l'hypothèse d'un crime crapuleux, souvent précédé d'une séance de torture destinée à faire dire aux gens où ils cachaient leurs économies ou leurs objets de valeur.

– Sauf que là, il y a la caisse, objecta Sonia, tout le monde sait qu'ils ferment à cette heure-là, quelques milliers de francs ça peut faire rêver deux baltringues.

– Pourquoi deux ?

– Vu les circonstances, ça me saute aux yeux ! Les attaques sont simultanées et l'importante différence de taille entre l'homme et la femme aurait dû se révéler à travers la trajectoire des coups de couteau. Non ?

– Oui, dit Lazare, c'est aussi l'hypothèse que défend Revel.

La suite des rapports concernant les recherches d'empreintes et de traces biologiques n'apportait que peu d'éléments nouveaux. De nombreux ADN avaient été isolés, la plupart inexploitables, de même que les empreintes digitales qui foisonnaient forcément dans un café. Aucune découverte n'avait permis d'orienter l'enquête valablement, à l'exception d'une trace papillaire orpheline dans la cuisine, et de quelques gouttes de sang sur le seuil de la maison, porteuses d'un ADN resté lui aussi mystérieux. En exécution de la première commission rogatoire, Revel et son groupe avaient dû "purger" la liste des clients du bar. Des centaines de personnes avaient été entendues, on avait relevé leurs empreintes digitales et biologiques, vérifié leurs emplois du temps le soir du double meurtre. Pour preuve que Revel avait bien en tête aussi qu'il pouvait y avoir deux agresseurs distincts, tous les "tandems" possibles avaient été répertoriés. Des copains inséparables aux couples fortuits et, bien évidemment, les fichiers avaient été abondamment consultés.

– Je comprends mieux pourquoi Revel est resté polarisé sur la fille Porte, murmura Sonia à la fin de la lecture d'une bonne moitié des procédures.

Lazare bâilla sans chercher à se cacher. Il n'en pouvait plus.

– Va te coucher, je vais finir toute seule, je n'ai pas sommeil…

Le capitaine ne se le fit pas dire deux fois. Deux minutes plus tard, dans son lit sommaire, il dormait à poings fermés.

32

Maxime Revel se réveilla, la poitrine en feu. Avant même d'avoir allumé sa première cigarette, une quinte terrible le renversa. Il eut beaucoup de mal à se traîner jusqu'à la pharmacie domestique pour y avaler un sirop qu'on lui avait prescrit un an plus tôt, pour un rhume bronchiteux. Sa toux s'apaisa. Tout le raffut qu'il avait fait n'avait éveillé aucun écho dans la maison. Il passa devant la porte de sa fille sans avoir le courage d'y frapper. Elle était en vacances, elle avait besoin de dormir. Tandis qu'il descendait l'escalier, une petite voix mauvaise lui susurra que cette version l'arrangeait bien, une fois de plus. Il avait dormi, personne ne l'avait sonné au milieu de la nuit comme cela arrivait trop souvent. Sans les ravages des secousses qui lui avaient dépecé les poumons, il se serait senti en forme. Il laissa un mot pour Léa sur la table : « À ce soir, je t'emmènerai au resto, je t'aime, papou ». Ce n'était pas glorieux, certes, mais il ne voyait pas comment s'en sortir et préférait remettre l'affrontement à plus tard, en espérant que sa fille se contenterait de cette formule un peu lâche.

Il mit des vêtements propres, un costume gris et une chemise blanche sans cravate. Ainsi accoutré, il se faisait l'effet d'un pingouin se rendant à un rendez-vous galant.

33

Il avait gelé assez fort dans la nuit et le spectacle de la forêt était féérique. Les arbres croulaient sous des amas de givre que le soleil irisait ou argentait. Dans la couche de neige figée au sol, des traces laissées par des animaux sauvages se perdaient dans les allées. Sonia, d'habitude peu portée au romantisme, était tout émue de ce spectacle. Elle l'était plus encore par la contemplation des deux hommes assis à l'avant de la voiture de la PJ : Revel au volant, déguisé en gravure de mode, Lazare à côté, vêtu proprement puisqu'elle lui avait lavé ses fringues. Elle éprouva une petite fierté à les voir ainsi apprêtés même si elle savait que Revel ne s'était pas mis en frais de toilette à son intention. Personne ne parlait dans la voiture mais elle sentait, aux fréquents coups d'œil qu'il lui lançait dans le rétroviseur et à ceux pas plus discrets dont il gratifiait Lazare contemplant la féerie forestière, que Revel piaffait. Les arbres disparurent soudain pour laisser place aux faubourgs de la ville.

– Vous avez eu le temps de regarder le dossier ou vous avez encore picolé comme des malades ? lança-t-il à sa façon aimable.

– Si tu savais tout ce qu'elle m'a fait..., gémit Lazare.

– Je ne veux pas savoir...

– On a passé la nuit chez moi, en rajouta Sonia.

– Oui, dans son nid douillet, se marra Lazare. J'ai un mal de dos, tu n'imagines même pas !

Revel pila pour éviter un camion qui sortait d'une contre-allée. Il lui lança une bordée d'injures qui mirent ses deux collègues en joie.

– Qu'est-ce que c'est que cette histoire ? gronda le "vieux" quand il eut fini de déverser sa rogne sur le camionneur imprudent, vous vous foutez de ma gueule ?

– Non, chef, c'est la vérité, firent en chœur les deux autres, mais on t'expliquera plus tard.

Sonia reprit un ton plus sérieux pour expliquer au commandant tout le travail qu'ils avaient réalisé dans la soirée, puis, elle toute seule, jusque tard dans la nuit, ainsi qu'ils s'y étaient engagés. Ils partageaient ses hypothèses sur l'implication d'Elvire Porte et de son fils. Mais cette empreinte de pouce sur la porte d'entrée et le sang sur le seuil qui n'appartenaient à aucun des deux, posaient cependant problème.

– Oui, maugréa Revel, je sais. Je n'ai pas pu accrocher ces deux zozos, et ce n'est pas faute de m'y être employé, je vous le garantis. Mais la première phase d'enquête a été daubée, et le juge m'a demandé de mettre la pédale douce sur Elvire et son garnement. À cause de ces éléments qui ne cadraient pas avec le reste, précisément. On a comparé des centaines d'ADN, rien n'a "matché". J'aurais donné je ne sais quoi pour identifier cette paluche ou cet ADN...

– Sinon, dans l'ensemble, vous avez fait un sacré boulot, apprécia Sonia. Au bout du compte, vous avez tourné autour de la réponse et vous avez probablement eu le ou les auteurs entre les mains, à un moment ou à un autre...

– Oui, merci, j'avais remarqué, maugréa Revel en entrant dans l'agglomération rambolitaine proprement dite, c'est pour ça que je cherche un autre angle d'attaque. Tu as vu quelque chose qui m'aurait échappé ?

– Je crois, oui, mais c'est très... comment dire ?...

Elle suspendit sa phrase tandis que ses deux compagnons retenaient leur souffle. Un nouveau coup d'œil de Revel dans le rétroviseur l'obligea à aller jusqu'au bout de sa pensée :

– Enfin, ce n'est peut-être rien d'intéressant... Mais ça concerne Nathan Lepic, en effet. C'est un détail trouvé dans la déposition de sa grand-mère...

34

Revel n'avait jamais rencontré Nathan Lepic et il s'efforça de réfréner son impatience. Par précaution, il était entré seul dans la maison afin de ne pas effaroucher le garçon. Nathan était un jeune homme modèle réduit – pas plus d'un mètre soixante – très menu et légèrement voûté. Ses cheveux courts grisonnaient déjà sur les tempes, et des lunettes à larges montures donnaient du flou à son regard. Un strabisme peu accentué lui donnait un air rêveur, comme déconnecté. Il était vêtu d'un survêtement gris et de chaussures de sport.

– Nathan rentre d'un jogging…, s'empressa d'expliquer sa mère, une quadragénaire fatiguée. Mon mari a dû s'absenter, il sera de retour dans une heure…

– Vous souhaitez que nous l'attendions ?

– Non, ce n'est pas nécessaire… Cependant, je ne vois pas trop ce que Nathan pourra vous dire, après si longtemps…

Au moment où Revel avait pris rendez-vous, le père lui avait paru compréhensif et ouvert, prêt à l'aider à décrypter les réponses de son fils et à raviver sa mémoire. La mère, avec son air dépressif à la limite de l'évanouissement, allait certainement lui pourrir la vie. Il appela Lazare sur son portable et, dès que celui-ci répondit, il perçut un bruit de fond suspect.

– Vous êtes où ?

– En face, on prend un café aux *Furieux*…

– Et moi qui croyais que vous vous geliez les noix dehors… Rappliquez !

Revel confia à Lazare le soin de s'occuper de madame Lepic, Irène de son prénom. Il prétexta avoir besoin d'une audition destinée à cadrer l'état de son fils et son emploi du temps au cours des dix années écoulées. La femme tenta de résister mais Nathan, debout devant la fenêtre de la pièce à vivre qui donnait sur la rue, coupa court :

– C'est votre voiture, là-devant ? demanda-t-il sans se retourner.

– Euh... oui...

– Peugeot 407, modèle 2004, PSA EW7, 1 749 cm^3... ce gris est une couleur réservée à l'administration... Elle est équipée d'un gyrophare et l'antenne n'est pas d'origine...

– Euh... non... En effet, c'est une antenne qui nous permet d'être reliés au réseau...

– Acropol, compléta Nathan Lepic sur le même ton. Technologie Tetrapol, conçu par EADS, réseau hertzien, numérique, chiffré, sur la bande des 380-400 MHz...

Devant la porte de la cuisine où Lazare tentait de la faire entrer, Irène Lepic ébaucha un sourire las. Les trois officiers n'en revenaient pas. Le capitaine brancha son ordinateur et une imprimante compacte. Puis, il lança la bécane et leva les yeux sur la maîtresse de maison, la mère du génie sur pattes, qui restait plantée là, bras ballants.

– Asseyez-vous, madame Lepic, dit Lazare avec douceur, ne vous inquiétez pas, tout va bien se passer, le commandant Revel et la lieutenant Breton vont gérer la situation...

– On voit que vous ne connaissez pas mon fils..., murmura Irène Lepic. Il vit avec nous depuis un mois, ici même, je me demande si c'est une bonne idée de l'avoir repris... Je crois qu'il est mieux dans un internat, en fin de compte...

Elle se laissa finalement tomber sur une chaise en plastique gris, gris comme le décor, le temps dehors que le soleil avait fui, et son teint de femme à bout de nerfs.

– Vous n'avez pas eu d'autres enfants ? demanda Lazare pour dire quelque chose.

Elle partit d'un rire amer :

– Vous plaisantez, j'espère ?

– Non, pas vraiment...

Lazare, après les messages insistants dont son épouse l'inondait depuis le matin, avait tout sauf envie de rire. Irène Lepic enchaîna :

– Nathan a été diagnostiqué assez tôt pour qu'on n'ait pas eu l'idée saugrenue de faire un autre enfant. Car, je vous l'affirme, inspecteur, il y a des familles d'Asperger. Depuis quinze ans, nous en avons croisé de tous les acabits, des autistes de tous les niveaux. Nous avons rencontré des Anglais qui avaient placé leurs trois enfants dans le même centre que Nathan. Vous imaginez ? Trois comme ça ! Il y a de quoi se flinguer... Oh, évidemment, le nôtre est un petit génie. Il lit une notice et vous la ressort par cœur deux ans après sans oublier une virgule. Mais c'est une mémoire mécanique, il ne trie pas les informations, ne les digère pas et il a donc du mal à les utiliser. Il les scanne et les conserve. Il est doué pour l'analyse des détails. Et ça, oui, c'est impressionnant... quand on n'y a pas droit en permanence.

– Il est socialisé, à présent, non ?

– Oui, *a priori*, mais cela reste compliqué. Ses bases dissimulent encore beaucoup de lacunes. J'avoue que nous avions espéré qu'il puisse être totalement indépendant...

Elle fit une moue significative. La petite chambre d'étudiant, les cours à la fac et les week-ends chez papa-maman ne semblaient pas être encore pour tout de suite. Irène Lepic soupira avec force :

– En un mot, vivre avec lui est un enfer. Nous avions un peu perdu l'habitude... J'ai peur que votre collègue ne se soit fourvoyé en espérant je ne sais quoi d'ailleurs...

– Ne vous inquiétez pas pour lui, je voudrais juste que nous revenions ensemble sur certains points...

Dans la pièce voisine, la partie s'annonçait délicate. Revel avait lancé la discussion et Sonia s'évertuait à faire tenir tranquille un Nathan manifestement hypersensible aux bruits des voitures, ce qui, en bordure de chaussée, équivalait à le laisser sous tension permanente. Il ne restait pas assis plus de deux ou trois minutes, et dressait l'oreille au moindre bruit de moteur qu'il décrivait aussitôt avec une précision imparable. Pour la troisième fois, Revel essayait de lui faire raconter ce qu'il avait vu le soir du double meurtre des Porte. Le garçon se concentrait sur la question mais connaissait manifestement un problème de connexion. Il regardait

Revel comme s'il était sur le point de lui révéler un fait capital, puis son cou se tendait vers un énième ronflement de moteur qui le mettait en transes.

– Désolé, avait-il dit une fois, je ne suis pas hypermnésique…

Mais cela aussi ressemblait à un tic de langage, à une phrase apprise et restituée n'importe comment.

Revel était sur le point de perdre patience.

– Si on allait en haut, dans ta chambre ? suggéra tout à coup Sonia, tu pourras nous montrer ce que tu fais, sur quoi tu travailles.

– Il faudrait demander à maman, fit le garçon prudemment et d'une façon qui indiquait que la mère ne rigolait pas tous les jours.

« Bon Dieu, qu'est-ce qu'il fout le père ? Si seulement il était là, on est en train de perdre notre temps », bouillonnait Revel. Il adressa un signe à Sonia qui se leva et se rendit dans la cuisine où elle prétexta avoir besoin d'un verre d'eau pour justifier son intrusion. Mais elle se garda bien de poser la moindre question à madame Lepic qui paraissait prostrée tandis que Lazare, lui, s'ennuyait ferme. De retour dans le séjour, elle vit que Revel avait déjà rassemblé ses affaires.

– Elle est d'accord, dit-elle enjouée, elle nous rejoindra dans quelques minutes.

Nathan se contenta de la réponse, mais Sonia n'était pas loin de croire qu'ils se four-

voyaient. Néanmoins, s'il fallait en passer par
là pour que Revel lâche l'affaire Porte, autant
crever l'abcès une bonne fois. Elle songea
avec rancune à ces deux débitants de bière et
de ballons de vin rouge qui avaient connu
une fin presque trop glorieuse par rapport à
leur existence insipide. Ces gens n'avaient
laissé aucun regret, leur maigre famille les
avait détestés, autant qu'eux l'avaient haïe ou
ignorée. Franchement, aujourd'hui, qui se
souciait de savoir qui les avait débités en rondelles ? À part Revel ?

En quelques enjambées, Nathan les pré-
céda dans une pièce dont le spectacle les
laissa sans voix. Elle concentrait toutes les
manifestations de la pathologie du jeune garçon. Les murs étaient couverts de dessins,
graffiti, représentant des moteurs et des véhicules terrestres ou aériens, foisonnant de
détails et de légendes, des alignements de
chiffres et d'équations. Le sol était jonché de
pièces métalliques, de vis, de boulons et de
plaques d'immatriculation. Contre le mur,
un lit à une place disparaissait quasiment
sous des monceaux de livres et de cahiers au
contenu unique et monomaniaque : la mécanique. Sonia remarqua qu'il n'y avait ni ordinateur ni télévision, rien de ce qui pouvait
rappeler la vie moderne. Sans doute était-ce
délibéré de la part de la famille, ces accessoires devant être soumis à un contrôle strict
chez un garçon aussi perturbé. Nathan se

précipita à la fenêtre. Revel le suivit, lui mit la main sur l'épaule.

– Je ne les compte plus, vous savez, murmura le garçon.

– Pardon ?

– Les voitures... j'ai arrêté de les compter.

Il avait un petit air anxieux en prononçant ces mots, et Revel se surprit à plaindre très sincèrement les parents. Subitement, la pensée de Léa l'effleura. Il ressentit une forme de soulagement à se dire qu'elle n'était qu'anorexique. Que pouvait-on avoir fait au Ciel pour vivre un tel calvaire ?

– Essaie de te rappeler, Nathan, demanda Revel avec précaution. Tu étais à ta fenêtre... Tu connaissais les gens du café ? Monsieur Porte et madame Porte ?

Nathan ne réagit pas. Revel insista, épela les prénoms des gens, le nom du café qu'on voyait très bien d'ici, et il pensa tout à coup que, la nuit, on devait même pouvoir distinguer les gens qui se trouvaient à l'intérieur.

– Tu les voyais, forcément, depuis là...

Les lèvres de Nathan bougeaient. Découragé, Revel craignit qu'il ne fût encore en train de compter les voitures. Puis il perçut un son différent.

– Un scooter, un Piaggio Boxer, rouge...

Sonia avait arrêté de respirer et Revel, que taraudait une folle envie de fumer, se sentit subitement décoller du sol. Il fit un signe dans le dos de Nathan pour que la lieutenant enregistre. Elle s'exécuta.

– Tu dis ? Un scooter ? Quand tu l'as vu ?

Nathan fit un petit bond. Il pointa le café du doigt :

– Regardez ! C'est Jérémy, là-bas… C'est lui qui a repris le café maintenant. C'est mon père qui me l'a dit…

Revel faillit crier de dépit. Nom de Dieu ! Qu'est-ce qu'il était venu faire dans cette galère ? L'infâme Gautheron avait raison. Que pouvait-on espérer d'un malade d'Asperger ? Qu'il se transforme en Einstein, en Mozart ou en Bill Gates, des victimes géniales de ce syndrome ? Il soupira et tourna son regard vers le café des *Furieux*. Un gros Range Rover noir était garé devant.

– Le Range, devant, c'est celui de Jérémy, reprit Nathan.

Un métronome. Une mécanique incontrôlable. Revel s'exhorta au calme et Sonia à la patience.

– Qu'est-ce que tu as vu, Nathan, le soir avant que la police trouve Liliane et son mari ? souffla le commandant après ce qui sembla une éternité.

– Le Piaggio Boxer rouge. Des voitures. Plusieurs voitures qui sont passées. Plusieurs qui sont parties parce que le café fermait. C'est monsieur Jean qui a fermé la porte. Il a baissé le rideau.

« Putain de rideau, je l'avais oublié celui-là », ragea le commandant. Mais, oui, en effet, il y avait un rideau. Sauf que, de mémoire, il était levé quand il était arrivé sur les lieux. Nom d'un chien ! Est-ce qu'il avait été fait mention de ce rideau, à un moment de la procédure ? Enfin, des procédures ?

– Personne n'a mentionné ce rideau, souffla la jeune femme très près de son oreille, j'en suis sûre, je l'aurais vu dans les PV cette nuit.

Quelqu'un avait ouvert le rideau, avant l'arrivée de la police. Cela ne pouvait être qu'Elvire Porte. Pourquoi n'en avait-elle rien dit ?

– Ensuite, Nathan, tu te souviens de quoi ?

– Mamy Aline est venue me voir pour que j'aille au lit. Ça faisait plusieurs fois qu'elle venait. Elle a fermé les volets, du coup.

– Ah… Donc tu n'as plus rien vu ?

Nathan leva enfin ses yeux asymétriques vers le vieux flic qui oscillait entre espoir et désespoir, au rythme des déclarations décousues du garçon. Celui-ci esquissa un sourire mutin :

– Je les ai rouverts. Les volets…

Madame Lepic s'était levée à plusieurs reprises pour sortir, inquiète de ce qui pouvait se passer dans la pièce voisine car on n'entendait plus aucun bruit. Chaque fois, Lazare réussissait à la faire se rasseoir, mais au prix d'efforts de persuasion qui allaient vite s'avérer aussi épuisants que stériles. Elle décréta qu'elle avait besoin d'un café et en profita pour éluder la question de Lazare. Celui-ci insista :

– Madame Lepic, je voudrais que vous me répondiez : est-ce que vous pensez que Nathan peut avoir mémorisé des éléments de cette soirée ? Est-ce que vous avez parlé ici, en sa présence, de la mort des Porte ?

La femme, tout en insérant une capsule dans la cafetière, secoua ses mèches brunes zébrées de nombreux fils blancs.

– Pour ce qui est de Nathan, je ne sais pas ce qu'il a pu mémoriser. C'est un véritable computer, mais sa mémoire était un fatras improbable à l'époque. Aujourd'hui, il parvient à trier un peu, encore que... depuis un mois, je me demande...

– J'insiste, madame... Est-ce qu'il a parlé de cette soirée, par la suite ?

Nouveau hochement de tête sur fond de ronronnement de la cafetière électrique. Quand le bruit cessa, Irène Lepic revint à la table avec sa tasse sans en proposer au capitaine. Elle planta des yeux épuisés dans le regard excédé que Lazare ne parvenait plus à dissimuler.

– Il en parlait avec ma mère, lâcha-t-elle enfin. Elle est morte l'année dernière...

– Je sais, oui, je suis désolé...

– Oh, elle a morflé aussi avec Nathan, elle s'en occupait beaucoup quand cela devenait trop insupportable pour nous...

– Est-ce que votre mère vous a dit quelque chose en particulier ?

– Elle connaissait les Porte, elle était comme eux de Rambouillet, depuis plusieurs générations. D'ailleurs, cette maison était la sienne...

« Le nombre de choses à côté desquelles on est passé dans ce dossier, c'est ahurissant », se dit Lazare en imaginant qu'il était peut-être sur le point d'entendre des choses déterminantes.

– Elle fréquentait ces gens, votre mère ? demanda-t-il.

– Fréquenter c'est beaucoup dire, elle les connaissait, je crois qu'elle était allée à l'école avec Liliane.

– Madame Lepic, essayez de vous souvenir, je vous en prie, c'est important !

– Important, mais pour qui ? Pour les gens que vous aimeriez envoyer en prison ?

– Pour la vérité, madame. C'est uniquement pour cela que nous travaillons, et pour que justice soit faite. Qu'auriez-vous fait, qu'auriez-vous pensé si votre mère avait été à la place de Liliane Porte ?

– Ça ne risquait pas ! Ma mère n'avait pas de biens, à part cette maison ; elle nous avait tout donné, du reste, elle avait le cœur sur la main, pas comme Liliane Porte...

Elle se mordit la lèvre inférieure, but d'un trait le contenu de sa tasse qu'elle reposa

avec brusquerie sur la soucoupe, et poursui-
vit :

– Je sais ce que vous allez me dire, j'en dis
trop ou pas assez. Alors, voilà, il y a une
chose que ma mère m'a dite, une seule. Les
Porte étaient sur le point de vendre leurs
biens, *tous* leurs biens. Ils avaient décidé
d'arrêter l'exploitation de *La Fanfare* et de
s'en aller vivre au soleil avec leur fric. Ne me
demandez pas comment elle savait ça, je
l'ignore.

Nathan avait fini par s'asseoir. Bizarrement, par moments, son attitude devenait
celle d'un jeune homme ordinaire. C'était
sans doute le résultat des années d'éducation
spécialisée, d'entraînement au contrôle de
ses émotions. Après des propos sans suite et
une agitation extrême, il pouvait se calmer et
tenir des paroles sensées.

– Mamy Aline m'emmenait promener
quand elle me gardait, dit-il rêveur. En forêt,
elle me laissait courir. Je grimpais aux
arbres, je tombais souvent…

Revel jeta un coup d'œil à Sonia, l'air de
dire « ça y est, il est reparti dans ses délires »,
mais la jeune lieutenant lui fit les gros yeux.
Il fallait laisser parler le jeune homme. Elle
s'assit en face de lui, sur une chaise qu'elle
avait débarrassée de papiers en désordre.
Elle inclina légèrement la tête pour trouver
son regard. Nathan y colla le sien :

– Quelques jours avant Noël, le dernier Noël avant d'aller au centre de Lanternat, on est passés au café en face. Mamy m'a offert un chocolat chaud, elle a bu un grog avec de la cannelle.

– C'est Liliane qui t'a préparé le chocolat ? dit Sonia le plus doucement qu'elle put.

– Oui... je l'aimais pas, elle avait une grosse verrue pleine de poils sur le menton... et elle était méchante avec Jérémy, elle disait que c'était un bon à rien comme son père...

– Elle a parlé avec ta grand-mère, ce jour-là, Liliane ?

– Oui, ma grand-mère lui a demandé si elle allait fêter Noël avec ses enfants. Elle a ri, je me souviens de son rire méchant... Elle a répondu : « Ça ne risque pas ». Le père Jean lavait les verres, il m'a regardé en disant : « Si c'est pas malheureux, *ça* ! On devrait pas les laisser vivre, ces gosses, c'est comme le nôtre, c'est une charge pour la société, un point c'est tout ! »

– Pas très sympas, dis donc, ces gens... murmura Sonia.

– Non, en plus, au moment où on allait partir, Liliane a dit qu'elle et son mari allaient "s'exiler" pour ne plus voir tous ces tarés. Elle me regardait en parlant... Mamy a dit : « Vous ne pouvez pas laisser vos enfants, qu'est-ce qu'ils vont devenir sans vous ? »

Revel retenait son souffle. Il ne songeait même plus à la râpe qui lui ramonait les bronches ; il avait l'impression d'être passé au-dessus des nuages.

– Je parie que ça les a fait rigoler encore ? suggéra Sonia.

– Oui. Mamy m'a fait mettre mon manteau et mon bonnet, et on est partis. Elle me serrait fort la main, je me souviens, et je crois qu'elle était très fâchée.

Revel fit signe à Sonia de poursuivre sur le même ton tant que Nathan était calme et que ses souvenirs revenaient sans effort. Il sortit discrètement et descendit la volée de marches. En bas, il se heurta à Bertrand Lepic qui rentrait, un sapin de Noël dans les bras. Les deux hommes se saluèrent avec curiosité. Ils ne s'étaient jamais rencontrés.

– Vous arrivez pile, monsieur Lepic, j'allais voir votre femme. Vous avez une minute ?

Nathan se remit très vite à s'agiter. Sonia comprit qu'il était arrivé au bout de sa concentration. Avant qu'il ne se remette à courir partout ou à se coller à la fenêtre pour compter les voitures car, contrairement à ce qu'il disait, il continuait à les compter, cela se voyait à l'imperceptible mouvement de ses lèvres, Sonia lui demanda une dernière chose qui lui tenait à cœur, ce qu'elle avait lu dans la déposition de la grand-mère Aline et que personne n'avait relevé :

– Nathan, tous ces dessins sur le mur, c'est nouveau, n'est-ce pas ?

– Oui, papa m'a autorisé, il a recouvert les murs de papier blanc. Il a dit que quand il n'y aurait plus de place, on changerait le papier. J'espère qu'il n'a pas menti...

– Il n'y a aucune raison... Quand tu habitais là, avant le centre de Lanternat, tu dessinais déjà sur les murs ?

– Non, parce que ma grand-mère ne voulait pas... C'était sa maison, elle disait, mais moi j'avais déjà besoin de dessiner et d'écrire, comme aujourd'hui...

– Et tu te souviens sur quoi tu dessinais ?

– Bien sûr, elle m'achetait des cahiers, plein de cahiers. Je dessinais les voitures, les moteurs, les numéros des plaques que je voyais passer... Des fois, je n'y arrivais pas parce qu'elles allaient trop vite.

– Et la nuit ?

– Je vois assez bien la nuit, je suis un peu nyctalope...

– Et tu sais où ils sont ces cahiers ?

Nathan Lepic se dressa comme si la policière lui avait enfoncé une pique dans le dos. Il écarquilla les yeux :

– Ah non, tiens, je n'en sais rien. Peut-être maman les a déchirés ou jetés, il y a des moments où je pense qu'elle me déteste.

– Mais non, voyons, pourquoi dis-tu cela ? murmura Sonia qui peinait à cacher sa déception.

– Elle dit toujours : « Mais qu'est-ce que j'ai fait au bon Dieu pour mériter ça ? » Elle parle de moi, je le sais. Mamy Aline était plus gentille, c'est peut-être elle qui a gardé mes cahiers… Elle est morte, ma grand-mère, vous savez.

Irène Lepic se tendit à l'arrivée de son mari. Lazare se dit aussitôt que le couple battait de l'aile. Bertrand Lepic était un bel homme. Il se dégageait de lui une sorte de plénitude qui lissait ses traits et éclairait son regard. À la façon dont il évitait de regarder sa femme et à cette tension qu'elle avait manifestée dès qu'il était entré dans la cuisine, le capitaine avait compris : il y avait baleine sous caillou, ou une biquette amoureuse dans un petit coin pas loin d'ici. Un enfant handicapé éprouve un couple. La question qui se posait était de savoir pourquoi celui-là avait duré aussi longtemps. Revel apparut derrière Bertrand Lepic et, aussitôt, l'atmosphère de la cuisine devint irrespirable. Le "vieux" soufflait comme une locomotive en fin de vie, et son teint avait une couleur rouge brique de mauvais augure.

– Madame Lepic, attaqua Revel, pourquoi n'avez-vous pas dit, au moment de l'enquête sur la mort des Porte, que vous les connaissiez ?

– On ne me l'a pas demandé, répliqua-t-elle sur un ton agressif qui avait sans doute à voir avec le regard plein de colère, de haine même, dont elle gratifiait son mari. Tu pues le parfum, tu pues la cocotte, cria-t-elle à son adresse, salopard, tu crois que je ne vois rien !

– Arrête, Irène, souffla le mari d'un air contrit, ce n'est pas le moment...

– Ce n'est jamais le moment ! Ce sera quand le moment, hein ?

– Oh, oh ! tonna Revel, on arrête ça tout de suite ! Nous sommes ici pour une enquête criminelle, pas pour un déballage conjugal ! Reprenons, madame Lepic, si vous voulez bien.

Elle consentit un effort grandiose pour lâcher son mari et revenir au sujet. Elle fronça les sourcils, son front se rida et ses joues se plissèrent. Lazare admit qu'ainsi elle n'était pas très "bandante" mais que, sans doute, elle avait lâché prise depuis longtemps et, à cause de Nathan, renoncé à être une femme.

– Je ne les connaissais pas plus que cela, fit-elle enfin d'une voix morne. Si quelqu'un ici les connaissait, c'était ma mère...

– Est-ce qu'elle vous a parlé de quelque chose les concernant, le soir de leur mort ?

Un bref regard en coin à son mari. Lui, les yeux au sol sur ses chaussures, puis au plafond, sur les fissures qui proliféraient comme dans son navire conjugal.

– Je veux être sûre que vous ne retiendrez pas cela contre nous, lâcha finalement Irène Lepic, après une interminable hésitation.

– Tout dépend, dit Revel, la voix soudain altérée de celui qui a attendu ce moment comme si sa vie en dépendait. Si vous me dites que vous avez assassiné les Porte, je ne peux rien garantir...

– Vous êtes fou ! s'écria la femme. C'est juste que... En fait, c'est ma mère qui... enfin que... Oh ! elle n'a pas pris garde sur le coup à ce qu'elle avait fait, c'est venu beaucoup plus tard. Et elle en est morte.

– Tu exagères ! s'offusqua Bertrand Lepic. Ta mère était malade depuis des années, elle avait un cancer... Ma belle-mère a téléphoné, le soir en question. Voilà ce qu'elle a fait. Ce n'est pas un drame, si ?

Lazare resta les doigts en l'air sur son clavier tandis que Revel se posait bruyamment sur une chaise pour laisser l'information se frayer un chemin dans son cerveau.

– Expliquez-moi ça, dit-il après avoir allumé une cigarette sans demander la permission.

Un silence s'installa dans l'espace exigu. On entendit à l'étage une cavalcade et des rires. Bertrand Lepic leva les yeux, tandis que sa femme se raidissait sur son siège.

– Tout va bien, les calma Revel, votre fils
est en bonne compagnie, ne craignez rien ! Si
vous me racontiez, madame Lepic…

La femme releva la tête et posa son regard
grisâtre au loin, par delà la porte-fenêtre qui
donnait accès à un minuscule jardin enfoui
sous le givre.

– Ma mère avait emmené Nathan en pro-
menade. Comme à dix-neuf heures ils n'étaient
toujours pas revenus, je me suis inquiétée. Je
suis alors partie à leur recherche, et les ai vus
quitter le café de *La Fanfare*. Ma mère était
très agitée en rentrant à la maison. Elle a
essayé de joindre quelqu'un au téléphone.
L'appareil était en dérangement à cause des
intempéries. Alors, elle a remis son manteau
et elle est ressortie. Ça m'a étonnée, bien
sûr….

– Elle n'avait pas de portable ?

– Non, elle était… réfractaire aux nou-
veautés. Elle est revenue un quart d'heure
plus tard. Mon mari était arrivé entre temps,
nous devions nous préparer pour sortir et
Nathan était très énervé. J'ai pensé que cela
avait un rapport avec ce qu'il avait fait dans
l'après-midi avec maman, mais j'avoue ne
pas avoir eu le courage de poser la question.
C'était très dur pour nous et…

Revel voulait qu'on enchaîne pour comprendre pourquoi cette affaire n'avait pas
abouti depuis dix ans. Peut-être bêtement

parce que le réseau téléphonique de ce quartier de Rambouillet était défaillant ?

– Comme vous le savez, nous avons déménagé un mois après. Ma mère était partie en voyage le lendemain de Noël, nous n'avons su que beaucoup plus tard qu'elle était comme... rongée par le souvenir de cette soirée.

– Parce qu'elle avait téléphoné à Elvire Porte pour la prévenir de ce que ses parents préparaient ? demanda Revel, à la surprise de Lazare qui n'avait pas encore tout à fait compris l'importance de ce coup de fil passé vers dix-neuf heures trente d'une cabine du centre de Rambouillet. Un appel qu'Elvire Porte avait déclaré lui avoir été passé par son fils !

Irène Lepic approuva de la tête.

– Quand son cancer s'est relancé après une rémission de plusieurs années, elle s'est remise à en parler. Elle était convaincue que ces gens étaient morts à cause d'elle. Mais vous n'avez jamais rien trouvé, n'est-ce pas ?

– Si nous avions eu connaissance de ce coup de fil, et si votre mère avait pu témoigner en temps et en heure, nous l'aurions élucidée depuis longtemps, cette affaire, je vous le garantis. Pourquoi n'avez-vous rien dit ?

Irène Lepic haussa les épaules. Elle n'y avait pas cru, elle n'avait pas jugé la chose à son importance. Elle ne voulait surtout pas se poser de questions ou remettre sa famille sur la sellette, surtout de cette façon. Elle portait sa croix, au jour le jour, est-ce qu'on en était bien conscient ?

– Oui, madame, mais c'était reculer pour mieux sauter, reprit Revel en écrasant son mégot dans l'évier. À présent, nous allons terminer de mettre tout ça noir sur blanc, et nous vous laisserons en famille. Vous serez sans doute encore appelés devant le juge d'instruction, car vos témoignages, malheureusement indirects, seront capitaux mais peut-être insuffisants. Vous qui avez tout fait pour échapper aux tracasseries de la justice, attendez-vous à être beaucoup sollicitée.

Voyant qu'Irène Lepic se braquait pour protester, il ajouta qu'elle devait s'estimer heureuse qu'on ne lui cherche pas des ennuis pour dissimulation d'informations dans une affaire criminelle. La femme se le tint pour dit et termina sa déposition sans plus montrer d'agressivité.

Sonia les rejoignit pour demander une dernière chose aux époux Lepic : qu'étaient devenus les fameux cahiers de Nathan où était consigné tout ce qui lui passait par les yeux et les oreilles, dans un cerveau jamais en repos ? Bertrand Lepic et sa femme échangèrent un coup d'œil furtif avant de déclarer qu'ils n'en savaient rien. Revel se fit la réflexion qu'il y avait sûrement des choses qu'ils n'avaient pas envie de montrer ou bien que c'était une ultime parade pour le contrarier :

– Je vous engage à retrouver la mémoire et ces foutus cahiers, les menaça-t-il, faute de quoi, je vous garantis que je fais démonter cette maison jusqu'à ce qu'on les ait trouvés.

Le soleil avait fini par percer la couche de grisaille quand ils revinrent à Versailles. Lazare et Sonia avaient dû user de toute leur force de persuasion pour que Revel n'aille pas, séance tenante, arrêter Elvire Porte et son fils.

– La salope, elle va passer un sale quart d'heure ! avait éructé le commandant en quittant la maison des Lepic avec un Nathan qui, de la fenêtre de sa chambre, envoyait à Sonia des signes très explicites de connivence.

– On est le 24 décembre, avait protesté Lazare, on ne peut pas y aller comme ça, sans préparation. Et tu ne sais même pas où est le fils...

– Bien sûr que je le sais, c'est lui qui a repris le café, c'est pas bien difficile...

– On ne l'y a pas vu ce matin, rien ne dit qu'il n'est pas en vacances quelque part...

– Il est là, regarde la caisse, devant, c'est la sienne, Nathan l'a dit tout à l'heure...

– Admettons… Mais ça change quoi ? Et pour Elvire, tu peux encore attendre deux jours, elle ne va pas s'envoler…

– Sans compter, avait renchéri Sonia, que c'est encore mince ce que tu as contre elle. Même si ça paraît évident, maintenant… La grand-mère de Nathan ne peut plus témoigner, tu n'auras qu'un témoignage indirect, si elle "chique", tu ne seras pas plus avancé…

– Bon, ça va, j'ai compris, avait lâché Revel. Vous avez raison. On va bouffer, je meurs de faim.

– Je n'en reviens pas comme une affaire mal emmanchée peut faire dérailler toute la suite, avait commenté Sonia, rêveuse.

– Tu vois, quand je vous le dis qu'il faut travailler à chaque fois comme si c'était l'affaire du siècle !

Alors qu'ils étaient attablés dans une brasserie voisine de la maison des Lepic, ils virent un jeune type sortir de la maison jouxtant *Les Furieux* et se diriger vers le gros Range Rover noir garé à proximité. Plutôt grand, costaud, vêtu d'un long manteau sombre, ses cheveux bruns peignés en arrière lui donnaient l'air d'un gitan.

– Le voilà, l'enfoiré, avait grondé Revel entre ses dents. Profite, gamin, profite…

35

À la PJ, ils purent constater que les rangs s'étaient clairsemés. L'étage directorial était même carrément éteint. Le commissaire Romain Bardet n'avait pas réapparu. En revanche ils apprirent par Antoine Glacier que le divisionnaire Gaillard était là et qu'il assurait la permanence du service pendant le week-end de Noël. Revel décida d'aller le voir sans attendre, après avoir demandé à Sonia de rejoindre Glacier à la salle technique pour examiner les premiers résultats des écoutes de la famille Porte. Il voulait aussi un point sur l'affaire Stark avant de laisser tout le monde rentrer réveillonner. Lazare annonça qu'il devait s'absenter un moment et Glacier, dans le dos de Revel, lui adressa un signe pressant :

— Ta femme a débarqué en fin de matinée, chuchota-t-il une fois qu'ils furent à l'abri des oreilles du chef, elle a fait un cirque pas possible. Je lui ai dit que tu étais en enquête avec Maxime, ça l'a calmée mais elle "exige" que tu l'appelles…

— Elle peut toujours attendre…

— Il faut que tu gères, quand même, parce qu'elle risque de se re-pointer. Tu sais que Maxime déteste ça…

– D'accord, d'accord, je vais gérer, maugréa le capitaine en se dirigeant vers la sortie. Je serai de retour dans une heure…

Revel avait l'air soucieux. Le juge Melkior n'avait pas sauté en l'air à l'annonce des résultats de l'audition de Nathan Lepic. Pour lui, sauf éléments corroboratifs, c'était un coup d'épée dans l'eau. Et, pour l'heure, ces éléments faisaient défaut. Il fallait les trouver quelque part, impérativement. Faute de quoi, il n'y aurait pas d'interpellation d'Elvire Porte, ni de son fils. Sonia s'appuya des deux mains contre le rebord du bureau de Revel sur lequel était ouvert le dossier "Porte". Elle entendit Glacier soupirer dans son dos. Ils étaient venus lui parler de l'affaire Stark et lui…

– On sait maintenant que ce n'est pas Jérémy qui a appelé sa mère à 19 h 30, reprit-il en ignorant l'air catastrophé de ses deux lieutenants. Selon elle, l'appel d'Elvire Porte à la MJC à 21 heures était destiné à vérifier que le gamin s'y trouvait bien.

– Ça, entre nous, ça m'étonne un peu, réagit Sonia malgré elle, Jérémy était un électron libre à cette époque. Pourquoi elle aurait cherché à vérifier qu'il était là-bas ?

– Sauf si elle avait une bonne raison de le chercher, justement… suggéra Glacier qui s'était avancé à son tour à côté de Sonia.

– Parce qu'elle venait d'apprendre le mauvais tour que ses parents allaient leur jouer ?

– C'est en effet une bonne approche, approuva Revel. En plus, on n'a pas trouvé à qui elle a parlé ce soir-là, le personnel de la MJC n'en avait aucun souvenir.

– La discussion a duré plus de trois minutes, renchérit Sonia. Dans le contexte, c'est pas mal... Tu as pensé au fait que ça pouvait être...

Revel redressa la tête et la fixa d'un regard incertain. Évidemment, si on allait par là... Mais, bon, il fallait admettre que la seule personne qui n'avait pas pu répondre à cette question était Marieke Revel, et pour cause.

– Je me demande pourquoi elle... Mais, attendez, réfléchissons...

Ils s'y employèrent de longues minutes durant lesquelles l'étage de la PJ finit de se vider de ses occupants, certains passant la tête parce qu'il y avait de la lumière et que la porte était ouverte, pour souhaiter un "Bon réveillon" ou un "Joyeux Noël", enfin des banalités du genre. Le divisionnaire Gaillard fit une apparition aussi, annonçant qu'il rentrait chez lui et y resterait sauf "coup de Trafalgar" dans l'affaire Stark, ce qu'il ne souhaitait pas, bien entendu. Il engagea le groupe Revel, du moins ce qu'il en restait, à faire de même. Le commandant grogna une vague politesse et replongea dans ses pensées. Il tournait autour d'un souvenir. Elvire

Porte avait dit quelque chose quand il était allé la voir avec la photo prise aux *Menus plaisirs de la Reine*.

– Ah ! ça me revient ! s'écria-t-il, faisant tressaillir les deux autres. Elle a menti, elle n'a fait que mentir !

– Oui ?

– Oui. Dans ses auditions elle a toujours prétendu que Jérémy n'allait jamais voir ses grands-parents qui ne pouvaient pas le voir. L'autre jour, chez elle, elle m'a affirmé qu'il allait y coucher quelquefois.

– C'est un début, en effet... Mais le rapport avec ta femme ?

Revel examina Glacier qui venait, à sa façon sobre et concise, de les ramener au sujet du début.

– Je l'ignore encore, mais il y en a un forcément. Elle m'a dit aussi que Marieke insistait pour que le gamin revienne à la chorale et, juste avant, qu'il avait tout lâché à la mort de son père. Elle savait qu'il n'y allait plus. Pourquoi le chercher à la MJC dans ce cas ?

– Ben, tu l'as dit, elle le cherchait, justement, elle était furax après ses vieux, elle voulait lui en parler, je ne sais pas, moi. Elle s'est dit qu'il était peut-être quand même allé à la MJC... Je te rappelle que le gamin n'avait pas de portable... Elle a appelé la MJC, elle est tombée sur ta femme...

– Que personne n'a jamais revue après cela...

– Ne t'enflamme pas, Maxime, le mit en garde Glacier, tu es en train de spéculer...

– Non, je ne fais que déduire... Mais tu as raison, je n'ai rien de concret pour étayer cette sale sensation. Juste une piste qui se précise pourtant, un petit peu plus clairement.

– Qu'est-ce que tu vois ?

– Elvire reçoit le coup de fil de la grand-mère de Nathan Lepic à 19 h 30. Elle prend le temps de digérer la nouvelle. Puis elle cherche son fils. Elle le trouve, d'une façon ou d'une autre. Ils vont ensemble demander raison aux vieux. Ils en butent chacun un, et rentrent chez eux se nettoyer et peaufiner leur version commune.

– Et les coups de fil aux vieux comme tu dis, à 22 heures et 22 h 15 ?

– Pour consolider leur alibi... C'est imparable puisqu'on ne peut pas dater précisément l'heure de la mort. Et ça dédouane sacrément Elvire Porte.

– Tu crois que cette femme est capable d'un plan aussi élaboré ?

– Elle a eu souvent maille à partir avec la justice du vivant de son mari, et au moment de sa mort. Cette mort suspecte, pas élucidée vraiment... Jérémy est une racaille, ne l'oublie pas. Ils ont piqué le contenu de la caisse pour faire croire à une affaire crapuleuse, et ensuite ils n'ont eu qu'à attendre le fric des vieux.

– Oui, ça colle assez bien, confirma Antoine Glacier qui avait passé une partie de la journée à examiner les comptes bancaires des "héritiers". Sauf qu'ils ont quand même dû attendre un paquet d'années avant de toucher l'argent. Il y avait des clauses conservatoires liées à l'enquête et au fait que les Porte avaient déjà pris des dispositions pour vendre leurs biens. Elvire Porte et son avocat ont attaqué les sous-seing, les acheteurs ont fait appel, ça a pris des années. Puis, à sa majorité, Jérémy a fait des pieds et des mains pour reprendre le bar exploité par sa mère puis mis en gérance... Au final, il a installé sa mère dans la maison de Rambouillet qui était louée à un médecin, et il a repris la pleine gestion de l'affaire ainsi que la résidence de vacances des vieux qui projetaient de se retirer dans le sud de l'Espagne quand ils sont morts. Leur départ était programmé pour janvier, c'était limite.

– Elvire a des raisons d'en vouloir à son fils, si je comprends bien ?

– Plutôt... La maison dont elle a hérité est en piteux état, et elle n'a pratiquement plus un sou vaillant. Quant à lui, ses biens actuels sont estimés à trois millions d'euros...

– Ah quand même !

– Oui. En revanche, les "zonzons" sont assez neutres. Aucun échange entre la mère et le fils depuis le branchement. Pas de coup de fil à l'avocat non plus. Côté bar, des appels à foison, mais rien de suffocant. Cependant, il faut que tu saches qu'il y a une forte activité de "rencontres" et quand je dis "rencontres"... Rien que pour les deux jours à venir, il n'y a pas moins de trente réservations quotidiennes, pour des tranches variant de deux à quatre heures, les participants sont entre deux et six à la fois... Des gens qui viennent même de Paris...

– Bien, fit Revel, après avoir assimilé les informations. On finit la mise en page de tout ça et vous pourrez rentrer.

– Ça m'arrange, dit Glacier, je pars réveillonner dans le Loiret avec mes parents. De toute façon, côté Eddy Stark, les choses sont figées. Le fils adoptif a été coincé à New York par une grosse tempête de neige, et il n'y a rien de changé côté Thomas Fréaud. On ne l'a pas revu, et son portable ne trafique toujours pas. J'ai tout reporté au 26.

– Tu as bien fait, répondit distraitement le commandant.

– Tu fais quoi, chef, ce soir ? demanda Sonia alors que Revel s'emparait du téléphone.

– Je serai avec ma fille, si toutefois elle veut bien me voir.

Quand Sonia Breton passa une heure plus tard, son blouson sur le dos, Revel était de nouveau plongé dans ses paperasses. Elle marqua une pause devant la porte de son bureau. Après un long moment, il finit par lever le nez :

– Tu pars ?

– Ben oui, y a plus que moi... et toi ! Ça va aller ? Tu as eu ta fille ?

– Non, elle ne répond pas. Je crois qu'elle boude...

– Ça va être joyeux, le réveillon dans ces conditions...

– Oh, je m'en tape, tu sais...

Sonia se dirigea vers la porte puis, se ravisant, fit demi-tour :

– Tu sais, Maxime, si tu es seul ce soir, je...

Il fit un geste vague qui voulait aussi bien dire oui que non.

– Ne te méprends pas, ajouta-t-elle très vite, c'est une proposition honnête, il y a déjà Renaud chez moi, comme on te l'a dit, et je me disais... enfin, c'est comme tu l'entends...

– Tu fais ce que tu veux de ton corps, jeune fille, abrégea Revel, tranchant comme un rasoir.

Il alluma une clope dont il souffla la fumée dans sa direction, une lueur peu amicale dans son regard vaguement injecté de sang. Sonia sentit la moutarde lui monter au nez. Elle chassa d'un geste le nuage grisâtre qui s'était pour ainsi dire jeté sur elle, et fit un pas en avant :

– Tu sais quoi ? siffla-t-elle en colère, tu es comme les autres, finalement. Un gros con de mec ! Bonsoir.

La porte claqua derrière elle, violemment. Revel resta la bouche ouverte. Deux fois en deux jours qu'on le traitait de con. Il allait finir par croire que c'était vrai.

Sonia se heurta à une ombre dans le hall vide et sombre de la DRPJ. Elle était en colère et faillit tomber à la renverse.

– Tu vas où comme ça ? fit la voix de Lazare. Tu as vu le diable, ou quoi ?

– M'en parle pas ! Vous êtes vraiment trop bêtes, les mecs, je te jure !

– Merci quand même ! Je suis revenu exprès pour te chercher, c'est comme ça que tu me remercies !

Il faisait une tête de cent pieds de long et Sonia éclata de rire. Une fois dans la voiture, elle lui résuma les derniers développements de l'affaire Porte, ce "nanar" qui mettait Revel dans tous ses états.

– Maintenant, il est vraiment convaincu que l'affaire Porte et la disparition de sa femme sont liées, soupira Sonia alors qu'ils peinaient à traverser Versailles illuminé.

– C'est pas nouveau, dit Lazare. Il est en boucle là-dessus depuis un moment… Ce serait bien finalement qu'il la sorte, une fois pour toutes, cette affaire. Après, je pense qu'il verra les choses autrement.

– Tu as sûrement raison. Où tu étais passé au fait ?

Elle eut l'impression que Lazare souriait dans l'ombre.

– J'ai dû prendre quelques dispositions, répondit-il. Je suis allé chez moi récupérer des affaires et parler à ma femme qui est venue à la PJ ce matin faire du scandale...

– C'est pas vrai !

– Si. Il fallait que je mette les choses au point.

– Et ?

– C'est bon, je pense qu'elle a compris.

Rien n'était moins sûr. Mais Lazare, à cet instant, n'avait pas envie de mêler Sonia à ses avatars conjugaux. Elle n'avait pas besoin de savoir qu'il n'avait pas mis les pieds chez lui, se contentant d'aller faire quelques emplettes dans un supermarché noir de monde, pour pouvoir renouveler provisoirement sa garde-robe. Ni qu'il s'était contenté de téléphoner à sa femme pour lui ordonner d'arrêter de le harceler. Elle l'avait très mal pris. L'échange avait tourné court, entre cris, menaces et injures. Quand on la connaissait comme il la connaissait, il y avait de quoi être inquiet. Il lui avait fait savoir, à la fin, qu'il ne la rencontrerait que quand elle serait calmée et apte à discuter des modalités de la séparation. Il avait cru entendre des sanglots dans sa voix, mais c'était sûrement un de ses stratagèmes.

– Qu'est-ce que tu as à regarder sans arrêt dans ton rétro ? demanda soudain Sonia, alors qu'ils se dégageaient avec peine d'une file de voitures pour tourner à droite, en direction du Chesnay.

– Hein ?

– Tu n'arrêtes pas de regarder derrière toi. Sur le parking, tu matais comme si tu cherchais quelqu'un... Tu as peur qu'elle te filoche, c'est ça ?

Lazare ne répliqua pas.

– Elle te fait peur ? insista la lieutenant.

– Mais non, qu'est-ce que tu vas chercher ? J'ai pas envie qu'elle te pourrisse la vie, je la connais, si elle sait que je suis chez toi, elle va t'emmerder... C'est pour ça que...

– Écoute, Renaud, c'est Noël, je comprendrais très bien que tu changes d'avis, que tu retournes chez toi...

Le capitaine ne put s'empêcher de sourire. Il ne cesserait jamais de s'émerveiller du point de vue des femmes, de leur intuition, de leur façon incomparable de cerner le cerveau des hommes.

– Tu n'es pas obligé de rester avec moi ce soir, insista-t-elle, tu peux sortir...

– Ah non ! J'ai plus vingt ans, moi, j'ai besoin de dormir...

– Bon alors, arrête de bricoler, décolle de ce putain d'embouteillage !

– Rupture de filoche ?

– Rupture de filoche !

– C'est parti !

Revel se décida à rentrer chez lui vers vingt-deux heures. Après le départ de Sonia, il avait hésité à la rappeler, pour s'excuser de sa réaction. Quelque chose l'avait retenu, il ne savait pas très bien quoi. Il lui semblait que cette jeune femme avait aussi un problème. De l'ordre de l'image personnelle ou de la recherche d'identité. Il en avait plein la besace des filles mal dans leur peau, à la recherche d'un père dans tous les hommes mûrs qu'elles croisaient sur leur route ! Il pensa alors à Léa, et une pince inamicale lui serra la poitrine. Il n'arrivait toujours pas à la joindre et, paradoxalement, il n'avait pas envie de rentrer. Il ramassa les documents éparpillés autour de lui, les rangea dans son coffre, éteignit les lumières et enfila son loden. Il fit lentement le tour des bureaux vides, descendit jusqu'à la salle d'état-major où deux opérateurs gardaient une maison bien silencieuse. Il leur souhaita une bonne nuit, sans ironie. Depuis vingt-cinq ans qu'il faisait ce métier, il avait l'habitude de ces nuits de fête au service ou sur le terrain, entre collègues. Il eut soudain envie de voir Marlène, une envie pressante, stupide. Devant *Les Menus plaisirs de la Reine*, il vit que tout était éteint, le rideau de fer baissé. Il en éprouva une vive contrariété.

36

Sonia était vraiment une drôle de fille. Elle avait exulté tout le long du chemin parce que Lazare prenait des risques insensés, brûlait les feux, enjambait les trottoirs. Elle l'excitait de la voix et lui indiquait les raccourcis. Elle n'avait plus rien à voir avec la fille timorée qui rasait les murs de son appartement pour ne pas salir. À l'arrivée, ils étaient sûrs de n'avoir personne aux fesses, et lui avait rajeuni de vingt ans.

Ils rentraient chez elle à l'image d'une foule de couples, un soir de fête. Mais pas une fois, elle n'avait semblé se préoccuper de ce qu'ils allaient faire de cette soirée, dans ce décor austère, à danser la gigue devant un frigo vide, dans une cité qui sentirait le couscous et le poulet yassa. Elle ouvrit la porte et alluma la lumière, machinalement. Dans l'entrée, elle se figea. Lazare savoura son effet. En une heure, il avait transformé le salon pitoyable de sa collègue. Devant la fenêtre, un petit sapin de Noël modeste et décoré un peu à la va-vite, supportait une guirlande de petits oiseaux multicolores surmontée d'une comète fluorescente, très kitch. Lazare avait déniché une table pliante dans la cuisine et l'avait installée au milieu de la pièce, deux chaises posées de chaque côté en vis-à-vis. Une nappe en papier doré décorait la table, et deux coupes à champagne étaient posées à côté d'un bouquet de roses blanches.

– Mais qui a fait ça ? murmura Sonia, consternée.

– Je ne sais pas, le père Noël sans doute…

La lieutenant se décida à faire quelques pas dans la pièce, comme incertaine de ce qu'elle voyait et de ce qu'elle devait faire. Derrière elle, décontenancé, Lazare se sentait dans la peau d'un intrus, ou d'un invité mal élevé qui se serait approprié les lieux sans demander la permission.

– Excuse-moi, dit-il la voix un peu étranglée, je n'aurais pas dû… J'ai cru bien faire…

Sonia laissa tomber son sac au milieu de la pièce, un geste totalement déplacé pour une "maniaque" comme elle. Elle s'approcha du sapin et, cette fois, Lazare redouta qu'elle ne se mette à pleurer. Il ne saurait pas la consoler, il ne voulait pas se mêler de ses tocs ni de ses tics. Quand elle se retourna vers lui, il était prêt à battre en retraite, à prendre ses affaires et à aller se faire voir ailleurs. Il reçut en pleine face le visage illuminé de la jeune femme, un regard d'enfant retrouvant son vieux doudou oublié depuis dix ans dans un carton.

– Tu as pensé à acheter du champagne, j'espère !

37

Revel n'arrivait pas à rentrer chez lui. Il y avait dans cette répugnance une sorte de prémonition qu'il n'avait pas envie d'affronter. Contrarié de ne pas avoir rencontré Marlène, il fit une halte au *Black Moon*, sans raison valable. Une idée en passant, peut-être pour se racheter du peu d'intérêt qu'il avait manifesté pour l'affaire Stark, ou pour voir la tête de ce barman trop curieux. Comme souvent, ses intuitions le guidaient. Mais il se serait fait couper une main plutôt que de l'admettre. Un enquêteur de police criminelle doit être pragmatique, s'en tenir aux faits. Il poussa la porte et fut saisi d'entrée par l'ambiance particulière qui y régnait. Lumières tamisées, bougies sur les tables, coupes à champagne, bouteilles dans des seaux, guirlandes et lampions. Au bar, une brune maquillée comme la reine de Saba, en robe noire lamée fendue jusqu'à l'entrejambe, préparait des cocktails roses, verts, bleus dans des verres évasés aux bords givrés qu'elle alignait sur le bar.

– Monsieur ?

– Un whisky, s'il vous plaît !

– Désolée, mais la soirée est privée... Le bar est fermé au public.

Revel regarda autour de lui, puis fixa la porte, l'air de dire « Tu me prends pour un con ou quoi ? »

Comme il ne paraissait pas vouloir bouger, elle soupira avec force en se plantant face à lui, bras croisés :

– Lequel vous voulez ? fit-elle de guerre lasse.

– N'importe, pourvu que ce soit un double.

Elle le servit et retourna à ses préparations sans plus s'occuper de lui.

– D'habitude, c'est un barman qui est là, le soir, dit Revel après avoir avalé une grande rasade de son Talisker, les coudes posés sur le comptoir en laque couleur prune.

– Stef ? Il viendra plus tard, on a l'autorisation de nuit, à cause de la fête. Moi je finis à minuit, je vais embrasser mes gosses, quand même...

– Ah ! C'est vraiment privé, ce soir, ou bien... ?

– Non, non, ne fantasmez pas, c'est ultra-privé...

Revel siffla les dernières gouttes de son verre. Il l'agita en direction de la brune qui, à présent, emplissait des coupelles d'olives et de fruits secs.

– Non, monsieur, terminé !

– Un seul !

– Non, je vous dis ! Déjà, j'aurais pas dû vous servir... Bon, c'est Noël, c'est gratuit, la

tournée de la maison. Allez, dégagez maintenant !

Quand Revel mit le pied sur le trottoir, le
froid le saisit, brutal et saturé d'une humidité
gelée. Il porta la main à sa gorge rendue brû-
lante sous l'attaque de l'air glacé. Planté
devant le *Black Moon*, il décida de combattre
le mal par le mal et alluma une Marlboro. À
la deuxième aspiration, sa trachée s'embrasa
et ses bronches explosèrent. Plié en deux
contre sa voiture, il éructa dans le froid, sous
l'œil indifférent de rares passants qui se
hâtaient vers leurs dindes farcies. Sa vessie le
trahissait à chaque sursaut de son organisme, les larmes brouillaient sa vue, cou-
laient sur ses joues, aussitôt figées par le gel.
Il songea à se laisser glisser au sol pour en
finir, une fois pour toutes. Un coup d'avertis-
seur le ramena à la réalité. Il aspira une
grande goulée d'air froid qui fit l'effet d'un
anesthésiant, calmant momentanément la
débâcle dans ses tuyaux. Une grosse bagnole
agitait ses feux de croisement avec impatience, attendant qu'il lui laisse la place. Il fit
un geste pour montrer qu'il allait partir. Il
abaissa le pare-soleil pour échapper aux
phares de l'automobiliste énervé qui avait
baissé sa vitre et lui intimait, entre autres
mots choisis, l'ordre de "bouger son cul". De
la musique agressive sortait à plein tube de
l'habitacle. Revel démarra en l'insultant, lui
et tous les "connards" de son espèce, "blai-

reaux" et "petites bites" qui avaient besoin de grosses bagnoles pour se sentir virils. À cause des larmes qui jaillissaient encore de ses paupières, il distingua vaguement qu'il s'agissait d'un gros 4×4 noir.

38

La bouteille de champagne était presque vide. Les crevettes et les petits fours au foie gras avaient disparu, engloutis par une Sonia que Lazare n'avait jamais vue aussi vorace. De la cuisine, parvenait la bonne odeur des cailles farcies qu'il avait fait réchauffer dans le minuscule four. Il avait décidé qu'il se chargerait de tout. Sous l'effet des bulles, sa jeune collègue se détendait. Elle avait mis de la musique, « celle qu'elle aimait le plus au monde, les *Nocturnes* de Chopin ». Derrière le comptoir de la mini-cuisine, il s'affairait à déboucher une bouteille de Médoc, un Biston-Brillette de Moulis, un vin découvert en vacances dans le Sud-Ouest avec sa femme. Au souvenir de ce séjour, il ressentit un petit pincement du côté du sternum. Il se demanda fugitivement où elle était ce soir, l'imagina trinquant avec son monsieur muscles, les yeux brillants, les joues enflam-

mées. Il ne devait pas céder à la nostalgie,
pas mollir. Se reprendre.

– Tu vas m'en dire des nouvelles, assura-t-
il en apportant la bouteille.

– Tu sais, murmura-t-elle, je suis déjà
pompette, je ne suis plus guère en mesure
d'apprécier...

– Mais si, tu vas voir...

– Renaud, il faut que je te dise quelque
chose, souffla-t-elle.

« Allons bon ! se braqua Lazare *in petto*,
ça devait arriver, forcément... » Il hésita
fugacement entre une improbable déclaration d'amour et la révélation des horreurs
qui avaient pu lui arriver dans son enfance.
Il posa la bouteille sur la table, prit le temps
de changer les verres, d'enlever le plat vide
des entrées.

– Je t'écoute...

39

Revel ne fut pas surpris de trouver sa maison vide, froide et sombre. Il avait essayé de
retarder encore un peu le moment de se
retrouver là. Mais il ne se sentait plus la force
d'aller jusqu'à Paris pour trouver un bar
ouvert. Marlène ne répondait pas au téléphone. Il avait songé à Sonia et à sa propo-

sition d'unir leurs solitudes à trois. Il n'avait pas osé, il avait été injuste et désagréable avec elle, il méritait son sort.

« Alors voilà, se dit-il en tournant la clef dans la serrure, j'ai fait le tour de mes relations ». C'est dans l'entrée que la violence de sa solitude lui sauta à la gueule. Il eut la perception de son pantalon mouillé, de ses poumons qui faisaient un bruit de forge. À l'intérieur, l'attendaient seulement des fonds de bouteille qu'il allait liquider jusqu'à la dernière goutte avant d'avaler quelques "pilules d'oubli". Une folle angoisse le saisit et ce fut comme s'il était happé par un cyclone. Il se précipita dans la chambre de sa fille mais se cogna à la porte fermée. Il le savait, au fond, depuis la veille, que Léa était partie. Subitement, l'idée lui devint intolérable : Léa était allée se suicider quelque part. Ou bien elle était dans un hôpital, tellement mal en point qu'elle n'avait pas pu le faire prévenir. Ou bien... Il ne savait plus. Il se précipita dans sa propre chambre où il gardait en secret un double de toutes les clefs de la maison. Celle de la chambre de Léa était accrochée à un cœur doré dont la vue le bouleversa. La chambre de la jeune fille était rangée et le lit tiré au cordeau. Ordinateur éteint, pas de message en vue. Léa était partie sans un mot. Il se dit avec horreur qu'elle attendait au moins depuis deux jours que son père s'inquiète de cette absence. Il se laissa tomber sur le lit de sa fille et, la tête entre les mains, se mit à sangloter.

40

– Tu dois te dire que j'ai subi des violences ou des agressions sexuelles dans mon enfance pour être comme je suis, commença Sonia sans regarder Lazare.

Le capitaine se garda bien de répondre. Il se contenterait d'écouter et, déjà, redoutait de devoir partager un fardeau épouvantable. Les premiers mots de Sonia ne le rassuraient pas.

– Parce que, tu l'as remarqué, je suis un peu barge...

Il fit un geste vague, prudent, qui disait : « Pas plus que d'autres, mais bon, un peu, oui... »

– Eh bien, non, rien de tout ça. Pas de viol par un grand-père satyre, d'attouchements par un curé vicieux... Alors, tu te demandes pourquoi je suis comme ça ? Austère, froide, sans mec, sans môme, dans un décor clinique, affolée dès qu'un pied de chaise n'est pas dans l'alignement...

Elle attendit que Lazare confirme, commente, pose une question. Il n'en fit rien. Elle s'énerva :

– Oui ou non ? Tu te la poses, cette question, non ? Je le sais. Alors ?

– Oui, mais...

– Tu vois ! Et ne me dis pas que je devrais essayer une thérapie ! Parce que je sais exactement pourquoi je suis comme ça !

– Sonia, souffla Lazare, gêné, je ne suis pas sûr...

– D'avoir envie de savoir ?

– Non, non, mais d'être la personne la mieux à même de t'aider, à cause de ma situation personnelle...

– Ah, excuse-moi, je croyais...

Elle se referma brusquement, dans ce style abrupt, bien à elle. Elle attrapa la bouteille de Moulis et se mit à verser le vin dans les verres, sans précaution. Lazare fit la grimace devant le sacrilège, ce nectar méritait des égards, tout de même. Mais il demeura stoïque, ce n'était pas la peine d'en rajouter. Il se leva, l'air de rien, pour aller jusqu'au four d'où il sortit les cailles. Quand il posa le plat sur la table, il vit dans le regard flou de Sonia que le charme était rompu. Il fit semblant de ne pas se rendre compte que les beaux yeux de sa collègue s'étaient embués. Il ressentit, à cet instant, une espèce de fulgurance. Il tendit son verre en direction de celui de Sonia. Elle saisit le sien, lointaine, le cogna légèrement contre celui de Lazare, sans le regarder.

– Tu sais, Sonia, dit-il doucement, tu devrais l'appeler…
– Qui ?
– Ta mère.

41

Aux alentours de minuit, Revel avait épuisé toutes les ressources de son répertoire. Il avait ouvert l'ordinateur de Léa pour y découvrir un carnet d'adresses bien maigre, à peu près à l'image du sien. Les quelques camarades de sa fille qu'il réussit à joindre ne purent rien lui dire. Léa s'était repliée sur elle-même à un point qu'il n'avait même pas imaginé. L'une d'elles, prénommée Natacha, suggéra que Léa avait pu se réfugier auprès d'une professeure de lettres avec laquelle elle échangeait parfois. La femme, en pleine fête de famille à Besançon, envoya poliment Revel se faire voir, ajoutant qu'il se préoccupait un peu tard du sort de sa fille. Il eut beau insister, elle refusa d'en dire plus mais, une chose était sûre, ce n'était pas chez elle que Léa avait fui son père. Le commandant reçut ce dernier commentaire comme une gifle. Il écuma ensuite tous les hôpitaux de la région. Il s'adressa à Police Secours, aux casernes de pompiers.

Dans la chambre de Léa, il se remit à fouiller dans son ordinateur pour découvrir, horrifié, une facette de sa fille qu'il ignorait. Il aurait préféré ne jamais avoir à lire ses mails qui disaient sa solitude et une souffrance terribles. De nombreux messages avaient été effacés au cours des jours précédents. Dans la corbeille, il parvint à en ouvrir un envoyé par une agence Air France, une semaine plus tôt. Une nommée Zohra demandait à Léa de la contacter d'urgence. Atterré, il réalisa que, sans aucun doute, Léa était partie. Loin d'ici, dans un avion. Il se mit debout, chancelant comme un arbre sous les coups de boutoir d'une forte tempête. Au milieu de la chambre de sa fille, il prit conscience du délabrement de sa vie. Il eut l'impression que quelqu'un le poignardait violemment dans le dos, tandis qu'un autre inconnu lui frappait la poitrine. La pièce lui sembla rétrécir, le sol remonter brusquement pour lui cogner le front. Il était tombé en avant sans pouvoir esquisser le moindre geste. Sa tête heurta le montant du lit et il s'abîma dans la nuit.

42

Sonia avait déclaré forfait à la deuxième bouchée de caille farcie. Non pas que ce fût mauvais, au contraire, mais elle n'avait plus faim. Lazare non plus. Ils avaient pris la bouteille de Moulis et s'étaient installés sur la banquette dure comme du bois.

– Elle ne m'a jamais aimée, dit Sonia à son troisième verre de vin.

Cette affirmation concernant sa mère n'appelait aucun commentaire de la part de Lazare. Elle enchaîna :

– Elle adorait mon père. Lui, c'était un feu follet qui ne voulait pas se fixer ni se caser. Pour se l'attacher, elle lui a fait un enfant dans le dos. Cet enfant, c'était moi. Mon père m'a adorée dès la première minute où il m'a vue, et le mot est faible, parce que c'est pour moi qu'il est resté avec elle. Elle ne me l'a jamais pardonné. J'ai tout fait pour qu'elle m'aime. Puisqu'elle ne m'a jamais aimée, qui peut m'aimer ? Le pire c'est qu'elle n'a pas été comme ça avec mes deux frères. À ses yeux, je passais pour une rivale, elle voulait mon père pour elle toute seule.

Lazare continuait à se taire pendant que Sonia vidait son sac. Elle essayait de vivre la vie du garçon que sa mère aurait préféré à sa place, et personne ne pouvait rien changer à cela. Quand elle aurait fini, il ouvrirait une autre bouteille et sortirait les petites bûches glacées qui attendaient dans le frigo parce qu'il ne pouvait concevoir qu'un repas se termine sans une note sucrée.

– Je crois qu'elle ne m'a jamais embrassée ni prise dans ses bras, murmura Sonia au moment précis où son téléphone mobile sonna.

Elle mit un moment à réagir. Lazare, lui, avait mouliné à toute allure. Ils étaient tous les deux de permanence à domicile. Des deux, il était le plus gradé, il aurait dû être appelé en premier ou, au moins, en même temps. Sonia paraissait loin, enfermée dans son histoire, elle ne réagissait pas.

– Oh, Sonia, il faut répondre !

Quand elle avisa l'écran, elle ne put retenir un « merde ! » sonore. Lazare comprit que la soirée de Réveillon était terminée.

– Arrête-toi là ! commanda Sonia devant la porte du *Black Moon*.

– Emplacement handicapé, objecta Lazare.

– Je ne suis pas sûre qu'il y en ait beaucoup en vadrouille, cette nuit... Et tu n'as qu'à rester au volant, je fais vite, promis !

Lazare exécuta la manœuvre et regarda sa collègue s'éloigner, engoncée dans une grosse doudoune qui, assortie de bottes chaudes et d'un bonnet de laine à pompons, la faisait ressembler à une matriochka. On distinguait, à travers les vitres couvertes de buée, des silhouettes en train de s'agiter. Le capitaine croisa les bras sur son blouson fourré, enfilant ses mains gelées dans les manches. Il avait sommeil, à cause du vin, du repas trop riche, des confidences de Sonia, de cette ambiance irréelle dans laquelle il avait décidé de se retirer, depuis hier. Il aurait voulu se coucher dans un lit moelleux, se couler contre un corps chaud...

Il n'en continua pas moins à surveiller le bar, prêt à bondir au secours de sa collègue que le coup de téléphone de Stéfane Bouglan avait cueillie à l'improviste. Le barman venait de prendre son service une demi-heure plus tôt au *Black Moon* où il assurait la deuxième partie d'une nuit de Noël privée. Il venait de repérer dans l'assistance, l'homme qui avait, un soir, évoqué le sida d'Eddy Stark.

– Tu veux dire Tommy ? lui avait demandé Sonia d'une voix incertaine. Celui dont je t'ai montré la photo à la PJ ?

Ce n'était pas Thomas Fréaud, le jardinier de Stark, qui fêtait Noël cette nuit au *Black Moon*. C'était l'autre. Le deuxième homme.

– J'arrive, lui avait dit Sonia.

Bien sûr, Lazare avait tenu à en être aussi. Ils s'étaient munis d'un appareil photo. En cours de route, ils avaient hésité à appeler Revel. Il pouvait aussi bien s'agir d'une manipulation de Stef. Ou d'un piège. Après tout, qu'est-ce qu'on savait de ce garçon ? Sonia ne l'avait pas prévenu qu'elle serait accompagnée, histoire de garder un atout dans sa manche. À peine avait-il fini de se dire qu'il faisait un fichu sale boulot que Lazare vit revenir Sonia. Elle se réinstalla dans la Citroën en soufflant sur ses doigts gourds :

– Il s'est tiré ! dit-elle, je le crois pas !

– Comment ça, il s'est tiré ?

– Ben oui, juste avant qu'on arrive, il a repris son vestiaire et il est parti.

Lazare se rembrunit.

– Tu ne crois pas qu'il t'a fait un coup de flan, ton marchand de sirop ? demanda-t-il, soupçonneux. Qu'il voulait juste que tu viennes passer la soirée avec lui ?

– J'ai eu un doute, t'as raison... On va voir si mes craintes étaient fondées.

– Tu peux traduire ?

À cet instant, le ronronnement du téléphone de Sonia indiqua l'arrivée d'un message. Elle l'ouvrit, et une photo s'afficha sur l'écran. Celle d'un homme qu'on voyait de profil, un peu flou, la lumière d'une guirlande en travers de sa chevelure châtain lissée en arrière, longue dans le cou. Il portait des lunettes fumées comme en arborent les m'as-tu-vu que Revel appelait les "kékés".

– Il n'a pas menti, murmura Sonia.

– C'est qui ?

– Je comptais sur toi pour me le dire...

– Il a d'autres infos à son sujet ?

– Rien. Le gars était bourré, sévèrement même. Il est parti avec une fille qu'il a apparemment levée sur place, mais Stef n'a pas vu dans quelle bagnole ils sont montés. Le couple est resté un bon moment dehors à fumer, et ensuite Stef a été obligé de s'occuper de ses clients.

– C'est maigre… Mais il n'est pas arrivé comme ça, il y a sûrement des gens qui le connaissent à l'intérieur.

– On va peut-être pas aller le leur demander, nous deux, là, en pleine fiesta, si ?

– Et pourquoi pas ? T'aurais pas envie d'un whisky, toi ?

Stéfane Bouglan leur ouvrit la porte qui, de l'arrière du bar, communiquait avec le couloir latéral.

– C'est une descente en force ? s'indigna-t-il en redressant le buste comme un petit coq en colère.

– Eh, dis donc, c'est pas toi qui m'as appelée, des fois ? le redressa Sonia.

– Je t'ai appelée, toi. Pas ton…

– Collègue… Le capitaine Lazare !

Sonia avait haussé le ton. Stéfane jeta un regard paniqué derrière lui.

– Chut !

– On peut entrer ?

– Non, c'est privé, l'organisateur va vous demander qui vous êtes…

– On restera à l'écart. On doit te parler, Stef.

Lazare avait déjà poussé la porte. Ils se glissèrent dans la cuisine, au moment même où un homme faisait irruption.

– Eh, Stef, on a soif !

– J'arrive !

– C'est qui, ces deux-là ? bafouilla l'homme, très imbibé.

– C'est rien, ils viennent pour le nettoyage. Retournez dans la salle, j'arrive tout de suite !

Un peu plus tard, Stéfane revint avec deux coupes de champagne. La cuisine était déserte, de la vaisselle sale traînait partout et des cartons d'un traiteur réputé étaient empilés contre un mur, jusqu'au plafond.

– Le plongeur viendra demain matin, crut bon d'expliquer le barman, c'était juste un buffet. Dans ces fêtes, les clients viennent surtout pour boire.

– C'est qui ces clients ?

– Le patron d'un gros garage de Rambouillet. Que des marques de luxe : Porsche, Ferrari, Aston Martin… Il a invité sa famille et ses amis, quelques gros clients, ils sont une petite centaine…

– Ah quand même ! s'exclama Lazare.

– Ouais, et on prend 250 euros par tête, ça vous donne une idée…

– C'est qui le gars de la photo ? abrégea Sonia qui s'impatientait.

– Ils l'ont appelé Jimmy. J'ai pas pu en savoir plus.

– Il a quoi, 25-26 ans ?

– À peu près. La fille s'appelle Margaux, elle est serveuse dans un rade. Enfin, plutôt hôtesse, un truc comme ça, il y en a quelques-unes ce soir, le garagiste et ses potes aiment bien le genre…

– Où ?

– Où quoi ?

– Tout. Jimmy, où on le trouve, la Margaux où elle turbine... ?

Stéfane haussa les épaules en signe d'ignorance. Il ne cessait de lorgner du côté de la salle.

– Buvez vos coupes et tirez-vous, dit-il très vite, en entendant quelqu'un gueuler son prénom depuis le bar. Je dois y aller.

– Tu ne penses pas qu'ils vont revenir ? suggéra Sonia. Ils sont peut-être juste allés tirer un coup...

– Dans l'état où il était, le gars, ricana Stef, j'en doute. Je suis même pas certain qu'il puisse tirer quoi que ce soit... Mais s'il se ramène, je te rappelle...

– Non, ça va comme ça...

– C'est vous qui voyez.

Les deux policiers se comprirent d'un regard : cela ne servait à rien de rester. Sonia siffla son verre d'un trait. Lazare reposa le sien, il avait avalé assez de bulles pour cette nuit.

– Tu essaies d'en savoir plus sur ce Jimmy, ordonna Sonia qui s'était approchée du serveur pour lui parler à deux doigts des moustaches, d'accord ? Tu essaies de noter son numéro de plaque, tu t'arranges pour avoir son 06... Tu vois ?

– Oh, je vois très bien, tu veux que je fasse indic...

– Tout de suite les grands mots ! Tu nous donnes un coup de main, sans plus. Et nous, on te fiche la paix en échange.

– Ok, mais la prochaine fois, viens toute seule !

Sur le chemin du retour, ils hésitèrent encore. Il n'y avait pas urgence à réveiller Revel à cette heure avancée. Ils appelèrent néanmoins l'état-major de la PJ pour le cas où il s'y serait pointé. Il en était tout à fait capable. Mais personne ne l'avait vu, il ne s'était pas manifesté depuis son départ, à 21 heures.

– Il est avec sa fille, se souvint Sonia, on va lui foutre la paix. On n'a pas grand-chose à lui dire, en somme...

– C'est vrai. C'est marrant...

– Qu'est-ce qui est marrant ?

– Je ne sais pas... Rien sûrement... Mais j'ai une impression bizarre, comme si j'avais déjà vu cette tête quelque part...

Sonia lui jeta un regard étonné. Quel rapport avec Revel ?

– Quelle tête ?

– Celle de la photo, Jimmy... Mais ce n'est probablement qu'une impression.

Lazare resta silencieux jusqu'au retour chez Sonia. De nombreuses fenêtres étaient encore éclairées mais, par le froid ambiant, personne ne se risquait à squatter les parkings ou les entrées des immeubles.

– Fais-moi plaisir, Sonia, dit Lazare une
fois dans l'appartement, on finit la bouteille
de vin et après, dodo, on rangera demain
matin.

La jeune femme s'était contractée subitement, dès le seuil de la porte passé.

– Ça, je ne sais pas si je vais pouvoir…

– Alors, c'est moi qui range.

– Non, tu as déjà tout fait ce soir. Va dormir.

Le charme de la soirée était définitivement
refroidi par la sortie impromptue et le rappel
subit de leurs vies minables. Du moins, c'est
ce que l'air abattu de Sonia laissait supposer.
Elle eut beau résister, Lazare la poussa vers
sa chambre où elle finit par s'enfermer. Il se
dit que, mine de rien, elle venait de faire un
grand pas en avant. Il appuya sur le bouton
de la chaîne et Chopin revint avec ses *Nocturnes* tandis qu'il s'attelait à la vaisselle. Une
fois qu'il eut fini de ranger, il s'attarda un
moment à regarder par la fenêtre cette partie
de banlieue. Revel les qualifiait de "déglin-
guées", ces zones oubliées de tous, comme si
un mur invisible les avait une fois pour
toutes retranchées du monde.

Lazare se retira de la fenêtre en soupirant :
ce n'était pas ce soir qu'il règlerait le problème
des banlieues "cocotte-minute". Devant l'éta-
gère bibliothèque, il osa jeter un œil sur les
livres de Sonia. Il hocha la tête, ému par les
lectures de la petite fille à fleur de peau qui se

cachait sous la baroudeuse peur-de-rien. Il
finit la bouteille de vin rouge afin de différer
le moment d'affronter le dénuement pathé-
tique de sa cellule. En passant devant la
porte de Sonia, il entendit qu'elle télépho-
nait. Il perçut sa voix de fillette au désespoir, un sanglot, une supplication, peut-être.
Il entendit « maman » et se dépêcha d'entrer
dans sa propre chambre et de fermer sa
porte. Une oppression brutale lui serra la
poitrine quand il embrassa le décor autour
de lui. Il s'aperçut qu'il serrait son téléphone
comme une main qu'on ne lui tendait pas.
Il le contempla longuement, hésitant, au
supplice. Finalement, il se décida à appeler
sa femme. Il laissa sonner longtemps, mais
n'obtint aucune réponse.

43

C'est une sensation de froid intense qui fit
revenir Revel à lui. Il n'aurait su dire s'il avait
perdu connaissance ou s'il avait dormi. Et
combien de temps avait duré son "absence".
La lumière brillait encore dans la pièce qu'il
mit du temps à identifier comme la chambre
de Léa. Son corps, échoué comme un cheval
mort au pied du lit de sa fille, refusa d'obéir
quand il essaya de se lever. Il n'y voyait que

d'un œil. L'autre, englué dans une matière qui l'obstruait complètement, ne voulait pas s'ouvrir. Était-il enfoui dans un de ces cauchemars pathétiques où vous ne pouvez ni avancer ni reculer, ni émettre un son ? Pourtant, il distinguait le dessous du bureau de sa fille. La double fulgurance du souvenir de Léa disparue et de la douleur qui lui coupait la poitrine en deux, mit un terme définitif à l'espoir qu'il fût encore en train de rêver.

– Nom de Dieu ! jura-t-il dans sa tête, puisqu'il ne pouvait pas davantage remuer les lèvres.

Son bras gauche, coincé sous son corps inerte, ne pouvait bouger. Si le droit lui parut apte à réagir, ce fut au prix d'une douleur qu'il n'avait encore jamais ressentie.

– Bordel de merde ! éructa-t-il mentalement, je vais crever ici, tout seul...

Il envisageait déjà une lente agonie, entre ce cœur qui le trahissait et ces poumons qui partaient en lambeaux. Qui le trouverait là ? Son équipe ? Mais quand ? À force de les écarter de sa vie, ils finiraient par trouver normal qu'un ours mal léché crève tout seul dans sa tanière. Ils ne viendraient pas. Ils seraient bien contents d'être débarrassés de lui. Lazare prendrait sa place à la tête du groupe et serait nommé commandant. Avec quel adjoint ? Mimouni ou Glacier ? Sonia ! Il prendrait Sonia, maintenant qu'ils vivaient ensemble. Et Léa ? Est-ce qu'elle reviendrait, seulement ? Et si, par malheur, elle n'était pas partie de son plein gré, comme sa mère il y a dix ans ? C'était la première fois qu'il formulait cette hypothèse aussi crûment. Il s'embrasa, mais son agitation mentale et ses efforts restèrent stériles. Heureusement, il avait encore quelques sensations dans les jambes bien qu'elles ne fussent pas suffisamment puissantes pour le faire se lever et marcher. Elles lui permirent de se rendre compte qu'un objet lui talait la hanche gauche, en contact avec le sol de la chambre. Son téléphone ! Pour un peu, il aurait hurlé de joie. Ce n'était qu'un téléphone pourtant, un appareil après lequel il ne cessait de râler : fil à la patte, esclavagisme moderne, greffon d'oreille, béquille des gens sans ambition et sans imagination... Là, tout de suite, il l'aurait embrassé, son portable ! Encore fallait-il l'atteindre. Au prix d'une suée qui l'amena au bord d'un nouvel évanouissement, il réussit enfin à glisser la main droite dans sa poche gauche, sans pouvoir sortir l'objet de l'endroit où il était coincé. Il s'escrima quelques minutes de plus avant d'abandonner, épuisé. En désespoir de cause, c'est à tâtons qu'il manipula les touches, au jugé qu'il appuya sur l'une d'elles correspondant à un numéro préenregistré. Et sans certitude aucune d'avoir appuyé sur la bonne !

44

Le substitut Louis Gautheron se retourna dans son lit. Quelque chose venait de le réveiller. Il tendit l'oreille au bruit ténu que faisait sa femme en dormant. La bouche entrouverte, elle produisait quelques légères extravagances buccales, aussi menues que des bulles, insuffisantes en tout cas pour le tirer de ses rêves. Parfois, il est vrai, elle ronflait carrément, à l'empêcher de s'endormir. Dans ce cas-là, il avait la solution. Il la retournait sur le côté et, collé à son dos, lui faisait l'amour. Elle s'en rendait à peine compte, tant son sommeil était lourd, mais elle avait le bon goût d'onduler un peu, ce qui garantissait l'efficacité de l'exercice. Cette nuit, ce n'était pas elle qui l'avait sorti d'un rêve angoissant – le dîner du Réveillon avait été, comme toujours, démesuré – et il savait, maintenant, qu'il aurait le plus grand mal à se rendormir. Il jeta un coup d'œil au réveil posé sur la table de nuit : 5 h 10. Trop tôt pour se lever, presque trop tard pour replonger dans les bras de Morphée. Louis Gautheron cherchait une position confortable pour tenter le coup malgré tout, quand il perçut la vibration caractéristique de son téléphone portable, quelque part dans l'appartement. Bien au chaud sous la couette,

il décida de ne pas réagir. Il n'était pas
d'astreinte et c'était sûrement une erreur, un
type saoul qui s'était trompé de numéro.
Après un rapide tour du portefeuille des
affaires en cours, il n'en trouva pas une
seule qui pût justifier un appel à cette heure
indue. Le *bip* de la messagerie retentit aussitôt après l'arrêt de la sonnerie. Tant pis, le
correspondant attendrait. Son épouse remua
dans son sommeil, marmonna quelques
mots sans suite. Il tendit la main vers elle
pour lui rappeler son existence quand les
modulations sur l'air de la *Symphonie du
nouveau monde*, reprirent.

— C'est pas vrai, râla-t-il en repoussant les
couvertures avec hargne, ça ne va donc
jamais finir !

— Qu'est-ce qui se passe ? fit sa femme
d'une voix pâteuse, tu es malade ?

— Non, ce n'est rien, rendors-toi…

Le temps qu'il retrouve le téléphone posé
sur un guéridon du salon, la sonnerie avait
cessé et un nouveau message se signalait.
Louis Gautheron saisit l'appareil. Sourcils
froncés, il identifia le nom du correspondant : Revel. Le commandant Revel ! Son
sang se mit à bouillir. Nom d'un chien,
qu'est-ce qu'il avait encore, celui-là ? Qu'est-
ce qu'il lui prenait de le sonner, le matin de
Noël, à cinq heures, avec cette insistance
déplacée ? Qu'est-ce qu'il avait encore
inventé pour l'emmerder un jour pareil ? Les

mains légèrement tremblantes, le substitut Gautheron composa le code d'accès à ses messages. D'abord, il n'entendit rien que des bruits indistincts, raclements, froissements, puis des grognements semblables à ceux que pourrait produire un plantigrade ivre mort. Gautheron sentit la moutarde lui monter au nez. Il imagina la scène : Revel, bourré dans un coin, un bar, une boîte de nuit, un bordel, allez donc savoir, et qui, par inadvertance, en cherchant ses clopes dans sa poche, accroche le clavier de son téléphone et l'appelle, LUI, le substitut ! D'ici à ce qu'il l'ait fait exprès, il n'y avait pas loin !

– Il va me payer ça, gronda Gautheron qui imaginait le commandant en train de se faire faire des trucs inavouables dans une boîte à strip-tease.

Un bruit bizarre, comme un hoquet, sur la fin du message, le fit douter cependant. La communication fut coupée, et par acquit de conscience, le substitut écouta le deuxième message. Il y avait toujours autant de bruits étranges, pour ne pas dire douteux, mais il entendit cette fois nettement des plaintes, des gémissements qui n'avaient rien à voir avec un début d'orgasme. Enfin, juste avant que la communication ne soit définitivement interrompue, il saisit les mots « au secours » et quelque chose comme « aidez-moi ». Mais il n'en était pas sûr tant le commandant – car cela ne pouvait être que lui – semblait souffrir. Gautheron demeura un moment indécis, à regarder son téléphone comme un objet toxique. Son premier mouvement avait été de rappeler Revel et de lui demander à quoi rimait ce petit jeu. Puis il prit le temps de réfléchir. Car, enfin, si Revel était saoul ou en danger quelque part pour une raison quelconque, était-il logique et raisonnable qu'il l'appelât, lui, Gautheron, avec lequel il entretenait des rapports pour le moins tendus, plutôt que ses propres troupes ou même Police Secours ? Il y avait forcément une explication. Fallait-il que ce soit lui qui la cherche ? Car, connaissant l'oiseau et ses bizarreries, s'il rappelait le commandant, il y avait de fortes chances pour que ce soit le point de départ d'un engrenage sans issue. Sa nuit serait foutue et, au-delà, son Noël, le repas de midi chez les beaux-parents compromis et la bonne humeur de sa femme, plutôt capricieuse en général, envolée. Mais pourquoi diable cet énergumène de Revel l'avait-il appelé, lui ? Nom d'un chien, pourquoi diable ?

45

Après avoir attendu que Sonia se soit apaisée, ne l'entendant plus parler, pleurer ou crier, Lazare s'endormit avec peine, voguant entre sommeil et veille, un de ces états que connaissent les navigateurs ou les médecins de garde dans les hôpitaux. Il bondit sur son téléphone dès les premières notes de la sonnerie. Le cœur en folie, persuadé que sa femme le rappelait, enfin. Il vit d'un seul coup d'œil qu'il était 5 h 20 et que son correspondant était le substitut Gautheron.

Tout en écoutant le magistrat lui raconter, d'un air pincé, les étranges messages de Revel, Lazare se leva et commença à s'habiller. La nuit était morte, de toute façon. Quoiqu'il soit arrivé au commandant, ce n'était pas anodin. Qu'il ait appelé Gautheron et pas l'un d'entre eux relevait d'une totale aberration. Revel n'appréciait pas beaucoup le substitut qu'il jugeait "couilles molles" et pas très futé. On pouvait donc se demander pourquoi, s'il se trouvait en difficulté, il avait fait appel à lui. La conclusion provisoire de Lazare, était que, si Revel avait appelé Gautheron, c'était parce qu'il ne pouvait pas agir autrement.

Il avait fait le moins de bruit possible. Pourtant dès qu'il sortit de sa chambre, la porte de Sonia s'ouvrit. La jeune femme, perdue dans un immense tee-shirt noir informe, sur lequel les mots "No future" s'étalaient en rouge délavé, avait les yeux gonflés, le cheveu en bataille :

– Qu'est-ce qui se passe ? Je t'ai entendu parler...

– C'est Gautheron qui m'a appelé. Le Proc.

Sonia écarquilla ses yeux barbouillés de rimmel :

– Le Proc ?

– Oui... Il a reçu deux appels de Maxime...

– De Maxime ?

– Écoute, Sonia, tu ne vas pas répéter tout ce que je dis... Retourne dormir, je vais gérer...

– Mais gérer quoi ? Putain, dis-moi ce qui se passe, au moins !

Lazare haussa les épaules en se dirigeant vers le salon, son portable à la main. Il composa un numéro et pendant qu'il attendait, leva les yeux sur la lieutenant qui l'avait suivi :

– Je n'en ai pas la moindre idée, figure-toi. Revel a appelé deux fois Gautheron. Apparemment, il est bourré, on ne sait pas où...

– Mais qu'est-ce qu'il a dit ? Et pourquoi il l'a appelé, lui ?

– Je n'en sais foutre rien, Sonia, et il n'a rien dit, juste à la fin un truc comme "au secours"...

– La vache ! Il s'est fait agresser dans un rade, ou quoi ?

Lazare fit signe à sa collègue de se taire. Il avait la permanence de l'état-major en ligne.

Le thermomètre de la voiture de Lazare indiquait une température extérieure de moins 9 degrés. Les deux officiers s'étaient rééquipés et fonçaient en direction de la résidence de Revel. Grâce au logiciel de géolocalisation de la PJ, le permanent responsable des opérations et des interventions avait réussi à déterminer, en quelques minutes, dans quelle zone émettait le téléphone de Revel. La maison du commandant était située en plein milieu. Une patrouille de la Sécurité publique, qui s'était déroutée pour aller examiner la situation de plus près, venait d'indiquer que le véhicule de service utilisé par Revel était stationné devant le 10 de l'impasse des Lilas. De la lumière brillait dans la maison, au rez-de-chaussée et au premier étage. Les policiers avaient trouvé la porte fermée à clef et personne n'avait réagi à leurs coups de sonnette ni à leurs appels. Quand Lazare et Sonia arrivèrent sur place, ils constatèrent que la moitié du quartier était aux fenêtres ou dehors, entourant le véhicule de police et celui des pompiers appelés à la rescousse. Lazare demanda au brigadier, chef de patrouille des "bleus", d'éloigner ces curieux assoiffés de sensationnel, avant de se précipiter à la rencontre d'un pompier qui envisageait de défoncer la porte d'entrée :

– Il y a une fenêtre sur l'arrière, se hâta-t-il de préciser, elle doit communiquer avec le garage. On peut entrer par là…

Le pompier s'élançait déjà quand Lazare
vit Sonia arriver en courant, brandissant
un objet :

– Les voisins, ils avaient les clefs…

Une minute plus tard, ils trouvaient Revel,
la tête en sang, couché sur le côté dans la
chambre de sa fille. Il avait perdu connaissance et respirait à peine.

46

Ce fut un étrange jour de Noël pour tout le
monde. Revel fut rattrapé de justesse au bord
du gouffre où il avait fini par se laisser attirer, de guerre lasse. Parce que son cœur avait
tenu, il était toujours vivant. Lazare et Sonia
partagèrent le début de la matinée entre
l'hôpital André Mignot et la PJ où ils
s'employèrent à régler quelques affaires cou-
rantes. Le commissaire divisionnaire
Gaillard avait été prévenu et était venu se
rendre compte sur place de l'état de Revel. Le
substitut Gautheron ne s'était pas déplacé
mais il avait téléphoné pour prendre des nouvelles après que Lazare l'eut informé de ce
qui était arrivé à son chef de groupe. À vrai
dire, ce qui intriguait toujours le magistrat,
c'était la raison pour laquelle Revel l'avait
appelé lui. Lazare expliqua qu'en raison de la

position du policier, et de celle de sa main droite sur le téléphone au fond de sa poche, l'appel avait été composé par hasard ! Foncièrement paranoïaque, Gautheron était soulagé. Depuis que Lazare l'avait remercié d'avoir, en réagissant très vite, sauvé la vie du commandant, il ne se lassait pas de se dire qu'il était le héros du jour.

Vers huit heures, à l'état-major de la PJ, Philippe Gaillard reçut le télégramme des affaires de la nuit, envoyé par la salle de commandement de la Sécurité publique de Versailles. En plus d'une bonne vingtaine de cambriolages dans des résidences vides pour cause de vacances, deux accidents mortels et une flopée d'accidents matériels de la circulation sur des routes verglacées et à la sortie de discothèques, on recensait quatre-vingt-deux véhicules incendiés sur l'ensemble du département. Plus du double de l'année précédente à la même date, précisait le message. Mais sûrement moins que la prochaine nuit de la Saint-Sylvestre qui, traditionnellement, battait tous les records.

– Aucune communication de ces chiffres à la presse, lut le divisionnaire avec une grimace explicite.

Ces chiffres étaient mauvais et on approchait d'une période électorale ! Au moment où il achevait son commentaire, le permanent de jour à l'état-major agita la main pour attirer l'attention :

– Patron, on a un problème…

Un véhicule calciné, non encore recensé dans les chiffres de la Sécurité publique, venait d'être repéré en forêt de Rambouillet par des sportifs matinaux, à deux kilomètres de Poigny-la-Forêt, sur une petite route qui longeait l'étang du Prince. L'incendie était éteint mais le véhicule fumait encore et, surtout, les joggeurs avaient repéré un corps à l'intérieur. Lazare et Sonia échangèrent un regard. Cette fois, leur Noël était définitivement mort.

47

Sur place, plusieurs équipages de pompiers et de Police Secours avaient sécurisé les lieux. L'équipe de l'IJ arriva en même temps que Lazare, Sonia et le divisionnaire Gaillard qui avait tenu à les accompagner. Foutu pour foutu, ses trois enfants patienteraient un peu pour ouvrir leurs cadeaux de Noël. La substitut de permanence était attendue d'une minute à l'autre. Des fumerolles s'échappaient encore de l'arrière du véhicule assez volumineux dont les pneus avaient fondu ainsi que l'habitacle, et dont il était impossible de définir la couleur, la marque ou l'immatriculation. La portière avant gauche était ouverte et, à la place du conducteur, on distinguait une forme humaine carbonisée. Le médecin légiste avait déjà commencé son examen externe, sans être incommodé par l'odeur épouvantable de chair et de plastique brûlés. L'expert se redressa et fit une grimace à l'adresse des policiers :

– Il n'en reste pas grand-chose, dit-il, je ne peux même pas vous dire, là, tout de suite, quel est le sexe de cet individu... Ça ressemble plus à une chipolata oubliée sur un barbecue qu'à un être humain.

Les opérations se mirent en route d'elles-mêmes : photographies, relevés topographiques, prélèvements, auditions des témoins, recherches d'indices pouvant amener à l'identification du véhicule et, dans la suite logique, à celle de la victime calcinée. Chacun faisait son travail en silence. L'examen de la zone autour de l'étang montra de nombreuses traces de roues que le gel avait figées plus sûrement que la substance utilisée pour en faire un moulage. Le véhicule incendié semblait avoir manœuvré à cet endroit, dangereusement même, ainsi que le fit remarquer un technicien de l'IJ qui photographia des traces jusqu'à l'extrême bord de l'étang.

Sous le contrôle des pompiers et avec leur aide, le moteur du véhicule livra un premier secret : un numéro de série, gravé sur la partie basse du châssis, la plus éloignée de l'épicentre de l'incendie. Puis, quand le corps fut extrait pour être transporté à l'institut médico-légal de Garches, plusieurs éléments apparurent : les cheveux, la peau et les muscles du visage avaient fondu, mais l'état des dents, quoique charbonneuses, était encore interprétable. Il s'agissait d'un sujet jeune, possédant une denture en bon état et complète, sans trace de parodontie. La main gauche, partiellement protégée du feu, sans doute parce qu'elle était restée coincée dans le vide-poches de la portière, laissait espérer qu'on pût y relever, à défaut d'empreintes épidermiques, des plis dermiques sur au moins trois doigts dont le pouce. Sous les bras, collés au corps, des morceaux de tissu avaient été préservés des flammes. L'agent technique de scène de crime put prélever plusieurs lambeaux de ce qui ressemblait à un sweet-shirt ou à une veste de couleur grise ou vert clair. L'absence de toute trace de chaussures, semelles, de ceinture ou de boutons métalliques, de tissu ou de résidu fibreux sous les fesses firent dire au docteur Louvois que la victime était probablement nue à partir de la taille. L'affaire s'orientait naturellement vers une origine sexuelle. Pour autant, aucun des éléments manquants, pantalon, slip ou porte-feuille, ne furent découverts dans la carcasse de la voiture ni dans les parages de l'incendie.

– Baiser dehors par cette température, conclut le médecin, il faut en avoir sacrément envie…

C'était aussi ce que pensait Lazare à qui la substitut de permanence venait d'annoncer qu'elle saisissait la Brigade criminelle de la DRPJ de Versailles car, pour elle, cette affaire « ne sentait pas bon ».

– C'est le moins qu'on puisse dire, commenta Sonia qui grelottait malgré la doudoune, les gants et le bonnet, et résistait à une violente nausée depuis qu'elle était là, à renifler les remugles de la crémation.

Le divisionnaire Gaillard s'entretint un moment avec Lazare de l'opportunité de mettre un autre groupe sous pression. Revel *out* et le reste du groupe dispersé, ce n'était pas à deux qu'ils allaient pouvoir faire face à tous ces chantiers ouverts en même temps. Lazare acquiesça. Toutefois, il jugea inutile de gâcher la fête de ses collègues, affirmant qu'ils pouvaient parer au plus pressé. Le reste se ferait le lendemain.

Ils étaient presque au bout des investigations immédiatement réalisables quand le téléphone de Sonia vibra dans sa poche. Elle s'écarta pour répondre, cependant que Lazare assistait à l'enlèvement de la carcasse du véhicule qui allait être transporté au garage de la police afin que les équipes techniques terminent leur travail à l'abri. Pour les pompiers, requis dans un premier temps à titre d'experts, il ne faisait aucun doute que le feu avait été déclenché grâce à une importante quantité de carburant répartie sur l'ensemble du véhicule, et à une autre, concentrée sur et autour de la victime. L'hypothèse d'un accident dû à un mégot de cigarette ou à l'emploi d'un appareil de chauffage d'appoint était formellement exclue.

Le capitaine vit Sonia revenir en hâte. Ses joues avaient retrouvé des couleurs et ses yeux brillaient comme jamais. Il sut qu'elle avait un scoop à lui apprendre. Il était urgent d'aller rendre visite à Revel.

48

Le commandant avait été installé dans une chambre du service de pneumologie, après cinq ou six heures passées en soins intensifs. Revel avait repris connaissance rapidement. L'interne de garde les informa qu'une pneumopathie avait été diagnostiquée, qui nécessitait la mise sous antibiotiques à haute dose, mais n'excluait pas quelques complications. Le commandant allait faire l'objet d'un examen complet dont les résultats ne seraient connus que dans plusieurs jours. Dans sa chemise d'hôpital, il avait pris un sacré coup de vieux.

– Me regardez pas comme ça ! râla-t-il, ce qui prouvait qu'il n'était pas si mal en point.

J'ai rien, je récupère une heure ou deux et je sors !

Ils n'osèrent pas le contrarier, préférant laisser au corps médical le soin de lui annoncer le diagnostic en temps utile. Après avoir pris connaissance des dernières nouvelles du front, il ne fit aucune remarque.

– J'ai quelque chose à te montrer, dit Sonia en s'activant sur les touches de son portable.

Elle fit apparaître la photo de "Jimmy". Revel se souleva légèrement pour la regarder et il sursauta si fort que la potence de la perfusion cliqueta.

– C'est le petit enfoiré, souffla-t-il, ce qui déclencha aussitôt une quinte de toux.

Après une piqûre et une dizaine de minutes sous un masque à oxygène, les choses s'arrangèrent, mais les deux policiers furent priés d'aller jouer ailleurs car ils épuisaient le malade. Ils n'en firent rien, il fallait que Revel leur confirme que "l'enfoiré" dont il parlait était bien celui auquel ils pensaient.

– Où tu as récupéré cette photo ? s'enquit Revel aussitôt qu'il put parler.

Sonia lui raconta leur visite au *Black Moon* et, pour finir, le coup de fil qu'elle avait reçu en fin de matinée, alors qu'ils se gelaient devant un véhicule cramé dans la forêt.

– C'était Stef, du *Black Moon*, qui me rappelait… Ce "Jimmy", sur la photo, il a entendu dire, dans le courant de la nuit, qu'il tient un bar "branché" à Rambouillet.

– *Les Furieux* ?

– Exact.

Revel se plongea dans ses pensées. Cette nouvelle lui ouvrait des horizons qu'il avait encore du mal à mesurer. Jérémy Dumoulin et Thomas Fréaud. Comment était-ce possible ?

– Il faut gratter autour de Fréaud, dit Revel en bâillant. Examen de situation complet. Il faut aussi savoir comment il a atterri chez Stark. L'histoire du jardinage, j'ai encore du mal à y croire…

– J'ai vérifié sa téléphonie avant de venir, dit Sonia, il n'y a toujours rien. Et il "borne" toujours chez sa mère, à Flins.

– Il faut le retrouver, ce Tommy. S'il y a une embrouille avec Jérémy Dumoulin, vous aurez plus de chance de faire craquer le jardinier que cette petite saleté.

Ils virent que Revel peinait à garder les yeux ouverts. Les sédatifs faisaient leur effet, il fallait le laisser à ses rêves. Alors qu'ils s'éloignaient dans le couloir, ils réalisèrent qu'aucun d'entre eux n'avait évoqué Léa. Devaient-ils la prévenir ? Et où se trouvait-elle à cet instant ? Revel avait dit qu'ils devaient passer le réveillon ensemble. Pourquoi n'était-elle pas dans la maison quand son père avait fait son malaise ? Et pourquoi le "vieux" se trouvait-il dans la chambre de sa fille ?

49

Le véhicule incendié en forêt de Rambouillet fut identifié plus rapidement que les policiers versaillais n'auraient pu l'imaginer un jour de Noël. Il s'agissait d'un Range Rover L322, moteur 5 litres, modèle de la série limitée Autobiography, de couleur noire "Ultimate", à 120 000 euros, sans les options. Il avait été acheté six mois plus tôt au garage Varounian, à Rambouillet. Gary Varounian était l'organisateur de la fête de Noël au *Black Moon* ! Quant à l'acheteur de cette bombe à roulettes, il s'agissait de Jérémy Dumoulin. Il en avait déclaré le vol à huit heures, le 25 décembre. D'abord par téléphone au commissariat qui en avait pris note sur la main courante avant de l'enregistrer par procès-verbal, à onze heures, en présence du propriétaire. Le véhicule avait été dérobé devant le bar *Les Furieux*, dans le courant de la nuit du 24 au 25 décembre, après le retour de Jérémy Dumoulin, dit "Jimmy", de la fête au *Black Moon*, soit entre deux heures et huit heures.

– Tu ne crois pas que ce serait l'occasion de lui rendre une petite visite à ce Jimmy ? suggéra Sonia. Juste pour lui dire que son joujou est parti en fumée ?

– Avec un mec dedans ?

Lazare essuya sur ses lèvres un filet de café échappé du gobelet qu'il venait de vider. Il tritura le récipient vide entre ses doigts. Il n'était pas chaud pour aller de but en blanc trouver Jérémy Dumoulin. Les probabilités que le jeune nouveau riche se trouve mêlé à plusieurs histoires pas claires se renforçaient.

– On va lui envoyer une équipe de la Sécurité publique pour lui annoncer la nouvelle, décida Lazare après réflexion.

– Pourquoi ?

– Pour voir comment il réagit. Si la Crim se pointe, il va piger tout de suite, et on sera obligé de lui parler du macchab... Si c'est les "bleus", ils lui diront juste qu'on a retrouvé sa caisse cramée...

– Ah ! je vois... Qu'est-ce qui va se passer selon toi ?

– Je n'en sais rien, mais sa réaction peut être très instructive... On va lui coller une équipe au fion qui ne va plus le lâcher dès qu'il aura été averti. Et on suit sa téléphonie à la minute près. Je pense que Maxime serait d'accord avec moi sur cette stratégie...

– Tu crois que c'est lui qui a cramé sa propre bagnole ? demanda Sonia, incrédule. S'il voulait se débarrasser de quelqu'un, il n'était pas obligé de détruire son joujou, en plus.

Lazare fit la moue. Comme sa collègue, il était toujours épaté par la relation qu'entre-

tenait la majorité des hommes avec leur voiture.

– En même temps, dit-il, c'est imparable
pour se dédouaner d'un meurtre, non ?
L'assurance va le rembourser, c'est quoi une
bagnole de ce prix-là pour un mec comme
lui ? Ce gars n'a pas de bol ! Imagine que
l'affaire ait été prise par un autre groupe que
le nôtre, un groupe qui ne soit pas sur
l'affaire Stark, ni sur l'affaire Porte, ça pouvait marcher. Après tout, il est victime, *a
priori*. On lui pique sa voiture, le voleur
crame dedans...

– Ok, mais c'est gonflé !

– Oui, c'est en effet un type gonflé, ce
Jérémy Dumoulin, je crois qu'on en est tous
convaincus... Et rappelle-toi comment son
père est mort !

– Et la chipolata, tu as une idée de qui
c'est ?

– Pas la moindre.

50

L'après-midi était bien avancé quand
Lazare et Sonia arrivèrent à Flins. Ils avaient
mangé un sandwich en vitesse, posé les bases
écrites de la nouvelle affaire qui leur était
tombée dessus au petit matin. Ils avaient

attendu le retour de l'équipe de flicards qui était allée informer Jérémy Dumoulin de la triste fin de son 4×4, et avaient rédigé un procès-verbal de leur compte-rendu. Jimmy n'avait pas piqué de colère. Il avait juste demandé "qui" avait fait ça. On lui avait répondu que le ou les voleurs n'avaient pas été identifiés et que, en raison de l'incendie qui avait tout détruit, il n'y avait aucune trace exploitable. Il avait voulu savoir dans quel garage se trouvait le véhicule afin qu'il puisse communiquer l'information à son assurance. À aucun moment il ne s'était préoccupé de l'endroit où on avait retrouvé sa bagnole brûlée. Or, en règle générale, c'était la première question que posaient les victimes. Cela ne voulait rien dire, mais quand même. Un groupe de la BRI avait été mis sous pression pour suivre le jeune patron des *Furieux*. Juste avant le départ de Lazare et de Sonia pour Flins, les hommes en noir leur avaient appris que Jérémy Dumoulin était sorti de chez lui, quelques minutes plus tôt. Il était monté à bord d'un Porsche Cayenne gris foncé, bardé de chromes, propriété du garage Varounian. Le conducteur était un homme d'une cinquantaine d'années, probablement Gary Varounian en personne. La filature avait commencé à seize heures précises.

Thomas Fréaud et sa mère occupaient une minuscule maison en bordure d'un ensemble immobilier de moyenne gamme, dont ils assuraient le gardiennage, ainsi qu'il était indiqué sur la porte. Les deux policiers se heurtèrent à un grand Black, affairé à sortir les conteneurs poubelle. Il ne leur accorda aucune attention, évitant même soigneusement de croiser leur regard. Sonia se rendit jusqu'à la porte de la maisonnette. L'intérieur était obscur et aucun mouvement n'y était perceptible. Ils interpellèrent le Black. Il connaissait les Fréaud, de loin. Il assurait leur remplacement quand ils partaient en vacances ou en week-end. Il donna le nom de son employeur, Pro-services, un sous-traitant de l'office HLM de Flins, qui pourrait leur en dire plus au sujet des Fréaud, des gens pas très sérieux, car ils étaient partis sans prévenir, trois jours avant Noël.

– Curieux quand même, tu ne trouves pas ? fit Lazare, quand ils regagnèrent le véhicule de service sans avoir pu en apprendre plus sur la famille Fréaud.

Par une fenêtre grillagée qui donnait sur l'arrière, ils avaient pu apercevoir un intérieur à peu près en ordre, mais vide.

– Ouais, bizarre, confirma Sonia, ils se barrent le lendemain de la mort de Stark, sans préavis, personne ne sait où... J'ai l'impression que ça pue, cette affaire, pas toi ?

– On fait quoi ?

– On va voir le chef.

51

Revel n'était pas dans sa chambre quand ils revinrent à l'hôpital. On l'avait emmené passer une radio après une nouvelle crise de toux et un accès de fièvre inattendu. Sur la tablette à roulettes, son plateau-repas refroidissait.

– Ça a l'air fameux, commenta Sonia en se penchant pour renifler l'odeur de papier de la purée et le parfum de vieille serpillère du carré de poisson bouilli, je me demande pourquoi on mange toujours aussi mal dans les hôpitaux...

– Pour éviter que les malades ne s'incrustent, répondit Lazare, lugubre.

Il était déjà en train de songer à la soirée qui l'attendait. Comment allaient-ils passer ce troisième tête à tête ? Et où cela le mènerait-il ? Il n'avait plus aucune certitude d'avoir fait le bon choix et, pour tout dire, que sa femme ne l'ait pas rappelé de la journée le consternait. Une boule lui serrait la gorge.

Sonia, les yeux cernés jusqu'au milieu des joues, ne valait guère mieux. Il n'avait pas osé lui demander ce qu'elle avait retiré de sa conversation nocturne avec sa mère, mais visiblement, ce n'était pas la joie. Demain, il faudrait qu'il trouve une solution, impérativement. La cohabitation avec Sonia n'était

pas une bonne idée, en définitive. Non seulement, cela ne réglait rien mais, après deux
jours, incapable d'affronter la réalité, Lazare
se faisait l'effet d'un enfant buté qui avait fait
sa petite fugue et se retrouvait plus mal
qu'avant. Chaque fois qu'il fermait les yeux,
il voyait Armelle en train de s'éclater avec
son bodybuilder, et ces images lui étaient
insupportables.

Quand le commandant revint dans sa
chambre, il semblait épuisé, le teint couleur
de plomb. Il ne songeait plus à fanfaronner.
Ses premiers mots, quand il aperçut ses deux
collaborateurs, furent pour sa fille.

– Je ne sais pas où elle est, souffla-t-il tandis que les larmes montaient à ses yeux. S'il
vous plaît, cherchez-là !

Lazare et Sonia tentèrent d'en apprendre
un peu plus. Mais Revel ne savait rien. Son
dernier souvenir était ce gâteau qu'il avait
jeté à la poubelle, bêtement. Léa s'était probablement barrée, loin. La seule piste était ce
message d'Air France.

– On s'en occupe, le rassura Lazare. Ce
soir, il ne faut pas rêver, mais demain… Ne
t'inquiète pas, elle est grande, ta fille…

Le regard désespéré de Revel lui rappela
que les enfants ne grandissent jamais dans
le cœur de leurs parents. Mais lui n'avait pas
d'enfant…

Une femme en blouse blanche fit son
entrée et fronça les sourcils en découvrant

leur présence. Elle leur adressa un geste
agacé qui voulait dire « Tirez-vous de là ! »
en s'avançant vers le commandant, échoué
comme une baleine blessée, le visage baigné
de larmes.

– C'est malin, marmonna-t-elle en lui prenant le pouls. Il faut le laisser tranquille, cet
homme, il n'est pas au mieux de sa forme.
Vous êtes de la famille ?

Elle s'adressait à eux sans se préoccuper de
Revel. C'était étrange, cette façon de faire,
comme si le "vieux" était déjà passé de l'autre
côté du miroir. Curieusement, il ne réagit
pas. Les yeux mi-clos, il paraissait s'enfoncer
dans le néant.

– Des collègues, murmura Sonia, nous
sommes des policiers de son service...

La femme médecin hocha la tête en les
dévisageant avec curiosité. Elle se fendit de
plusieurs mimiques éloquentes avant de
s'intéresser à la feuille de température sur
laquelle elle griffonna nerveusement
quelques consignes. Revel eut un geste faible
en direction de Sonia, la plus proche de lui.
La jeune femme s'avança :

– MJC...

– Quoi ? Qu'est-ce que tu dis ?

Elle se pencha vers lui et reçut dans la
figure, les odeurs mêlées de médicament, de
sueur, d'haleine souffrante, d'urine.

– La MJC de *l'Usine à chapeaux*... Il faut
aller voir là-bas...

Sonia se redressa. Elle avait compris. Elle cherchait Lazare des yeux, mais il était déjà sorti. Elle croisa le regard de l'interne, compatissant et impérieux à la fois.

– Il faut partir, recommanda la femme, allez, dites-lui au revoir !

Ils eurent l'impression d'entendre "adieu", mais ce n'était sûrement qu'une impression.

52

Contrairement à la veille à la même heure, les rues de Versailles étaient désertes quand ils remontèrent dans la Citroën de Lazare. Depuis qu'ils avaient quitté la PJ, ils n'avaient pas échangé un mot. Pour combattre la sale impression que l'état de Revel leur avait laissée, ils étaient revenus aux affaires, une façon de se remettre la tête et le cœur à l'endroit. Ils avaient appris par l'équipe de la BRI que Jérémy Dumoulin et son pilote Gary Varounian s'étaient rendus au garage du SGAP (le Service général d'administration de la police qui abrite les services techniques). Avec l'accord de Lazare, il avait été conduit par un gardien de la paix jusqu'à son Range Rover entreposé dans un lieu sécurisé, en attendant que les spécialistes reviennent se pencher sur son cas. Sous l'œil attentif du flic, Jérémy et son pote avaient fait le tour du véhicule, s'attardant longuement sur l'avant.

– Quelque chose vous tracasse, monsieur ? avait osé le gardien, cependant que l'autre mourait d'envie de poser une question sans oser se lancer.

– Non, enfin… je me demandais… vous n'avez rien retiré de l'habitacle ?

– Vous voulez dire des objets ?

– …

Le gardien de la paix avait joué son rôle à merveille, d'autant mieux qu'il ne savait rien de ce qui avait pu brûler à l'intérieur du véhicule.

– Je crois que tout est là, avait-il hasardé sans en être sûr. Revenez demain, il y aura plus de monde pour vous renseigner…

Ils étaient repartis. Les photos prises par les hommes de la BRI montraient un Jérémy contrarié et un Gary Varounian mal à l'aise. Dans la foulée, les deux hommes avaient poussé jusqu'à Flins et avaient observé la maison des Fréaud sans descendre de voiture. Dans l'intervalle, Jérémy avait passé des coups de fil. Il était tombé sur la messagerie de Thomas Fréaud sans laisser de message. Sur le téléphone fixe de madame Fréaud, il avait été en contact avec un répondeur. Sur la ligne du bar *Les Furieux*, il avait parlé à une certaine Linda :

– Tu as fait la chambre, comme je t'avais dit ?

– Laquelle ? avait demandé la fille qui mâchait bruyamment du chewing-gum.

– Tu te fous de ma gueule ? La *Pacific*…

– Oui, pourquoi ?

– Parce que, connasse ! Je te pose une question, tu réponds !

– J'ai fait ce que tu as dit… et j'ai un couple, dans un quart d'heure…

– Ça va…

La fille avait raccroché sans rien ajouter. Après Flins, les deux individus s'étaient rendus à Rambouillet. Dans une rue qui longeait la concession Varounian, ils étaient entrés dans une maison bourgeoise à deux étages. C'est de là que Jérémy Dumoulin avait passé son ultime coup de fil de la soirée au comptoir IAG (International Airlines Group) de l'aéroport de Roissy-Charles-de-Gaulle. Il souhaitait partir pour Ibiza, par le premier vol, le lendemain à midi trente. Il avait réservé un aller simple, en première, et réglé 395 euros avec la carte de crédit enregistrée par la compagnie, ce qui prouvait la fréquence de ses voyages. Lazare demanda un renforcement de la surveillance de Jérémy au cas où celui-ci, trop inquiet pour attendre, déciderait de s'esquiver à bord d'un des bolides de son ami Gary.

Lazare et Sonia passèrent le reste de la soirée à préparer l'interpellation de Jérémy Dumoulin, après s'être assurés que le médecin légiste de Garches aurait procédé à l'autopsie "chipolata" aux premières heures de la matinée. Autant savoir de quoi il retournait avant de mettre Jérémy sur le gril à son tour ! Le garçon avait à voir avec ce cadavre retrouvé dans sa voiture, cela ne faisait guère de doute. Il était allé au garage du SGAP pour se rendre compte de ses propres yeux. Là, il avait paniqué à l'idée que le Range Rover ait pu brûler sans personne dedans. On ne pouvait expliquer autrement sa visite à Flins et ses coups de fil successifs aux Fréaud.

– Ça veut dire que le mec cramé, ce serait Tommy ? avait suggéré Sonia.

– C'est une probabilité forte... Mais Jérémy est paumé parce que personne ne lui a parlé de corps. Il se dit que Tommy s'en est peut-être tiré, ou que quelqu'un l'a sorti de là, à temps. Il a les jetons, il veut se mettre à l'abri en Espagne...

L'Espagne où, depuis des décennies, les truands français allaient chercher refuge, et où les grands-parents Porte avaient acheté une résidence de vacances. Les pièces du puzzle commençaient à s'emboîter. Lazare contacta Glacier pour lui demander de se mettre sur le cas Jérémy Dumoulin dès son arrivée, le lendemain matin.

En voiture, Sonia regardait défiler les immeubles derrière la vitre. Elle entrevoyait des morceaux de vies qu'elle imaginait heureuses, de l'autre côté des fenêtres éclairées. Elle essayait de deviner ce qui se passait sous le regard de ces pères Noël accrochés aux balcons, certains posés sur les toits des villas ou suspendus aux cheminées. Elle se dit, au bord des larmes, qu'elle n'aurait jamais de foyer, ni d'enfants... Qui voudrait d'une toquée, rivée à son balai, folle d'angoisse dès qu'un intrus venait déranger l'ordre glacé de son intérieur ? Au volant, Lazare ne se sentait guère mieux. Il avait failli s'arrêter dans le premier hôtel venu, un *Ibis* qui se trouvait tout près de la gare de Versailles-Rive-Gauche, mais il avait craint de vexer Sonia. À la vérité, il était taraudé par l'envie de la déposer chez elle et de rentrer chez lui. Plus la cité Beauregard approchait, plus il se persuadait que c'était ce qu'il devait faire. Au moins il parlerait avec sa femme, ils videraient l'abcès. Fuir et se cacher n'étaient qu'un emplâtre sur une jambe blessée. Il fallait examiner la blessure, voir si elle était guérissable. Sinon, il fallait couper le membre. Lazare frissonna.

– On attaque à quelle heure, demain ? demanda Sonia pour rompre le silence.

– Le plus tôt possible...

« Mais encore ? » faillit-elle demander, mais elle sentit que le moment n'était pas propice. Elle voulait dire à Lazare que, s'il avait envie de rentrer chez lui, elle le comprendrait. Qu'est-ce qui la retenait ? Était-ce la peur de le froisser ou l'appréhension de se retrouver seule ? Alors qu'ils pénétraient sur le parking, Lazare qui cherchait une place libre, pila. Sonia suivit son regard fixé sur les feux arrière d'une petite Toyota rouge dont le pot d'échappement fumait. Elle discerna quelqu'un, assis au volant. Quelqu'un qui avait, de son côté, repéré l'arrivée des deux flics. La portière de la Toyota s'ouvrit, et une grande perche brune en descendit pour venir se planter dans les phares de la voiture de Lazare. Sonia se crispa.

— C'est Armelle..., fit Lazare à voix basse.

La femme ne bougeait pas. Le regard fixé sur son mari, elle avait l'expression de quelqu'un qui va sauter dans le vide sans parachute. Après un moment de stupeur, Sonia comprit qu'elle n'avait rien à craindre. Armelle Lazare n'était pas venue jusqu'ici pour lui foutre une raclée. Elle n'avait en tête que de récupérer son mari. Son air contrit, presque suppliant, en témoignait. Lui, de son côté, vaguement hébété, fixait sa grande saucisse avec des yeux de poisson mort d'amour.

— Vas-y, dit la lieutenant avec douceur, ne la fais pas attendre !

— Sonia, je suis désolé...

— Ne le sois pas, c'est mieux comme ça, je veux dire c'est mieux pour toi !

— Je ne sais pas, je suis un peu perdu, là... Mais, oui, c'est sans doute mieux comme ça... Garde la voiture, pour demain...

— Je te ramènerai tes affaires... Quelle heure, demain matin ?

– Sept heures, au bureau ?

Puis il descendit de la Citroën. Sonia le vit s'approcher de sa femme. Ils restèrent un moment face à face, à se regarder comme deux gamins, sans oser esquisser le moindre geste. Elle rentra chez elle sans attendre la suite.

53

Ils se retrouvèrent, le lendemain matin, à l'heure convenue. Lazare n'avait pas beaucoup dormi, cela se voyait à ses yeux ornés de larges cernes bistre. Il montrait pourtant un visage soulagé. Sonia évita de lui poser la moindre question. Il serait bien temps de reparler de tout cela plus tard. Elle-même avait passé la moitié de la nuit à ranger son appartement, à refaire le lit de son collègue, à regrouper ses affaires qu'elle avait lavées et repassées. Devant le sapin de Noël éteint, elle avait pris conscience de son état. Ce matin, en se levant, elle avait décidé de rendre son appartement plus chaleureux. Ensuite elle irait voir sa mère, et si ça ne pouvait pas s'arranger entre elles, elle tournerait la page. C'était tout simple, cela s'appelait grandir !

Antoine Glacier était déjà installé devant ses bécanes quand Mimouni arriva, emmitouflé, le nez rouge et les yeux luisants de fièvre.

– Tu ne pouvais pas rester chez toi ? lui reprocha le jeune lieutenant sans lever le nez de son ordinateur. Tu vas tous nous contaminer !

– C'est sympa comme accueil ! Joyeux Noël quand même ! Rapplique, Renaud nous attend pour le briefing !

Après leur avoir donné des nouvelles de Revel, Lazare fit le point. Glacier et Mimouni découvrirent ce que la veille et le jour de Noël avaient apporté comme rebondissements.

– Abdel, tu prends une équipe et tu t'occupes de Flins. Il faut savoir ce qui se passe chez les Fréaud. Tu fais le profil de Thomas, pendant que tu y es, toute son histoire depuis sa première dent. Pareil pour la mère. Antoine, tu continues sur les investissements de Jérémy Dumoulin et tu arroses large. Tu examines ce que fabrique Jérémy avec son copain Gary Varounian, le garagiste. Finalement, vous voyez, le "vieux" avait raison de s'y intéresser, à cette vieille affaire Porte ! Sonia, tu vas assister à l'autopsie du cramé de Poigny. Ensuite, tu vas faire un tour à la MJC de Rambouillet. Maxime y tient...

Il marqua une pause. Le reste du groupe attendait dans la pièce voisine avec les hommes de la BRI, la suite des instructions.

– Moi, je vais à Rambouillet, aux *Furieux*. Pour l'instant, Jérémy n'a pas bronché, mais s'il sort, le dispo sur place l'interpelle *illico*. Je prends du monde avec moi, j'ai vu avec le divisionnaire Gaillard, on tape la perquise dans la foulée. J'envoie aussi une équipe chez Elvire Porte, on met sa baraque en coupe réglée. Cette fois, elle va peut-être cracher le morceau… Allez, en avant toute, on a une grosse journée devant nous…

– Dommage que Revel ne soit pas là pour voir ça…

Personne ne fut capable de dire qui avait fait ce commentaire, mais tous pensaient la même chose : après toute l'énergie qu'il y avait consacrée, c'était trop bête que Revel n'assiste pas à cette apothéose.

54

De sa fenêtre, Nathan Lepic observait le déploiement de forces qui s'installait autour du café qu'il continuait à appeler *La Fanfare*, parce que c'était un repère fort de sa petite enfance, dans un océan de souvenirs innombrables et incohérents. Particulièrement ceux

qui concernaient sa grand-mère Aline. Dans
ses rêves, et même à l'état de veille, il lui arrivait de sentir sa présence avec une précision
intacte. Comme si sa mémoire sensorielle
subissait des pics d'intensité. Derrière ses
vitres, il vit arriver une voiture grise, occupée
par quatre personnes. Il reconnut le capitaine chauve qui était venu lui parler de ses
cahiers avec Sonia et ce vieux flic bourru
dont sa mère avait dit, après son départ, qu'il
était capable de faire parler les morts. Il se
tordit le cou dans l'espoir d'apercevoir la
belle fille brune, mais il ne la vit pas et en fut
tout déçu. Elle lui avait fait quelque chose,
c'était indéniable, mais il n'arrivait pas à
mettre un nom sur ce qui le perturbait quand
il pensait à elle. "Sonia". Il murmura son prénom tout bas.

Puis, ainsi qu'il n'avait cessé de le faire
depuis qu'il avait retrouvé cette chambre et
ses parfums d'enfance, il se précipita sur son
mur pour y inscrire les numéros des plaques
et les caractéristiques des voitures qui
rôdaient autour du bar : les allées et venues
du Range Rover, celles de plusieurs voitures
dont le ballet incessant avait meublé sa solitude. Y compris, depuis la veille, celles des
policiers en planque. Il n'y avait aucun doute
possible même s'ils étaient discrets et éloi-
gnés de "l'objectif". Lui savait pourquoi ils
étaient là. Alors qu'il finissait d'inscrire ses
derniers relevés, il se rendit compte qu'il

avait envie d'uriner. Il ouvrit la porte du couloir, entendit ses parents qui parlaient en
bas. La voix geignarde de sa mère menaçait
son mari ; celle grave et rassurante de son
père essayait de l'apaiser. Il se fichait, au
fond, des tourments des adultes. Rien d'autre
ne comptait vraiment pour lui que de pouvoir observer à sa guise le monde qui s'agitait
derrière sa fenêtre. Pendant qu'il urinait,
grand-mère Aline vint lui "parler". Il perçut
son odeur de savonnette à la lavande, celle,
légère, du bain auquel elle soumettait sa chevelure blanche pour lui donner cette tonalité
bleutée, incomparable. Il ressentit sa chaleur
contre son dos. Il entendit sa voix, si proche
qu'il sursauta, projetant de l'urine sur le mur.

« – Regarde, mon chéri… On va les cacher
là, tes cahiers… Si ta mère les trouve, elle est
capable de les jeter, je la connais. Elle ne
supporte pas ce qui lui rappelle "les années
noires". Sache, mon petit, que, pour moi, ce
seront toujours mes préférées… »

Nathan leva les yeux, examina les dalles de
polystyrène que son père avait fait installer
pour isoler le petit coin. L'une d'entre elles
était légèrement soulevée dans un angle. Et,
avec une précision inouïe, il revit sa grand-
mère, debout sur la cuvette des WC, tenant
d'une main la dalle qu'elle avait déplacée, et
lui, en train de lui passer les cahiers un à un.
Elle avait tout planqué là-haut, après quoi
elle était allée chercher un petit crochet dans

le garage pour tirer sur la dalle qui ne voulait pas se remettre en place toute seule. On voyait encore la trace laissée par l'instrument. Nathan hésita. Il n'avait pas le temps ce matin de récupérer les cahiers parce qu'il allait jouer au golf. Il aurait préféré rester derrière sa fenêtre, à regarder le va-et-vient de la rue et le transcrire sur son mur. Mais son père y tenait, il fallait en passer par là pour avoir la paix le reste du temps. Il entendit sa voix, justement, qui l'appelait d'en bas.

– J'arrive, cria-t-il, je suis aux toilettes !

Il reviendrait ce soir, quand ses parents seraient devant la télé. Il aurait toute la nuit pour examiner les précieux cahiers et, demain, il s'arrangerait pour appeler la belle brune. Sonia.

55

Loin de se douter des fantasmes qu'elle avait fait naître chez l'étrange Nathan Lepic, Sonia Breton quitta l'institut médico-légal, le cœur au bord des lèvres. En fin de compte, les vieux macchabées bien pourris étaient plus supportables que les "cramés". Même le gel à base de camphre que les légistes se mettaient sous les narines, ne suffisait pas à faire écran.

Sonia entra dans Rambouillet avec la sensation que la moindre fibre de ses vêtements était encore imprégnée de ces odeurs. Avant de se rendre à l'autre bout de la ville dans le quartier de *l'Usine à chapeaux*, elle ne put résister à l'envie de passer par la place Félix-Faure. Elle apprécia le déploiement de forces autour du bar *Les Furieux* où, sans doute, la perquisition battait son plein. Elle eut bien envie d'aller voir mais se retint. En revanche, elle se dit que Lazare apprécierait qu'elle lui passe un coup de fil au sujet de l'autopsie.

56

Le temps d'arriver à Flins, Abdel Mimouni avait usé une boîte entière de mouchoirs. Ses deux co-équipiers faisaient en sorte de rester loin de lui, mais ils n'en pensaient pas moins : dans deux jours, tout le groupe serait contaminé. En cours de route, Mimouni avait joint l'entreprise Pro-services qui employait madame Marcelle Fréaud. Son directeur admit qu'il y avait en effet une anomalie dans la disparition subite de la gardienne et de son fils qui contribuait avec elle à l'entretien des quatre allées de la cité des Mésanges. Depuis dix ans qu'elle occupait ses fonctions, une telle défection ne s'était jamais produite. Deux jours avant Noël, l'entreprise avait reçu un coup de fil du fils Fréaud, annonçant que sa mère était malade et hospitalisée. Lui-même ne pouvait assurer le service pour des raisons personnelles. Depuis, rien, même pas un certificat médical ou un bulletin d'hospitalisation. Pro-services avait envoyé un remplaçant. Mimouni avait demandé qu'un représentant de l'entreprise le rejoigne à la résidence des Mésanges avec un double des clefs de la maison. À leur arrivée, il aperçut une jeune femme qui battait la semelle devant la porte. Elle s'avança vers Mimouni. Blonde, jolie et trentenaire, elle détenait tous les critères requis pour lui faire oublier son gros rhume.

57

Quand il reçut le coup de fil de Sonia, Lazare venait de décider de faire menotter Jérémy Dumoulin et de lui notifier son placement en garde à vue. Le jeune homme, surpris par le débarquement policier, avait commencé par fanfaronner. Il ne connaissait pas Lazare et sans doute n'aurait-il pas réagi de la même façon avec Revel. Pourtant, le nombre d'intervenants et la mise en route immédiate de la perquisition lui avaient fait l'effet d'un uppercut. Les mains dans le dos, il devint livide et se mit à réclamer son avocat à cor et à cris.

– On va s'en occuper, riposta Lazare. Nous allons vous donner lecture de vos droits et aviser le procureur de la République. Vous êtes placé en position de garde à vue à compter de cet instant, 8 h 37. En attendant, procédons à la perquisition...

D'après ce qu'il venait d'apprendre de Sonia Breton, l'examen du corps carbonisé dans le Range Rover de Jérémy Dumoulin avait permis d'établir qu'il s'agissait d'un homme, par la forme des os du bassin, la longueur des membres et l'appareil génital interne encore en assez bon état. Il s'agissait d'un sujet jeune qui mesurait environ 1,75 mètre et avait été mince de son vivant. La présence de résidus de combustion et de suie dans ses poumons, déterminait qu'il avait été brûlé vif. Sous l'effet de la douleur, le sujet, même inconscient, a une inspiration réflexe. Les analyses anatomo-pathologiques et toxicologiques pourraient confirmer ce point. Les examens approfondis de ses viscères révèleraient certainement la présence de sédatifs qu'on lui avait fait ingurgiter avant de le griller. Le sang prélevé dans son cœur permettrait d'établir une formule ADN. Sur les trois doigts de sa main gauche moins abimés que les autres – dont la pulpe avait entièrement fondu – le technicien de l'IJ avait pu isoler des empreintes digitales après dissection des phlyctènes formées sur les extrémités. Les boursouflures qui s'apparentaient à des ampoules un peu caramélisées, n'étaient pas d'une qualité parfaite, mais une au moins s'avérait exploitable. Restait à espérer que le propriétaire de ces empreintes soit fiché au FAED (Fichier automatisé des empreintes digitales).

– Des bijoux ? avait demandé Lazare qui songeait à Thomas Fréaud et à ses ornements d'oreille.

– Non, rien, il était bien à poil à partir de la taille et tout ce qu'on a trouvé c'est une chaîne en or dans son estomac...

– Une chaîne en or ? Dans son estomac ?

– Oui...

– Il en portait une, Tommy, si je me souviens bien ?

– Oui, mais ne me demande pas comment ce bijou est arrivé dans son estomac... Le légiste pense que la victime a pu l'avaler, exprès...

– Ah oui, je vois... On l'a récupérée ?

– Évidemment, les morceaux de tissu aussi. L'IJ a bossé dessus, il s'agit probablement d'un haut de survêtement, gris foncé. Le tour de l'emmanchure est gainé d'un liseré de cuir ou simili cuir rouge. Avec un peu de chance, tu vas peut-être retrouver le bas, au cours de la perquise...

Après avoir raccroché, Lazare se tourna vers Jérémy, gardé à l'écart par les hommes de la BRI. Il l'examina avec intensité et esquissa un sourire que le garçon prit comme un nouveau coup de poing dans l'estomac.

58

Sonia Breton s'avança dans l'allée pavée de *l'Usine à chapeaux*. Au bout de la longue rue Gambetta, à quelques pas de la gare, l'ancienne fabrique qui avait connu sa plénitude dans les années 1920, se repérait facilement par son mur de façade peint de couleurs vives. Sonia avait observé avec curiosité une contrebasse factice de deux mètres de haut, posée à proximité de toiles géantes peintes à la bombe et représentant des visages sur fond de scènes urbaines stylisées. Par une porte entrouverte, elle aperçut un cours de danse. Un peu plus loin dans le couloir en plein air, une salle s'ouvrait sur un atelier de peinture. Deux gamins se chamaillaient à coup de pinceaux et de belles couleurs ornaient déjà leurs chevelures et leurs bouilles hilares. Elle s'intéressa un moment à un tableau d'affichage où étaient punaisés des avis divers : concerts, spectacles, cours privés de langues, de musique, de tennis. À côté, plusieurs vitrines abritaient une exposition de photographies, une rétrospective des activités de la MJC depuis sa création, en 1960. Sonia s'intéressa aux clichés des quinze dernières années. Elle repéra rapidement une série représentant des choristes, jeunes et moins jeunes, alignés par tailles, les mains dans le dos. Ils chantaient, leurs regards rivés sur une femme que l'on ne voyait que de dos ou de profil. Une belle femme à la chevelure d'un blond presque blanc, lisse, attachée en queue de cheval ou rassemblée en chignon. Il y avait de la ferveur sur les visages de ces choristes et quelque chose d'exceptionnellement fort émanait de cette femme qui les dirigeait à la baguette. Sur un cliché de l'année 2000, elle repéra Jérémy Dumoulin. Même taille élancée qu'aujourd'hui, il dégageait une sorte de force brute, impression renforcée par ses cheveux longs, coiffés en arrière. Juste à côté de lui, un autre adolescent, beaucoup plus petit et presque chétif, aux cheveux bouclés, provoqua chez Sonia une sensation de déjà vu, mais elle n'eut pas le temps d'approfondir.

– Vous vous intéressez au chant, mademoiselle ? fit une voix dans son dos.

La lieutenant tressaillit. Une femme corpulente, les cheveux noirs coupés au carré et affublée de lunettes disgracieuses, disparaissait sous un empilement d'étoffes bariolées qui n'arrangeaient pas son apparence. Elle se présenta : Véronique Labal, bénévole de l'association "Pleine vie", chargée de l'animation de la MJC depuis presque trente ans. Une longévité qui faisait d'elle la plus ancienne représentante de l'association, la seule donc à avoir connu la période de la chorale de Marieke Revel.

– C'était quelqu'un, vous savez, Marieke, dit-elle à Sonia, une fois que celle-ci lui eut expliqué ce qu'elle venait faire. Que voulez-vous savoir, exactement ?

C'était difficile à expliquer, justement, étant donné que Sonia ignorait elle-même ce qu'elle espérait trouver ici. Elle s'en tenait aux quelques mots murmurés par Revel, la veille au soir. C'était un peu mince.

– Est-ce que vous avez gardé les archives de cette période, madame Labal ?

– Évidemment, on garde tout. Qu'est-ce que vous cherchez ?

– La liste des élèves de Marieke Revel, par exemple. Ceux qui étaient inscrits à sa chorale quand elle a disparu.

– Elle avait deux cours, soupira la femme, les adultes et les ados…

– Commençons par les ados…

Véronique Labal l'invita à la suivre dans un local qui sentait le papier et la poussière. Quelques tables supportaient des verres en carton et des paquets de biscuits entamés. Une cafetière était posée sur une paillasse, à côté d'un évier. Le bac était plein et l'odeur de café chaud envahissait l'espace.

– C'est notre salle à tout faire, crut bon de commenter la grosse dame qui, après avoir parcouru dix mètres, soufflait comme une locomotive. Un café vous ferait plaisir ?

Sonia fit signe que non, et la femme se dirigea vers le fond de la pièce, tapissé d'étagères. D'un gros classeur, elle extirpa plusieurs feuillets. Pendant quatre années, Marieke Revel avait enseigné le chant à une trentaine d'adolescents des deux sexes. Jérémy Dumoulin y avait été inscrit les deux dernières années. À la fin de la période, apparaissait un nom qui ne figurait pas sur les listes précédentes : Thomas Fréaud. Véronique Labal avait encore en mémoire l'étonnant duo qu'il formait avec Jérémy Dumoulin, et sur lequel Marieke Revel fondait de grands espoirs. En effet, Jérémy, très en avance pour son âge, avait une voix grave de baryton, tandis que Thomas, au même âge, n'avait pas encore atteint le stade pubertaire. Sa voix fluette et mélodieuse faisait merveille dans les solos, en alternance avec celle de Jérémy. Les deux garçons étaient devenus inséparables.

– Pas pour le meilleur, hélas, déplora la femme, ils ont commencé à faire des bêtises ensemble.

– Comme… ?

– Oh, rien de très grave, c'était des gamineries, mais aussi des vols dans les vestiaires, dans les sacs à main... Jérémy avait une mauvaise influence sur Thomas... Marieke a essayé de les reprendre en main, mais elle n'y parvenait pas et ils ont fini par ne plus venir.

– Le soir de la disparition de madame Revel, vous vous souvenez s'ils étaient là ?

– Non, ils n'étaient là ni l'un ni l'autre.

– Vous en êtes sûre ?

– Oui, absolument, parce que Marieke était très en colère. À cause de la nuit de Noël et de sa messe à Saint-Lubin qu'elle préparait depuis des mois... elle craignait que la fête ne soit gâchée par leur faute, et je crois qu'elle voulait aller voir les parents. Du moins, les mères, car les garçons avaient aussi ce point en commun, ils n'avaient pas de pères.

– Est-ce qu'elle a fait ce qu'elle a dit ?

– Écoutez, je n'en sais pas plus. Je suis partie vers vingt heures, elle était en pleine répet...

– Il y avait quelqu'un d'autre ?

La femme sembla ne pas comprendre la question. Sonia la reformula :

– Est-ce qu'il restait ici quelqu'un de l'administration ?

– Ah ! Vos collègues nous ont posé la question après la disparition de Marieke. Mais non, il ne restait plus qu'elle, ce soir-là... Elle avait une clef comme tout le monde et elle fermait en sortant, une fois les choristes partis. Vous savez, cette histoire nous a tous traumatisés. D'ailleurs, on a abandonné l'activité chant choral, après ça.

– Que saviez-vous au sujet de Thomas Fréaud ?

Véronique Labal haussa ses épaules grassouillettes :

– Pas grand-chose, c'était un gamin timide, influençable aussi, sûrement...

– Sa mère ? Elle avait un métier, je présume ?

– Je vais regarder sa fiche, si vous voulez ?

– Oui, merci !

Elle repartit vers le fond de la pièce en se tenant les reins. Elle s'arrêta devant un bureau qui supportait un micro-ordinateur et entreprit de pianoter sur le clavier. Elle releva la tête après une minute :

– Elle était aide-soignante à la clinique Sainte-Marie à Rambouillet. Ça vous aide ?

59

Mimouni finissait d'examiner l'intérieur de la petite maison des Fréaud en s'efforçant de ne pas éternuer. Il lui semblait qu'on ne remarquait que son nez rouge et gonflé, pas l'idéal pour conter fleurette. Pour autant, la jolie fille de Pro-services ne le quittait pas d'un pas. Elle avait dû recevoir pour consigne de ne pas le lâcher des yeux. Le tour de la maison fut heureusement vite fait. Il n'y avait ni cadavre, ni désordre indiquant que les occupants avaient subi un mauvais sort, mais tout laissait penser à un départ précipité. Les lits n'étaient pas faits, et de la vaisselle sale traînait dans l'évier. Le programme *Télé Loisirs* était resté ouvert à la page du 20 décembre. Peut-être étaient-ils partis ce matin-là, à cause des lits défaits. Entre les coussins du canapé du salon, Mimouni découvrit un IPhone récent. Il affichait douze messages et autant d'appels en absence. Il en était là de ses investigations quand son propre téléphone sonna au fond de sa poche. C'était Sonia. Elle lui demandait de récupérer un objet personnel de Tommy dans sa chambre, brosse à dents, peigne ou mouchoir usagé. Il allait lui demander pourquoi, mais elle coupa la communication sans lui laisser le temps de dire ouf. Il ne comprendrait jamais rien aux filles, à celle-ci encore moins. Elle lui plaisait pourtant, la petite Breton. Plus intensément encore parce qu'elle lui résistait. En revenant vers le salon où l'attendait la jolie blonde de Pro-services, il remarqua, en traversant la chambre de Marcelle Fréaud, quelques cadres posés sur une commode. Parmi les photos de Thomas à des âges différents, figurait le cliché d'une femme dans la maturité. Le portrait en noir et blanc d'un visage dont le nez s'ornait d'une imposante verrue sur l'extrémité gauche.

60

– Il semble qu'on puisse formuler une hypothèse, dit Lazare à son groupe réuni en fin de matinée à la PJ. Sous réserve que les analyses ADN le confirment, le corps dans le Range Rover pourrait être celui de Thomas Fréaud.

– Sous réserve..., comme tu dis, reprit Antoine Glacier qui venait d'arriver, agitant un document.

Ses collègues l'interrogèrent du regard.

– Maître Delamare a contacté la juge d'instruction, il y a une heure... Il voulait savoir ce qu'il devait faire, quelqu'un venait de demander l'ouverture du testament d'Eddy Stark.

– Qui ? firent en chœur les trois autres.

– Thomas Fréaud !

Les exclamations fusèrent. C'était à n'y rien comprendre.

– Ce n'est pas tout ! s'exclama Glacier pour couvrir le bruit ambiant. Un assureur vient de se manifester... Le groupe Axa, au courant

bien sûr de la mort de Stark, vient de recevoir une demande identique du même Thomas Fréaud. Il réclame le versement de
l'assurance-vie souscrite chez eux par Stark à
son bénéfice, soit trois millions d'euros. Vérification faite, ils disposent bien d'un contrat
établi il y a deux ans. L'unique bénéficiaire
en est Thomas Fréaud.

– Il m'a échappé, celui-là... murmura
Sonia.

– Je ne comprends pas comment on peut
souscrire autant de polices d'assurance-vie
sans que personne ne s'en étonne ! s'insurgea Mimouni.

– Les assureurs n'échangent pas d'informations *a priori*, expliqua Glacier. Il n'y a pas
de fichier central, si tu préfères. Le type
d'Axa m'a expliqué que les assureurs français
sont adhérents d'une association de lutte
contre les fraudes à l'assurance (ALFA), qui
ne concerne pas les sociétés étrangères.

– Et ils acceptent des contrats de tels montants sans contrôle !

– Non, ils demandent des garanties. Là, en
l'occurrence, Stark n'étant plus de première
jeunesse, ils ont exigé des examens médicaux
et un bilan de santé complet avec prise de
sang, analyses diverses et variées...

– Qui n'ont rien révélé, j'imagine, enchaîna
Lazare avec une pensée pour Revel.

Le "vieux" avec son incroyable pif avait
reniflé que le sida secret de Stark était un

problème. Mais que fichait Fréaud au milieu de tout ce cirque ? Et d'où avait-il appelé le notaire et l'assureur, d'abord ?

– Le SRITT est en train de vérifier, dit Glacier. On va le savoir très vite.

Comme il fallait s'y attendre, Jérémy Dumoulin refusa de parler aux policiers. Avec un sourire narquois, il déclina aussi l'offre de voir un médecin et désigna son avocat, maître Jubin. Le ténor était également le défenseur de sa mère interpellée un peu plus tôt. Il ne ferait pas le voyage pour rien. Sous la houlette de Mimouni qui avait rejoint l'équipe sur place, une perquisition était en cours au domicile d'Elvire Porte, rue Paul-Doumer. Si elle s'avérait aussi fructueuse que celle conduite aux *Furieux*, la famille était mal partie. La maison jouxtant le bar, autrefois occupée par Jean et Liliane Porte, avait subi des transformations à les faire se retourner dans leur tombe. Les cloisons du rez-de-chaussée avaient été abattues, les murs peints en rouge décorés de fresques grivoises, les plafonds couverts de miroirs. L'espace avait été aménagé en alvéoles contenant chacune un lit rond, agencement modulable selon les besoins. À l'étage, les chambres aux décors érotiques avaient reçu des noms de mers et d'océans.

Dans la *Pacific*, la moisson avait été particulièrement abondante. Facilitée par la mise en condition d'une serveuse nommée Linda, sommée de s'expliquer sur la nature du ménage qu'elle avait effectué dans la dite pièce à la demande de Jérémy Dumoulin. Elle avait commencé par renâcler, craignant des représailles de son patron. Quand Lazare l'avait menacée de l'envoyer vingt ans en prison pour complicité de meurtre(s), elle était revenue à de meilleurs sentiments. Si elle n'avait pas vu le ou les occupant(s) de la chambre *Pacific* pendant les quatre jours où il(s) y avai(en)t séjourné, elle avait, en revanche, trouvé des objets qu'elle avait fourrés dans un sac poubelle, comme le lui avait ordonné Jérémy. Elle aurait dû porter le sac dans le conteneur de la rue, mais elle était un peu feignasse, Linda, et elle "prenait" beaucoup de clients. Elle avait donc laissé le sac poubelle dans l'arrière-salle du bar. Et elle n'avait pas très bien nettoyé non plus la chambre, car l'identité judiciaire y avait relevé de nombreuses empreintes digitales, des cheveux, des poils, tandis que la *Blue star* révélait des traces de sang lavé, près du lit et de la porte. Les objets trouvés dans le sac poubelle furent présentés à Jérémy qui refusa de les regarder. Linda déclara avoir trouvé sous le lit le slip noir de marque "Hom" taille L, une chaussette de marque "Celio" de couleur bleu marine, taille 42-45, et sous un fauteuil, le pantalon de jogging gris avec un liseré de simili cuir rouge le long des jambes. Dans la salle de bains attenante à la chambre *Pacific*, elle avait ramassé une blouse blanche, une parka sans manches et un bonnet. Deux autres serveuses "montantes" et la gérante de jour qui s'appelait Natacha, étaient en route pour la PJ. Elles allaient devoir raconter à leur tour ce qu'elles faisaient dans ce lupanar (ce n'était pas bien difficile à deviner) et, surtout, ce dont elles avaient été les témoins au cours des derniers jours. Tout cela ne présageait rien de bon pour les Fréaud, mère et fils.

Antoine Glacier n'eut pas de mal à recontacter Marion Vallon, la jeune étudiante qui distribuait des publicités. Comme elle travaillait à Vélizy, elle s'engagea à se rendre dès que possible à la PJ de Versailles. Le lieutenant comptait lui montrer les effets vestimentaires découverts dans la salle de bains de la chambre *Pacific* ainsi que la photo de Marcelle Fréaud. Compte tenu de ce qui commençait à émerger, il se dit que ce n'était sans doute qu'une formalité.

À treize heures, personne n'avait encore eu le temps de s'occuper du sort de Léa Revel. Lazare se souvint de la promesse faite à son chef au moment où l'hôpital appela pour demander à parler à un responsable. Revel allait être transféré dans un autre service et, à la réponse embarrassée de son interlocuteur, le capitaine comprit que ce n'était pas bon signe. L'affection dont souffrait le commandant était grave et la probabilité d'une lésion cancéreuse d'un poumon était fortement avancée. L'hôpital avait besoin de contacter quelqu'un de la famille pour envisager la suite du traitement et prendre des dispositions administratives. Lazare eut la sensation d'une violente manchette derrière la nuque. Il se souvint d'avoir déjà vécu cela, à l'annonce du suicide d'un de ses collègues lillois. Il n'avait toujours pas compris pourquoi tout peut basculer, en moins d'une minute. Il avait été obligé d'annoncer la nouvelle à la femme de son ami et c'était un des pires souvenirs de sa vie. Il ne se sentait pas le courage de recommencer. Longtemps après avoir raccroché, il releva la tête et vit Sonia qui le regardait. Elle avait saisi la gravité de la situation. Sans rien dire, elle s'assit à sa place et décrocha son téléphone.

61

Elvire Porte assista passivement à la perquisition de sa maison. Elle ne réagit pas quand Mimouni mit la main sur un volumineux tas de papiers, flanqués en vrac au fond d'une corbeille en plastique, dans un coin de sa chambre. Cette pièce était délabrée, dans un désordre et un état de saleté indescriptibles. Dans les autres, régnait un froid humide et malsain. Mimouni, dégoûté, saisit l'ensemble des documents en se réservant d'en faire le tri plus tard. Au moment de quitter la maison, quand il fut question de fermer la porte à clef, la femme ouvrit la bouche pour la première fois, demandant, d'une voix éteinte, si elle rentrerait le soir chez elle. Mimouni répondit qu'elle ne devait pas trop compter là-dessus, et elle sembla se tasser sur elle-même. Comme si elle avait compris qu'elle arrivait au bout de son parcours, la fin d'une longue désolation. Tout son corps indiquait cela aussi. La couleur grise de sa peau, ses cheveux sales, la maigreur de ses membres et son ventre gonflé dénonçaient une déliquescence généralisée. Lazare avait pensé que l'interpellation de sa mère ébranlerait Jérémy et l'amènerait sur la voie des confidences. Elvire Porte connaissait son fils sûrement mieux que personne car, à peine dans la rue, alors que le capitaine Mimouni hésitait encore à la menotter, elle parvint à se dégager de la poigne d'un gardien de la paix peu méfiant. Il faut dire, à la décharge de cet homme, qu'elle tenait à peine debout, semblait à bout de forces et sur le point de s'écrouler à chaque pas. Elle trouva pourtant suffisamment de ressources en elle pour se mettre à courir en direction de l'avenue

perpendiculaire à la rue Paul-Doumer. Elle y
déboucha en même temps qu'un bus contre
lequel elle se jeta, de toute son âme...

62

Sonia n'eut pas à chercher longtemps
pour retrouver la trace de Léa Revel auprès
d'Air France. Elle avait bien acheté un
billet, aller simple, pour Stockholm. La
transaction avait été réglée depuis la Suède
par un certain Olaf Svensson. Sonia, se
souvenant de ce que lui avait dit Lazare à
propos des origines de Marieke Revel, en
déduisit que la destination de Léa était la
ville suédoise où résidaient ses grands-
parents. L'employée de l'agence avait enre-
gistré un numéro de téléphone. Sonia le
composa dans la foulée. Elle expliqua en
anglais à une femme peu aimable qu'elle
devait parler à Léa de toute urgence. La
grand-mère commença par prétendre n'être
au courant de rien, mais comme Sonia
s'énervait, la menaçant de poursuites pour
enlèvement de mineure, elle capitula et
appela sa petite-fille. Sonia se défoula sur
Léa qui, à la fin, éclata en sanglots :
— Je sais que je suis nulle !

– Non, tu n'es pas nulle, rectifia Sonia en changeant de ton, il faut juste que tu arrives à parler avec ton père.

C'était facile à dire. Surtout de la part de Sonia qui n'avait pas parlé au sien depuis des années et ne parvenait pas davantage à communiquer avec sa mère.

– Il a besoin de toi, Léa.

– C'est grave, sa maladie ?

– Je ne vais pas te mentir, oui... Mais si tu es auprès de lui, il aura peut-être la force de se battre.

Elle n'ajouta pas que Revel se suicidait lentement depuis dix ans. Ce n'était pas nécessaire : Léa le savait aussi sûrement qu'elle-même se démolissait pour les mêmes raisons. La jeune fille promit de rentrer à Paris le soir même.

La nouvelle de l'accident d'Elvire Porte venait de tomber. Mimouni, abattu, se flagellait au téléphone. Lazare ne voulait pas l'accabler, mais il n'en pensait pas moins. Dans ce métier, on ne peut faire confiance à personne, même pas aux gens qui semblent inoffensifs, et peut-être encore moins à ceux-là. Elvire Porte avait été transportée à l'hôpital André Mignot où elle allait, ironie du sort, se retrouver pas loin de Revel. Lazare songea avec appréhension aux commentaires que ferait le "vieux" quand il saurait comment il peinait à conduire le groupe et à éviter les conneries.

Le capitaine s'était installé dans le bureau du chef dont l'ombre planait sur les piles de papiers. Le dossier "Porte", étalé comme un reproche, le narguait. Au moment où il prenait son téléphone pour annoncer les mauvaises nouvelles au divisionnaire Gaillard, Sonia fit son apparition, suivie de près par Glacier.

– J'ai retrouvé Léa, dit la jeune femme tout en percevant l'air soucieux de son capitaine. Elle sera là ce soir...

– Très bien, murmura Lazare, alors que le divisionnaire arrivait en ligne. Patron, j'ai une mauvaise nouvelle...

Sonia l'entendit rendre compte, la voix blanche, de la défaillance d'une partie de son groupe qui venait d'envoyer Elvire Porte à l'unité de soins intensifs, le bas du corps broyé par un autobus urbain. Vivante, mais pour combien de temps ? Le divisionnaire s'employa à rassurer le capitaine tout en lui annonçant qu'il lui envoyait des effectifs en renfort. Les affaires du groupe Revel se compliquaient d'heure en heure, il fallait consolider le dispositif.

Les informations du lieutenant Glacier apportèrent de l'eau au moulin du divisionnaire. Le téléphone qui avait appelé l'étude de maître Delamare et le groupe Axa pour réclamer le déblocage de l'héritage et des assurances-vie, était équipé d'une carte pré-

payée, achetée chez un revendeur Darty, sous
le nom de Nicolas Sirtaki.

– En plus, il se fout de nous... s'insurgea
Sonia s'attirant un regard surpris de Lazare,
trop préoccupé pour saisir d'emblée l'ironie.

– Oui, confirma Glacier, il se paie notre
tête... J'ai donc demandé à maître Delamare
et au correspondant du groupe Axa de
contacter ce joyeux drille avec des consignes
précises : donner acte de sa demande de
paiement, mais exiger un document écrit
pour lancer les opérations.

– Et qu'a répondu le rigolo qui ne se prend
pas pour n'importe qui ? sourit Lazare montrant qu'il avait bien suivi.

– Il avait anticipé le coup, manifestement.
Il a dit que les lettres étaient rédigées. Pour
gagner du temps, il va les porter lui-même.

– Quand ?

– Demain matin.

– Bon, souffla Lazare, on va pouvoir s'orga-
niser. Je vais prévenir le patron.

Au moment où il prononçait ces mots, le
divisionnaire Gaillard poussa la porte. Il
venait annoncer l'arrivée dans les locaux de
la PJ de maître Jubin. L'interrogatoire de
Jérémy Dumoulin allait pouvoir commencer.

Sonia se retrouva seule avec Antoine Glacier habillé d'un jean et d'un gros pull irlan-
dais de couleur bleue, comme ses yeux. Et
ses cheveux, un peu plus longs que d'habi-

tude, bouclaient sur sa nuque. Il lui tournait le dos et elle en profita pour le détailler comme elle ne l'avait encore jamais fait. Elle en conclut qu'il avait une jolie paire de fesses, fermes et sculptées, des jambes longues et bien proportionnées, auxquelles des baskets neuves donnaient un air sportif et décontracté. Un faux maigre, se dit-elle en évaluant la largeur de ses épaules mises en valeur par le pull-over. Antoine Glacier se retourna brusquement. Il dut surprendre le trouble dans les yeux de Sonia, car il s'empressa en rougissant :

– Tu regardes mon accoutrement ? J'étais en week-end et je suis parti du Loiret sous la neige...

– Tu n'as pas besoin de te justifier ! Ça te va très bien !

– Ah bon ? tu trouves ?

– Super bien, même ! Franchement, tu es un autre homme, comme ça !

– Ne te fiche pas de moi, Sonia, tu fais ce que tu veux avec les autres, mais pas avec moi, je t'en prie !

Il la regardait de ses beaux yeux un peu flous derrière ses grosses lunettes. Ses mains trituraient des papiers qu'il avait apportés en entrant dans le bureau de Revel. De belles mains, se dit Sonia, comme si elle les voyait pour la première fois.

– Je ne me moque pas de toi, dit-elle avec un sérieux dramatique, et je ne fais rien avec

les autres. Je suis seule comme tu n'imagines
même pas !

L'arrivée de Mimouni mit un terme à cette
situation inédite.

– Bordel de merde ! gueula le capitaine, je
suis trop con ! Je suis bon pour me prendre
un blâme. Au lieu de lui foutre les pinces tout
de suite ! Mais quel con !

– Comment elle va ? demanda Glacier.

– Elle a les jambes écrasées, comment
veux-tu qu'elle aille ? Son pronostic vital est
très réservé. Mais pourquoi ça tombe sur
moi, ça ?

– Arrête de te lamenter, tu veux ! fit Sonia
cinglante. Ce qui est fait est fait. Elle est toujours inconsciente ?

– Non, elle a perdu connaissance sur le
coup, mais elle est consciente à présent.

– On pourra lui parler alors, avant qu'elle
ne lâche la rampe ?

Les deux hommes la scrutèrent avec stupeur. Elle haussa les épaules :

– Ben quoi ? Si elle a fait ça, c'est qu'elle
en a gros sur le cœur et qu'elle n'est pas sûre
de tenir le coup en audition, même avec son
baveux pour la couver des yeux…

– Surtout que le baveux a décidé de la
lâcher, dit Mimouni. Je l'ai croisé en arrivant, il parlait avec Lazare… Il était en train
de lui dire qu'il s'occuperait désormais exclu-
sivement de Jérémy.

– Ben voilà… dit Sonia avec un grand sourire à l'adresse de Glacier. Son fils l'a virée de sa vie, son avocat la largue… Il faut impérativement qu'on puisse lui parler !

63

Les deux juges d'instruction, Nadia Bintge et Martin Melkior, se réunirent avec le substitut Louis Gautheron et le divisionnaire Philippe Gaillard pour évaluer la meilleure stratégie à adopter dans les affaires extrêmement emmêlées qu'on leur soumettait depuis près d'une semaine. Gaillard était arrivé au palais quelques minutes plus tôt, porteur d'une nouvelle d'importance : le corps calciné dans le Range Rover à Poigny-la-Forêt, était bien celui de Thomas Fréaud. La chaîne de cou qu'il avait dans l'estomac portait ses initiales, inscrites sur un fermoir très original. La confirmation formelle serait apportée par la comparaison de l'ADN du sang cardiaque du cadavre, avec celui des objets personnels du jardinier, ramenés de Flins, mais pour cela il fallait attendre quelques heures. De même, des correspondances étaient recherchées entre des éléments découverts dans la salle de bains de la chambre *Pacific*, (la blouse blanche, la parka et le bonnet) et des effets appartenant à madame Marcelle Fréaud. Sur une hypothèse avancée par le capitaine Lazare dans la matinée, le laboratoire de Saint-Germain-en-Laye travaillait à établir que Thomas Fréaud et sa mère n'avaient pas séjourné aux *Furieux* de leur plein gré. Thomas était mort après en avoir été extrait et, comme on n'avait plus aucune trace de Marcelle, sa mère, il était à craindre qu'elle n'ait subi un sort identique. Revel aurait sans doute été plus efficace pour rapprocher tous ces éléments, mais le divisionnaire Gaillard, doté d'un bon esprit de synthèse, s'y exerça sans trop de mal.

– Les faits peuvent se présenter ainsi, dit-il aux magistrats. Jérémy Dumoulin et Thomas Fréaud se sont connus il y a une douzaine d'années, à Rambouillet et, plus précisément à *l'Usine à chapeaux*. Ils faisaient partie de la chorale de Marieke Revel. Par la suite, ils ont dû rester en contact. Ce point reste à déterminer, car les Fréaud ont déménagé pour Flins, en 2003, date à laquelle madame Fréaud a quitté son emploi à la clinique Sainte-Marie. Jérémy Dumoulin a passé plusieurs années dans un foyer, après la mort de ses grands-parents, parce que sa mère était incapable de s'occuper de lui. Je vous rappelle que Jean-Paul Dumoulin, le père, est mort dans des circonstances douteuses, peu avant les Porte.

Le substitut Gautheron marmonna quelque chose comme : « On ne va quand même pas rouvrir tous les dossiers douteux ». Mais les deux juges ne tinrent pas compte de son humeur, et firent signe à Philippe Gaillard de poursuivre. Martin Melkior prenait des notes, et Nadia Bintge, plus moderne, avait mis en route un enregistreur de poche.

– Il nous appartiendra de combler quelques trous dans la vie de ces deux garçons, mais il semble qu'ils aient repris contact, il y a trois ou quatre ans. Elvire Porte vivait encore de la gérance du bar *La Fanfare*, et Jérémy avait déjà un joli palmarès judiciaire. Rien de très sérieux, c'était plutôt un petit branleur… Il semble qu'il ait changé de catégorie ces dernières années. Thomas Fréaud, lui, a laborieusement poursuivi des études d'architecte-paysagiste jusqu'à un BEP. Son physique agréable lui a permis de s'orienter vers une activité moins pénible… Les deux garçons se sont retrouvés dans des établissements de nuit, des lieux de "charme" pour hommes aimant les hommes. Ainsi sont-ils tombés sur Eddy Stark. Des documents-photos et des échanges sur Internet l'ont établi, contrairement aux dénégations de Fréaud lors de son audition en qualité de témoin. Dès lors que le charme a moins opéré – la fidélité et la constance ne sont pas des vertus cardinales chez Stark –, Fréaud est resté dans la maison comme jardinier. À ce moment, Jérémy Dumoulin s'est branché lui aussi sur la star, en lui procurant des garçons et des filles, se spécialisant dans le "pain de fesses". Quand sa mère a pu enfin mettre en vente le bar, il l'a dépouillée, lui laissant juste la vieille baraque de la rue Paul-Doumer. Nous avons les preuves de l'achat d'un gros ensemble immobilier à Ibiza dont nous cherchons à établir exactement le mode de financement.

– Bon, et concernant la mort de Stark, grogna Gautheron, vous avez quoi ?

Et Philippe Gaillard d'exposer son point de vue partagé par le groupe Revel : les Fréaud et Jérémy Dumoulin étaient mêlés à la mort de Stark, cela semblait désormais très clair, probablement pour le fric, au vu des liens établis avec les contrats d'assurance-vie et le testament de Stark.

– Mais ça n'a pas de sens ! s'exclama Gautheron, faisant se lever les yeux du juge Melkior au plafond. Fréaud devait bien se douter qu'il serait le premier sur la liste des suspects !

– Pas s'il mettait en avant sa relation amoureuse avec Stark. Je crois que le plan initial n'a pas pu être suivi, et que la machine s'est grippée…

– C'est-à-dire ?

– Le commandant Revel a eu tout de suite des doutes sur la dissimulation de la maladie de Stark. C'est la clé de l'affaire !

Le juge Melkior tendit l'oreille. D'abord parce qu'un téléphone sonnait dans la poche d'un des participants, et aussi parce que les propos du divisionnaire Gaillard éveillaient d'étranges résonnances dans sa mémoire.

– J'ai traité une affaire, il y a au moins quinze ans…, souffla-t-il, tandis que Philippe Gaillard s'emparait de son portable, une belle tentative d'arnaque à l'assurance… C'était un gros magnat de la presse… noyé accidentellement… du moins, c'est ce qu'on avait cru…

– Quel rapport avec notre affaire ? s'agaça le substitut. Il avait le sida, ton magnat ?

– Eh bien, oui, justement ! Et personne ne le savait…

– Bon, et alors ?

– Il avait trafiqué ses analyses pour que sa famille puisse toucher l'assurance-vie…

– C'est assez banal…

– Ce qui l'est moins, c'est qu'en réalité, il ne s'était pas noyé accidentellement, mais volontairement. Tu saisis la différence ?

Une fois son portable refermé, les magistrats virent que Philippe Gaillard faisait grise mine.

– C'était la lieutenant Breton.

– Nous vous écoutons, dit la juge Bintge avant que l'irascible Gautheron ne reprenne la parole.

– Pour aller dans le sens du raisonnement du commandant Revel, reprit Philippe Gaillard, nous sommes partis du principe que

Stark avait trafiqué ses analyses comme votre magnat de la presse, monsieur le juge.

– Ah ! jubila Melkior, voilà ! Je savais bien qu'on arriverait à un truc comme ça !

– Selon les assureurs que nous avons contactés jusqu'à présent, les analyses de Stark ont été effectuées par un laboratoire privé, incontestable de réputation. Mais comme Marcelle Fréaud a été longtemps dans le milieu médical, c'est un point que nous devons examiner de près.

– Ce laboratoire se trouve où ?

– À Rambouillet, la lieutenant Breton vient de me l'apprendre. J'ai mis une équipe dessus.

– On peut donc imaginer qu'il y a eu échange dans les analyses et que ce ne sont pas celles de Stark qui sont dans les dossiers des assureurs. À condition qu'il ait trouvé quelqu'un qui avait le même groupe sanguin, parce que, en cas de vérification par les assureurs... Logiquement, si l'on en juge par les largesses dont Stark a fait preuve vis-à-vis de Thomas Fréaud...

Philippe Gaillard hocha la tête à l'adresse de Martin Melkior qui venait de résumer sa pensée.

– En effet, nous avons pensé à Fréaud...

– Et c'est pas ça ! jubila Gautheron.

Le divisionnaire ignora le substitut, ne s'adressant qu'aux deux juges :

– Stark est du groupe AB, Fréaud du groupe O.

– Ah oui, en effet, ça ne colle pas, déplora Melkior.

64

Depuis une heure Lazare s'échauffait avec Jérémy Dumoulin. Il avait l'impression de brasser de l'air, avec maître Jubin en tandem. L'avocat ne cessait de se tourner vers la caméra qui enregistrait la déposition de son client tout en enjoignant ce dernier de ne rien dire. L'autre s'en tenait au seul vol de son Range Rover, la nuit de Noël, et au fait qu'il connaissait – vaguement selon lui – Thomas Fréaud, et uniquement parce qu'il savait que les flics allaient très vite le démontrer. Lazare rongeait son frein, mais il savait pouvoir compter sur les 48 heures de garde à vue, interminables pour quiconque s'ingéniait à tenir des positions intenables. Il espérait aussi que maître Jubin, cette nuit, déclinerait l'invitation à assister son client pour un deuxième tour de piste... Pour garder son calme, il évitait de regarder trop souvent Jérémy qui avait une gueule de raie sur laquelle on avait forcément envie de cogner. Il enregistrait ses mensonges et ses dénégations culottées en se disant qu'il ne perdait rien pour attendre : ceci n'était qu'un PV de "chique" ou d'enferrement, si on voulait parler correctement. Il interrompit l'enregistrement quand il aperçut la tête du divisionnaire Gaillard derrière le hublot de la porte de la salle d'audition. Indifférent à la remarque agacée de maître Jubin sur le fait qu'il avait autre chose à faire que d'attendre le bon vouloir de la police, il sortit à sa rencontre.

Marion Vallon reconnut sans difficulté Marcelle Fréaud sur la photo en noir et blanc. Il faut dire que la verrue sur le nez était remarquable ! Antoine Glacier demanda à la jeune fille pourquoi, à son avis d'étudiante en médecine, cette femme gardait sur le visage une protubérance aussi disgracieuse qui, de surcroît, devait la faire loucher. La jeune fille partit d'un rire spontané avant d'expliquer que ces anomalies étaient des nævus blancs, bénins, mais qui grossissaient sans qu'on puisse en freiner l'expansion. L'éradication par la chirurgie était aléatoire, car ces cochonneries repoussaient, au même endroit ou juste à côté. Sur le nez, l'extraction pouvait même laisser un trou pire encore que le bouton.

– Et souvent, conclut-elle, les gens finissent par s'habituer.

Elle identifia aussi les vêtements que portait la pseudo-infirmière. Alors que Glacier prenait sa déposition, il lui vint une idée.

– Vous êtes très observatrice, mademoiselle Vallon, dit-il sur un ton admiratif, c'est assez rare...

– J'aime bien m'intéresser à ce qui se passe autour de moi...

– Et les voitures ? Vous vous intéressez aux voitures ? insista le lieutenant sans la moindre trace d'ironie.

Elle sourit.

– Je suis une fille, vous savez ! Les voitures... Enfin, ça dépend... Si c'est une belle voiture, je la regarde.

– Rappelez-vous, le jour où vous avez vu l'infirmière, vous n'avez pas remarqué une voiture, disons, un peu exceptionnelle ?

– Vous plaisantez ? Ce secteur regorge de voitures exceptionnelles... Comme quoi, par exemple ?

Antoine Glacier hésita. La jeune fille voulait bien lui faire plaisir, cela se lisait dans ses yeux noirs. Mais aucune voiture n'avait retenu plus qu'une autre son attention.

65

Nathan Lepic entendit ses parents se dis-
puter et, accompagnée par les cris suraigus
de sa mère, la porte d'entrée claqua avec violence. Son père s'éloignait à travers la place,
en direction du manège de chevaux de bois
sur lequel Nathan n'avait jamais voulu monter. Il n'y avait pas de rêve dans sa tête, il n'y
avait que des moteurs et des chiffres.

De son poste d'observation, à part les
deux heures de golf, il avait passé son
temps à compter, depuis le matin, un
nombre important de véhicules de police.
Les Furieux semblaient en état de siège. Il
avait noté les numéros des voitures et leurs
caractéristiques sur son mur, pas loin de
ceux qu'il avait inscrits la nuit de Noël et
le matin qui avait suivi. À part aussi les
quelques heures décousues pendant lesquelles il avait dormi, par petits quarts
d'heure où il s'effondrait en travers de son
lit, les yeux rouges de fatigue, les chiffres
jouant la sarabande dans son cerveau.

Comment dormir alors qu'il se passait
tant de choses en face ? Il comptait, il
notait, il savait que cela plairait à Sonia s'il
se concentrait sur ce qui lui apparaissait
comme une vraie mission. Même sans elle,

il l'aurait fait de toute façon. Quand il entendit sortir sa mère à son tour, Nathan sut qu'il avait un bon moment devant lui et qu'il était temps d'agir. Grimpé sur la cuvette des toilettes, il souleva la dalle de polystyrène. Il tâta l'espace avec la main, mais ne rencontra que le vide. Il se concentra sur ce problème. Son esprit était logique et mathématique : si sa grand-mère avait mis les cahiers là-haut, il n'y avait aucune raison pour qu'ils n'y soient plus. Il chercha autour de lui le moyen de se hisser un peu plus haut. Les yeux mi-clos, il *vit* sa mère en train de nettoyer les vitres, juchée sur un tabouret en aluminium. Nathan trouva l'objet dans le garage, n'eut aucun mal à le transporter, et réussit sans difficulté à accéder plus haut. Il fixa l'obscurité le temps que sa vision s'accommode. Il sourit : ses cahiers étaient bien là.

66

Sonia avait terminé l'audition de Steve Stark-Kim que son parrain, le comédien Tony Maxwell avait accompagné. Ils avaient débarqué sans prévenir vers quatorze heures, et leur arrivée n'était pas passée inaperçue. Tout le service avait défilé pour voir Maxwell qui était aussi célèbre que Stark, mais beaucoup moins déglingué. Une dizaine de voitures de presse stationnaient devant l'hôtel de police, et plusieurs reporters avaient réussi à se glisser dans le sillage de ces deux témoins hors du commun. Tony Maxwell et le fils adoptif de Stark ne savaient pas grand-chose, à vrai dire. Ils n'étaient pas au courant de sa maladie. Tout au plus, son ami avait-il remarqué, ces derniers temps, qu'il manifestait une réserve et une tristesse qui faisaient penser, avec le recul, qu'il se préparait au grand saut dans le vide. Steve, jeune Asiatique beau comme un ange, délicat et sensible, avait eu la même sensation à la dernière visite de son père adoptif à New York. Mais tous deux avaient attribué cette impression aux difficultés financières dont l'ancienne star ne se cachait pas. Il avait pourtant refusé l'aide de Maxwell qui, lui, grâce à deux tournées successives et fructueuses, était financièrement au zénith.

Ils furent tout aussi surpris d'apprendre que Stark avait souscrit des polices d'assurance en faveur de Steve et de Thomas Fréaud. Tony Maxwell ne reconnaissait pas son ami dans ces montages. Il montra un étonnement sincère à l'évocation de Tommy qu'il avait croisé comme furtif petit ami de Stark, dans le rôle d'héritier et bénéficiaire à part égale avec Steve. L'affaire lui paraissait forcément louche. De mémoire, Maxwell ne se rappelait pas que Stark ait éprouvé pour Tommy une passion qui justifierait ce choix…

Tony et Steve étaient sur le point de s'en aller quand Sonia prit un appel qui allait tout changer.

67

Le temps de coller Jérémy Dumoulin en cellule, Lazare avait couru rejoindre Sonia, cependant que le divisionnaire Gaillard leur emboîtait le pas. Dans la voiture qui les emmenait à Rambouillet, toutes sirènes hurlantes, ils mesuraient la portée de ce qu'ils venaient d'apprendre.

– Répète exactement ce qu'il a dit…, demanda un Lazare excité à Sonia qui tremblait de fatigue, de froid, d'énervement, avec la sensation de toucher au but.

– Il a retrouvé ses cahiers dans les toilettes. Sa grand-mère les avait cachés là pour que sa mère ne les détruise pas. Mais il y a mieux encore : il est resté presque toute la nuit de Noël debout. Ses parents se sont engueulés, le réveillon a tourné au drame, et il est monté dans sa chambre. Il avait déjà passé l'après-midi à guetter à la fenêtre et à écrire ce qu'il voyait. Rappelle-toi le mur, dans sa chambre...

– Je ne suis pas allé dans sa chambre, fit remarquer Lazare.

– Il m'avait dit, lors de notre visite, le 24 décembre, que depuis qu'il était revenu à Rambouillet, il n'écrivait plus que sur ce mur...

– Je ne comprends pas pourquoi vous ne vous êtes pas plus intéressés à ce mur ce jour-là ? objecta Gaillard.

– Je vous rappelle, patron, répondit Sonia devançant de justesse Lazare, que nous sommes allés chez les Lepic accompagner Revel pour l'affaire Porte et que, à ce moment-là, rien ne nous laissait prévoir que Jérémy Dumoulin allait apparaître dans l'affaire Stark.

– Et donc, reprit Lazare qui fit comme s'il n'avait pas prêté attention à l'interruption du divisionnaire, le garçon en est venu comment à te parler de ce mur ?

Sonia Breton fit une moue difficile à interpréter :

– Quand il a appelé tout à l'heure, je lui ai dit de mettre ses cahiers à l'abri d'un mauvais geste de sa mère, qu'on passerait les chercher rapidement, mais que rien ne pressait. Je voulais dire qu'avec le taf qu'on a, les Porte c'était moins urgent que Stark, non ?

– Ah, je pige ! fit Lazare en ébauchant un vague sourire, il était pressé de te revoir... J'avais remarqué que tu lui faisais de l'effet !

– Oh ! La ferme avec ça ! C'est un gamin, qu'est-ce que...

– Je disais ça pour rire, ne t'énerve pas...

Sonia poussa un soupir excédé, mais préféra ne pas insister car, au fond, Lazare avait raison : Nathan lui avait balancé le coup du mur parce qu'il savait que cela la ferait rappliquer. Si elle n'était pas pressée, lui l'était.

– Nathan a noté tout ce qu'il a vu la nuit de Noël sur la place, en particulier ce qui s'est passé en face, aux *Furieux*. Je lui ai demandé de me lire quelques annotations... Si tout est exact et vérifié, Jérémy est bon pour trente ans de placard.

– Eh bien, c'est la première fois que je vais mettre un mur sous scellé, ironisa le divisionnaire, histoire de détendre les deux officiers qui lui paraissaient particulièrement à cran.

Lui, s'il s'efforçait de n'en rien montrer, ne l'était pas moins. Sa réunion avec les magistrats avait tourné court. Les hypothèses qu'il avait développées n'avaient pas soulevé d'enthousiasme, et il convenait, à contrecœur, qu'elles étaient encore à l'état d'esquisses.

« Évidemment, maintenant que vous avez déclenché cette vague de perquisitions et interpellé Dumoulin..., avait bougonné Louis Gautheron. Vous avez intérêt à trouver du solide à vous mettre sous la dent. »

Maître Jubin avait compris la fragilité de l'édifice et enfoncé le clou : tant qu'on n'aurait rien de plus concret, il n'y aurait pas de prolongation de garde à vue pour son client. Il ferait le nécessaire, on pouvait compter sur lui pour cela.

L'espoir était revenu avec le coup de fil de Nathan Lepic.

Dès que Sonia sortit de la voiture, elle repéra Nathan derrière sa fenêtre. Il lui adressa un signe de la main. Elle se précipita vers la maison afin de préparer le garçon à l'invasion policière. Faute de pouvoir démonter le mur et le placer sous scellé, l'identité judiciaire allait en faire des photos qui fixeraient ce qui constituait une pièce à conviction d'un genre inédit. Impossible à déplacer, ainsi que l'avait souligné le divisionnaire pince-sans-rire. Infiniment fragile aussi car destructible, il suffisait d'une bonne éponge ou d'un coup de pinceau pour tout faire disparaître. L'ambiance qui régnait dans la famille exposait à un geste d'humeur de l'un ou l'autre parent, voire d'un Nathan plutôt incontrôlable. Il faudrait aussi récupérer les cahiers, les trier et se préparer à une nouvelle et complexe audition de la famille Lepic. Sonia frappa à la porte, le cœur battant. L'affaire allait se jouer là... ou pas. Furtivement, elle croisa les doigts dans le dos. Elle avait l'intention d'aller voir Revel

ce soir pour lui annoncer une bonne nouvelle. Le temps pressait...

Nathan ouvrit lui-même la porte. Il avait
dans ses yeux strabiques une lueur troublée,
et son sourire était celui d'un jeune homme
heureux.

Quand Irène Lepic revint chez elle, la police
avait déjà bien avancé dans l'examen des inscriptions, grâce à la compréhension du père
de Nathan. À la demande du divisionnaire
Gaillard, il était resté auprès de son fils pour
l'aider à se concentrer et à valider les informations, au fur et à mesure que progressait le
travail de déchiffrage de ce mur qui ressemblait à la fresque d'un artiste fantasque ou à
un graff géant. L'identité judiciaire commença
par quadriller la cloison en carrés de dix centimètres sur dix qu'elle photographia de façon
à ce que le contenu en soit parfaitement lisible.
Nathan commentait les inscriptions et les dessins, précisait, pour chaque numéro de plaque
d'immatriculation, l'ensemble des caractéristiques du véhicule, parfois le nombre d'occupants et leur signalement. Le regard suspendu
à celui de Sonia, il se montrait d'une docilité
confondante à laquelle même son père avait
du mal à croire. Un technicien filmait chaque
minute de l'opération et ses déclarations. Les
policiers s'attachèrent avec plus de minutie
encore aux jours qui précédaient Noël, à partir

du 20 décembre, date de la mort d'Eddy Stark.
Les résultats étaient stupéfiants.

Vers dix-neuf heures trente, Nathan commença à donner des signes de fatigue. Les
photos étaient terminées, mais Lazare préféra que l'on figeât la scène pour encore
quelques jours. Irène Lepic poussa des hauts
cris : c'était la chambre de son fils, pas une
scène de crime. Bertrand Lepic, de meilleure
composition, proposa que Nathan s'installe
provisoirement dans le salon, situé juste en
dessous. Le jeune homme y bénéficierait du
même point de vue et aurait plus de surface
murale pour s'exprimer. Madame Lepic eut
beau protester, elle finit par céder devant
l'insistance de Nathan lui-même qui aurait
fait n'importe quoi pour plaire à la jolie
Sonia. Cet arrangement convenant à tout le
monde, Lazare donna le signal du repli. Le
divisionnaire Gaillard était déjà reparti
depuis plusieurs heures pour faire aux
magistrats un point sur ces découvertes.
Rien n'était encore gagné mais, cette fois,
Gautheron ne ramena pas sa science : on
avait des éléments précis, avec des heures
précises et des noms précis.

En quittant la maison des Lepic, Lazare
ne put s'empêcher de regarder en face, le bar
des *Furieux* plongé dans l'obscurité. Deux
véhicules de police stationneraient encore

devant la porte jusqu'à ce que la dernière
pierre des murs ait livré ses secrets. Jusqu'à
ce que les derniers acteurs de cette saga
soient sous les verrous. Il allait monter en
voiture quand il aperçut, sur son flanc
gauche, quelqu'un se diriger vers lui. En
même temps, Sonia et un technicien de l'IJ
avaient remarqué le mouvement insolite
d'une femme chaussée de bottillons fourrés,
vêtue d'une robe de laine chamarrée et
enroulée dans un châle mauve. Comme
celle-ci se penchait pour scruter l'intérieur
du premier véhicule, Sonia l'interpella :

– Madame, vous avez besoin de quelque
chose ?

– De quelqu'un, plutôt...

– De qui ?

– Je voudrais voir un inspecteur, l'inspecteur Revel, je croyais que c'était lui dans la
voiture...

Lazare et Sonia échangèrent un regard
surpris et amusé à la fois. La femme au
chignon poivre et sel dont le nez pointu rou-
gissait dans le froid, venait de la Maison de
la presse. Ils avaient, en face d'eux, la pipelette de Revel !

– Et vous êtes ? demanda-t-il pour la
forme.

Elle releva le menton et s'approcha du
capitaine en prenant la pose de "l'espion qui
venait du froid". Une fois près de lui, elle
écarta légèrement les pans de son châle,

montra une liasse de papiers qu'elle tenait contre son ventre :

– Annette Reposoir. J'ai fait ce que l'inspecteur Revel m'a demandé…

68

Antoine Glacier revenait de la brigade financière où il avait travaillé avec ses collègues sur les avoirs de Jérémy Dumoulin aux Baléares, quand l'état-major lui fit part d'un appel provenant d'une certaine Marion Vallon qui demandait à être rappelée.

– Vous voyez, lieutenant, dit la jeune fille joyeuse, je ne peux plus me passer de vous !

Qu'une fille le drague, qui plus est dans le cadre du travail, était tout simplement impensable pour Glacier.

– Que voulez-vous ? demanda-t-il froidement.

– Brrr ! fit Marion en écho, vous êtes aussi glacé que votre patronyme, lieutenant ! Détendez-vous, je plaisantais. J'ai une information pour vous…

– Je vous écoute.

– Voilà, le jour qui vous intéresse, j'ai distribué en compagnie d'un garçon, étudiant comme moi, qui s'appelle Gabriel Maheux. Je l'ai croisé tout à l'heure et lui ai parlé de notre... entretien de cet après-midi. Je crois qu'il était un peu jaloux... Vous pensez, témoigner dans la mort de Stark, c'est pas tous les jours !

– Mademoiselle Vallon !

– Ok, j'accélère... Le 20 décembre, Gaby a travaillé dans les rues ouest de la localité pendant que je faisais l'est. On s'est retrouvés au nord, c'est logique... Vers 13 h 30, il a eu un incident avec un automobiliste, un connard qui a démarré en trombe et a failli le faucher au moment où il traversait.

Comme chaque fois que l'émotion le gagnait, les verres des lunettes de Glacier s'embuèrent.

– C'était quoi, comme voiture ?

– Un gros Range Rover noir.

– Il avait quelque chose de particulier pour qu'il l'ait remarqué ?

– Un peu, oui ! Il paraît qu'il n'y en a que quelques centaines dans le monde, des comme ça. Attendez, j'ai noté...

Une série limitée, couleur noire Ultimate, en effet, cela ne passait pas inaperçu. Gabriel Maheux était prêt à venir en témoigner et aussi à se prêter au jeu de la parade d'identification au cours de laquelle on lui présenterait Jérémy Dumoulin au milieu de quelques policiers du service. On lui montrerait aussi la photo de la femme habillée en infirmière qui était assise à la place du mort dans le Range Rover. De cela aussi, il était sûr car le véhicule

qui avait failli le renverser avait été obligé
d'attendre qu'il bouge pour repartir dans la
rue à sens unique. Il l'avait détaillé en passant,
ainsi que ses occupants. Il n'en avait pas
retenu le numéro minéralogique parce que la
nouvelle présentation des plaques était simplement impossible à mémoriser, mais il avait
vu le code départemental, 78.

– Merci, merci infiniment, mademoiselle
Vallon, exulta Glacier à sa façon mesurée.

– Vous me paierez bien un café pour la
peine ?

Antoine Glacier raccrocha en marmonnant
une vague excuse. Il était rouge écarlate.

69

Maxime Revel était assis dans son lit,
immobilisé par une perfusion et un appareil
respiratoire qui lui cachait une partie du
visage. Il essayait de fixer son attention sur
une énième diffusion du "Père Noël est une
ordure", un film qui repassait chaque année,
à la même date, sur la même chaîne, entre
Noël et le Jour de l'An. D'habitude ce film le
faisait rire, mais là il avait plutôt envie de
pleurer. Ou de hurler d'impuissance, de frustration. Depuis le matin, il n'avait de nouvelles de personne. Il avait demandé, à dix

reprises au moins, à l'infirmière, obligée de le démasquer à chaque fois, si quelqu'un avait appelé pour lui.

« Je vous l'aurais dit, protestait la femme, pour qui vous me prenez ? » Il n'y avait pas cinq minutes, il avait profité du changement d'équipe pour reposer sa foutue question. Toujours rien. Il bouillait. Alors que Josiane Balasko était coincée pour la deuxième fois dans l'ascenseur, une agitation dans le couloir lui fit tendre l'oreille. Quand il aperçut le crâne déplumé de Lazare et, juste derrière, la queue de cheval de Sonia, son corps se détendit d'un coup.

Revel, sur son lit de douleur, était plus pitoyable que la veille, et les deux officiers durent se cramponner pour ne rien laisser paraître : le "vieux" était mal barré. Il leur fit signe de lui retirer le masque à oxygène pour pouvoir parler avec eux, mais ils refusèrent. L'infirmière de garde avait été intraitable : ils ne devaient pas rester plus d'un quart d'heure, et il n'était pas question de le démasquer. La stabilité respiratoire du patient était à ce prix. Les quintes de toux fatiguaient son cœur, et il était soumis à des séances de kiné toutes les heures pour désengorger ses bronches et ses poumons. Lazare fit le point de la journée, riche en événements. À chaque instant, il s'interrompait parce que Revel s'agitait, s'agaçait, voulait intervenir et ne le pouvait pas. Sa tension monta d'un cran supplémentaire quand fut évoquée l'arrestation d'Elvire Porte et ses funestes suites.

– Le plus drôle, enfin si je puis dire, c'est qu'elle est là, dans cet hôpital. On est passés la voir en "réa". Elle a repris connaissance, mais ils n'ont pas encore pu l'opérer, elle est trop faible. A priori, elle a le bassin écrasé. Pas sûr qu'elle s'en tire.

Il devina la question dans le regard harassé de Revel.

– Non, on ne nous a pas laissés l'approcher. Elle n'est pas médicalement interrogeable... Pour nous, ce n'est pas trop grave, je suis à peu près sûr qu'elle n'est pas directement concernée par l'affaire Stark. Pour ton dossier, bien sûr, c'est différent... Le juge Melkior a dit qu'il viendrait lui-même, dans quelques jours, quand elle aurait récupéré.

Revel eut un tressaillement outré. S'il avait pu parler, il aurait fait remarquer que dans *quelques jours*, Elvire Porte serait peut-être passée de vie à trépas. Lazare écarta les bras en signe d'impuissance. On n'entendit plus que les bruits réguliers de la pompe de l'appareil d'assistance respiratoire.

Afin de dissiper le malaise, les deux policiers firent part à Revel des souhaits de prompt rétablissement que lui adressait Annette Reposoir, en même temps qu'elle leur avait remis plusieurs feuillets sur lesquels, depuis le 20 décembre, elle avait noté tout ce qui attirait son attention sur *La Fanfare* qu'elle n'arrivait toujours pas à nommer autrement. Avec les documents de la femme à la vocation ratée de "bignole", ils avaient touché le jackpot. Ils omirent de rapporter à Revel le véritable commentaire d'Annette Reposoir sur son état de santé : pour elle, il était cuit. Son mari avait consommé plus de tabac qu'il n'en avait vendu. Et elle reconnaissait chez Revel les mêmes signes cliniques qui avaient eu raison de monsieur Reposoir.

Pendant les deux dernières minutes du temps imparti, Sonia put enfin lui parler de Léa qui avait promis d'être là ce soir, mais qui n'était pas encore arrivée. Les épaules de Revel s'affaissèrent.

– Elle viendra demain, l'apaisa Sonia, ne t'en fais pas, Maxime, on va s'occuper d'elle.

Alors qu'ils sortaient de la chambre, l'infirmière de nuit les intercepta. Elle contempla un instant leurs mines défaites, les larmes que Sonia tentait de retenir, le teint blafard de Lazare, et leur tendit un papier :

– Tenez, dit-elle sur un ton neutre, il m'a demandé de vous donner ça, la dernière fois que je lui ai retiré l'appareillage. Il voudrait que vous appeliez cette personne pour lui dire qu'il est ici.

Lazare lut sur le papier un numéro de téléphone et un nom qu'il ne connaissait pas : Marlène Bacq.

70

Le divisionnaire Gaillard avait fait monter des sandwichs pour tout le monde, des bouteilles d'eau et des cafés, car la nuit promettait d'être longue. Installé dans une pièce de repos qui avait pu servir de bar dans le temps où la consommation d'alcool n'était pas encore interdite, il fut rejoint par Mimouni, Glacier et le reste du groupe.

Philippe Gaillard avait recueilli sa déposition après le suicide raté d'Elvire Porte. Mimouni, qui s'en voulait toujours, avait décidé de se racheter. Il avait fait le siège du laboratoire de biologie moléculaire de Saint-Germain-en-Laye, harcelé celui de toxicologie et menacé l'IJ de représailles s'ils ne travaillaient pas plus vite. En dépit de la trêve des confiseurs, son insistance avait payé.

– Comparaison positive de la formule génétique de Thomas Fréaud avec celle du cramé de Poigny-la-Forêt, annonça-t-il tout fier. Mieux : l'ADN extrait du bonnet que vous avez trouvé dans la salle de bains de la chambre *Pacific* présente des corrélations importantes avec celui de Fréaud, 99 % de correspondances…

– La mère…

– Exact !

– Son rôle est établi dans l'affaire Stark, donc.

– Et pas que ça, s'exclama Glacier qui venait de libérer le jeune Gabriel Maheux, après la séance de tapissage dans la salle d'audition.

À travers la glace sans tain, l'étudiant distributeur de tracts avait identifié Jérémy Dumoulin, sans hésiter, en dépit de la barbe sombre qui avait envahi le menton du garçon et de la mauvaise volonté qu'il avait manifestée. Il dissimulait son visage, tournait le dos, une pitoyable gymnastique qui n'avait eu pour effet que d'attirer un peu plus l'attention sur lui. Gabriel Maheux n'avait malheureusement pas pu être formel avec la photo de Marcelle Fréaud qu'il n'avait qu'entrevue. Il n'avait eu le temps de distinguer que sa tenue vestimentaire et le côté non significatif de son nez. Mais c'était un début.

– Super ! apprécia Lazare, ça s'arrose !

Il déplorait que le divisionnaire n'ait pas fait ajouter des bières à la commande, et s'en plaignit ouvertement.

– J'ai autre chose, dit Mimouni d'une voix forte. Les empreintes du cadavre cramé, de Thomas Fréaud donc... Deux ont pu être exploitées et une a "matché"...

– Avec une paluche de la piaule *Pacific* ! s'exclamèrent en chœur Sonia et Glacier qui se mirent à rire en échangeant un coup d'œil complice.

– Pas du tout, les doucha Mimouni.

– Où, alors ? demanda Lazare qui s'était dressé, sa tasse de café lui brûlant les doigts.

– Tu ne vas pas le croire... Elle "matche" avec l'empreinte mystère de l'affaire Porte... Celle qui a foutu Revel dans l'état où il est.

Lazare et les autres devraient digérer l'information avant d'en apprécier les implications.

– Tu veux dire..., hasarda Sonia qui se remémorait le dossier "Porte" à toute vitesse, que l'empreinte inconnue sur la porte d'entrée de la maison...

– ... Appartient à Thomas Fréaud, oui. C'est logique qu'on ne l'ait jamais vue apparaître car il n'avait encore jamais été arrêté ni signalisé.

Le capitaine Lazare, le regard sur les fissures du plafond, sirota son café, à moitié étonné au fond. Il avait toujours pensé, et Revel aussi forcément, que s'il y avait deux auteurs pour deux cadavres à *La Fanfare*, ce ne pouvait être que Jérémy Dumoulin et Elvire Porte parce que leurs tailles respectives confirmaient cette hypothèse. Le meurtrier de Liliane Porte pouvait être un complice de la taille d'Elvire, et Thomas Fréaud, d'après les photos de la MJC, répondait aux critères. C'était peut-être éblouissant, mais insuffisant, techniquement. Ami de Jérémy Dumoulin depuis qu'ils s'étaient rencontrés à la chorale, Thomas avait pu venir à *La Fanfare* ou chez les Porte avec son copain sans que la présence de son empreinte sur le chambranle de la porte fasse de lui un meurtrier.

– Et le sang ? s'exclama Lazare.

Mimouni le considéra, partagé entre stupeur et inquiétude.

– Pardon ?

– Il y avait du sang aussi sur le seuil de la porte de la maison. On n'a jamais pu rapprocher l'ADN de ceux des suspects ou des familiers. À tous les coups...

– ... c'est celui de Thomas !

– Là, on aurait une double confirmation.

– On a la formule ADN d'il y a dix ans et celle de Fréaud, il n'y a qu'à les comparer, c'est pas compliqué !

– Tu t'en occupes, Abdel ?

Il était presque minuit quand Lazare fit réveiller Jérémy Dumoulin dans sa cellule de garde à vue. Ainsi qu'il l'avait espéré, maître Jubin avait décliné l'invitation à revenir pour la deuxième audition de son client, prétextant avoir attrapé la grippe « dans les locaux pourris de courants d'air du 19 ». Lazare n'en crut pas un mot mais il bénit néanmoins l'épidémie supposée laminer les abords du château. Il mentionna dans son procès-verbal le renoncement explicite de l'avocat et, installé derrière son bureau, là où il se sentait le mieux, la webcam sous tension, il attendit l'arrivée du petit enfoiré.

Il avait pris le temps de se doucher et de se changer grâce aux vêtements propres que Sonia lui avait ramenés le matin. Il savait combien il était fondamental de prendre l'avantage sur un "client" qui, lui, n'avait mangé qu'un insipide casse-croûte, macérait dans ses habits de la veille et n'avait pas pu se laver les dents. Le même allait se retrouver seul face à une équipe de flics déterminés.

Quand Jérémy apparut, les yeux gonflés d'une chouette surprise par la lumière, Lazare sentit monter l'exaltation dans sa poitrine. Dans l'atmosphère feutrée et inquiétante de la nuit, les téléphones avaient cessé de sonner, personne ne poussait plus les portes pour demander l'heure ou un renseignement administratif, les détenus ne gueulaient plus qu'ils n'avaient rien fait. Le duel pouvait commencer. À voir la tête de Jérémy Dumoulin, il promettait des moments homériques.

71

À peu près au même moment, le commandant Revel récupérait de la dernière séance de kiné respiratoire qui lui avait ramoné les poumons. Il savait qu'il n'y en aurait plus avant le lendemain matin six heures, ce qui expliquait l'enthousiasme du masseur qui lui avait défoncé la cage thoracique sous les côtes flottantes et à la base du cou. Revel avait l'impression d'être passé dans une essoreuse. En contrepartie, il avait obtenu de l'infirmière de nuit qu'elle ne lui remette pas immédiatement le masque sur le nez. Il reprit son souffle, laissa retomber son rythme cardiaque en guettant les bruits du couloir. Quand il fut sûr que rien ne bougeait, il s'employa à retirer l'aiguille plantée dans le cathéter. Il n'était pas question qu'il se balade avec ce truc à roulettes comme les zombies errant parfois dans les travées des hôpitaux. Se mettre debout et marcher ne fut pas aussi facile. Il dut rameuter toute sa volonté et sa hargne. Le couloir était vide, on entendait ici et là les bruits caractéristiques des machines à respirer identiques à la sienne et des ronflements. Il avança en se tenant au mur, vit que, par chance, l'escalier était situé à l'opposé du local vitré des infirmières où se tenait une petite récréation du personnel d'étage. Ce qu'il cherchait se trouvait deux niveaux plus bas. Il espéra qu'à l'étage des soins intensifs, le personnel de nuit assouvissait aussi, à cet instant, une petite faim.

72

Deux équipes avaient été positionnées dans Paris. L'une, sous la direction de Mimouni   – bien déterminé à ne pas se laisser mettre sur la touche – attendait au siège du groupe Axa France, rue Drouot à Paris, où le pseudo Thomas Fréaud devait rencontrer un fondé de pouvoir aux environs de neuf heures trente. L'autre, menée par Glacier, planquait rue des Pyramides, devant l'étude de maître Delamare à qui le correspondant mystérieux n'avait communiqué aucune heure de rendez-vous. Il s'agissait d'un premier contact, la lecture du testament ne devant être faite qu'en présence de tous les légataires désignés. Les équipes étaient en liaison radio et savaient qu'à Versailles, le divisionnaire Gaillard avait pris place en personne au pupitre. Lazare et Sonia étaient allés se reposer quelques heures vers cinq heures du matin. Mimouni et Glacier étaient rentrés chez eux vers deux heures. Toute la nuit, ils s'étaient relayés pour amener Jérémy Dumoulin aux aveux. Il était d'une sacrée trempe. Même les évidences ne le rebutaient pas. Les éléments matériels formaient à présent un faisceau à travers lequel il allait avoir du mal à se faufiler. Ses aveux, ou pour être plus précis, la "reconnaissance des faits" dont il était à l'origine, auraient fait progresser l'enquête beaucoup plus vite, mais il fallait se résigner, Jérémy Dumoulin n'était pas encore mûr.

L'équipe en place rue Drouot, leva sa ligne la première. Ils virent arriver le Porsche Cayenne qui se gara non loin de l'Hôtel des Ventes. Le conducteur se rendit à pied jusqu'au siège d'Axa. Mimouni donna l'ordre d'attendre le contact pour intervenir. Le fondé de pouvoir de la Compagnie fit monter l'individu au troisième étage. C'est au moment où il se présentait sous l'identité de Thomas Fréaud et remettait la lettre annoncée que le capitaine fit irruption dans la pièce. C'est à un Gary Varounian à peine surpris et presque résigné qu'il passa les menottes.

73

Lazare flottait dans ce demi-sommeil agaçant qui lui donnait l'impression de ne pas dormir, quand il reçut l'information. Il avait senti, depuis son apparition dans le puzzle, que ce Gary Varounian y tenait un rôle. Au téléphone, le divisionnaire Gaillard commença par féliciter son groupe de l'interpellation du garagiste qui semblait prêt à collaborer en échange de la clémence de la justice. Il n'avait pas mesuré la gravité de la situation, et il ressortait de ses premières déclarations que Jérémy Dumoulin était un manipulateur né. Philippe Gaillard avait cependant une autre nouvelle à lui annoncer, beaucoup moins réjouissante. Vers la fin de la nuit, on avait trouvé le commandant Revel au chevet d'Elvire Porte. On ne savait pas depuis combien de temps il était là, et personne n'avait détecté sa présence plus tôt parce qu'il était couché par terre, sans connaissance. Elvire Porte qui, elle, avait toute la sienne, s'était bien gardée de donner l'alerte. Revel avait été replacé en soins intensifs, il était en hypothermie et très déshydraté. Si Elvire Porte avait espéré qu'il passe l'arme à gauche couché à ses pieds, elle en était pour ses frais. Pire, cela ne lui avait pas porté chance. Conduite en salle d'opération à huit heures pour un rafistolage de son bassin en bouillie, elle était décédée une heure plus tard, sur le billard.

Rapport d'enquête
                Le 10 janvier 2012

Le capitaine Renaud Lazare
À Monsieur le Directeur régional de la police judiciaire de Versailles s/c de la voie hiérarchique

Objet :   Homicides volontaires et complicité, escroqueries à l'assurance.

Victimes : Michel Dupont, dit « Eddy Stark »,
            68 ans
            Thomas Fréaud, 25 ans
            Marcelle Fréaud, 52 ans
Auteurs identifiés : Jérémy Dumoulin, 26 ans,
            exploitant de bar
            Gary Varounian, 32 ans, garagiste
            Solange Rabat, 53 ans, laboran-
            tine
Référence : la commission rogatoire n° 12/12/77,
            délivrée le 22 décembre 2011 par
            madame Nadia Bintge, juge d'ins-
            truction au TGI de Versailles
P. Jointes : procès-verbaux numérotés de 1 à 312
            et leur copie conforme,
            90 scellés,
            3 albums photographiques en deux
            exemplaires.

Pour faire suite aux précédentes transmissions effectuées dans le cadre de
l'affaire ci-dessus référencée, j'ai l'honneur de vous rendre compte des investigations ayant conduit à la mise en cause de
Jérémy Dumoulin comme auteur principal des
faits cités en objet et de Gary Varounian
et Solange Rabat comme complices, avec la
collaboration des membres du groupe, le
capitaine Abdel Mimouni, les lieutenants
Antoine Glacier et Sonia Breton. À noter
que cette enquête a été diligentée à ses
débuts par le commandant Maxime Revel,

actuellement encore hospitalisé pour graves raisons de santé.

Le 20 décembre 2011, vers 18 heures, le service était informé de la découverte à son domicile, 3 rue Mozart à Méry, commune voisine de Marly-le-Roi (Yvelines), du corps de Michel Dupont, 68 ans, plus connu sous le nom de Eddy Stark, vedette de la chanson internationalement connue. Si les premières constatations et l'examen du corps laissaient planer un doute quant aux causes de la mort, la suite des investigations et ce que nous apprenions des circonstances du décès permettaient d'affirmer que le chanteur avait été victime d'un homicide volontaire. Toutefois, de nombreux éléments venaient perturber les débuts de nos recherches.

L'autopsie révélait d'abord qu'Eddy Stark était malade du sida, en phase symptomatique irréversible de stade 3 voire 4, avec une espérance de vie de l'ordre de 3 à 6 mois environ. Il était constaté, par ailleurs, que Stark ne recevait aucun soin depuis le diagnostic réalisé en 2009 à San Francisco, par un laboratoire américain dont l'identification s'est avérée particulièrement longue (Cotes 20 à 23). Ce point, autant que le silence dont le chanteur avait entouré son état de santé, éclaire bien les événements qui ont suivi.

En effet, peu de temps après le diagnostic, Stark a commencé à connaître des difficultés financières importantes. En retrait de sa carrière et soucieux de cacher son état, le chanteur, très fortement endetté, s'est mis à s'inquiéter de l'héritage qu'il laisserait à Steve Stark-Kim, l'adolescent, aujourd'hui âgé de 18 ans, qu'il avait adopté, en 2008, à l'occasion d'une tournée en Corée du Sud.

C'est là qu'intervient le premier acteur de l'affaire, Thomas Fréaud. Ce jeune homme a été l'amant de Stark, de 2007 à 2008. Il était alors âgé de 22 ans et vivait avec sa mère, Marcelle Fréaud, à Flins (Yvelines). De condition modeste, Thomas Fréaud a entrevu, en compagnie de Stark, l'illusion d'une vie plus confortable. L'idylle a cessé par le fait de Stark qui, soucieux de ne pas nuire à Thomas pour autant, lui a proposé de travailler pour lui comme jardinier-paysagiste, métier pour lequel le jeune homme détenait des diplômes et quelques compétences. La rupture n'empêchait pas Stark de se rendre régulièrement dans des établissements pour homosexuels en compagnie de Thomas Fréaud. C'est à la faveur d'une de ces soirées que Thomas a retrouvé un garçon qu'il avait connu à l'époque où il vivait à Rambouillet, sa mère y étant alors employée comme aide-soignante à la clinique privée Sainte-Marie. Il s'agit de Jérémy Dumoulin, fils de Jean-Paul Dumoulin et d'Elvire Porte, tous deux décédés dans des

circonstances qu'il conviendra d'évoquer
ultérieurement. Les deux garçons s'étaient
connus à la MJC de l'Usine à chapeaux de
Rambouillet, dans une chorale dirigée par
madame Marieke Revel (épouse du commandant
Revel, disparue mystérieusement en décembre
2001). Après quelques mois où ils ont été
très proches, les deux garçons se sont trouvés séparés. Jérémy Dumoulin a été éloigné
de Rambouillet à la suite de la mort de
son père en novembre 2001 et, surtout, à
la suite du meurtre de ses grands-parents,
Liliane et Jean Porte, en décembre 2001.
Quant à Thomas Fréaud, à peu près à la
même époque, sa mère a quitté son emploi
à la clinique Sainte-Marie pour une charge
de gardienne à Flins. Sur la personnalité
des deux garçons, il convient de se reporter
aux rapports spécifiques établis par le
service et, pour ce qui concerne Jérémy
Dumoulin, appuyé par l'examen pratiqué par
le médecin-psychiatre, le docteur Abraham
Setti. Présenté comme un sujet trouble et
pervers, manipulateur et asocial, Jérémy
Dumoulin a très vite perçu le profit qu'il
pouvait tirer de ses retrouvailles avec Thomas, dans le sillage d'une star du show-
business. Ayant réussi à s'infiltrer dans
le premier cercle de Stark, il a rapidement
subodoré que le rocker était, d'une part
au bord de la faillite financière, d'autre
part, malade. Bien qu'il ne l'ait pas avoué

explicitement, attribuant la plupart de ses mauvaises idées à son camarade décédé, il a amené Stark sur la voie des confidences en lui présentant, au bout du compte, une solution qui pouvait satisfaire tout le monde.

La première chose qu'il faut retenir c'est que Stark ne voulait ni avouer sa maladie ni subir de traitement. Ce qui équivalait à se suicider lentement, Jérémy Dumoulin l'avait bien compris. Aussi, sous prétexte de mettre Steve, le fils adoptif, à l'abri du besoin, a-t-il proposé à Stark un plan imparable. Le chanteur était déjà titulaire de deux contrats d'assurance-vie (cf copies en annexe) qu'il suffisait de modifier en majorant les garanties. Par ailleurs, de souscrire deux autres contrats auprès de groupes étrangers, au même niveau de garanties en cas de décès accidentel. Les contrats excluant tout paiement en cas de suicide, la finalité de l'opération consistait, une fois le système en place, à attendre un délai raisonnable puis à mettre en scène la fin de Stark (avec son accord) en laissant croire à un accident consécutif à une séance d'auto-érotisme. Le médecin personnel du chanteur viendrait constater le décès, il n'évoquerait pas la maladie et le tour serait joué. À titre d'avance pour les premiers frais et en contrepartie de ses services, Jérémy a demandé à Stark une somme d'un million d'euros qui lui a été versée et qu'il a aussitôt dépensée (PV cote 42 à 47 concernant les différents mouvements de fonds).

On peut considérer que ce plan simpliste aurait pu fonctionner si, d'une part, les instigateurs avaient été moins gourmands en souscrivant des garanties moins exorbitantes, si, d'autre part, il s'était déroulé comme prévu. Examinons les raisons de l'échec.

Bien évidemment, les compagnies d'assurance demandent des bilans médicaux lorsqu'il s'agit de montants aussi importants. Elles laissent toutefois le choix du médecin au client. Afin de ne pas prendre de risque, Jérémy Dumoulin s'était chargé d'établir de faux certificats. Le premier problème survient à ce moment car toutes les compagnies, au-delà du simple certificat de bonne santé, exigent des bilans complets : prises de sang, analyses d'urines et, en particulier, une recherche HIV… Stark prend peur et veut tout laisser tomber. Il demande à Jérémy Dumoulin de lui rendre l'argent, ce qui, bien sûr, est impossible car l'avance est déjà investie. Dumoulin temporise et fait alors une découverte miraculeuse : il a le même groupe sanguin, AB négatif, que Stark. Tout est relancé, Stark se laisse convaincre, d'autant plus facilement qu'il a les huissiers à sa porte et que sa situation devient très tendue. Sur une idée de Jérémy Dumoulin, Thomas fait appel à sa mère et à ses connaissances du monde médical. Marcelle Fréaud n'est pas d'accord au début, mais son fils lui fait miroiter un changement de vie et, de plus, il lui affirme que l'opération est sans risque. Stark et Jérémy se rendent, le même jour, à la même heure, au laboratoire Desgenets à Rambouillet, où ils sont soumis aux différents examens requis. Solange Rabat, une amie de Marcelle Fréaud, laborantine chez Desgenets et, comme elle, ancienne employée de la clinique Sainte-Marie, procède à l'échange des étiquettes. Un acte qui n'a rien de compliqué et, surtout, qui lui rapporte 100 000 euros. Cette personne (PV d'audition cote 193) avoue s'être laissée convaincre par l'argent promis qui lui permettait de liquider une situation de surendettement très préoccupante.

Les assureurs n'ont pas relevé d'anomalies à ce stade et ont entériné les dispositions, y compris les modifications de bénéficiaires. Pour avoir mis ce plan en route, donné son sang et assuré la transmission des faux, Dumoulin devait récupérer la moitié des sommes versées par les assurances, par l'intermédiaire de Thomas Fréaud que, précédemment, Stark avait aussi institué comme un de ses deux légataires par testament. La relation amoureuse entre Stark et Fréaud justifiait officiellement les largesses du chanteur à son égard, en cas de curiosité des assureurs.

Cependant, le temps passant, des divergences de vue sont apparues entre les trois hommes. Selon toute vraisemblance, le chanteur retardait son « suicide » assisté ou voulait renoncer, tout simplement. Du coup, sa maladie progressait et l'attente compromettait le plan. L'apparition des lésions de Kaposi ont affolé Jérémy Dumoulin qui s'est mis à menacer Stark. Le témoignage de Stefan Bouglan, barman au *Black Moon*, situe cette prise de conscience de l'urgence à agir à la fin du mois de novembre. Stark, en réaction, contacte un de ses assureurs pour modifier quelques dispositions concernant les bénéficiaires (suppression de Fréaud de la liste, cf scellé cote n° 72). La raison pour laquelle il n'a pas poursuivi dans cette voie avec les autres assureurs est restée inconnue. Il est vraisemblable qu'il n'en a simplement pas eu le temps. Il souhaitait également modifier son testament ainsi que l'indique maître Delamare, son notaire, dans sa déposition (PV cote 75), et avait fait une démarche dans ce sens.

Jérémy Dumoulin décide de passer à l'action après une ultime tentative auprès de Stark. Il lui rend visite le 20 décembre

au matin pour lui souhaiter Joyeux Noël
(PV d'audition de Jérémy Dumoulin) et lui
annoncer qu'il renonçait au plan, définitivement. Selon les déclarations de Gary
Varounian, plus disert sur le sujet, la
star se serait plainte, auprès de Dumoulin,
de violentes douleurs abdominales et de
contractures dans le dos. Les antalgiques
habituels restant sans effet, Dumoulin lui
aurait proposé de lui envoyer une « amie »
pour lui administrer de la morphine. On
peut supposer que Stark a accepté, donnant
du coup, à Dumoulin et ses complices,
l'opportunité de mettre le plan en route.
En tout cas, c'est Marcelle Fréaud qui s'est
présentée chez Stark vers 13 heures, a
ouvert la porte avec le bip de son fils
(cf PV d'audition de Marion Vallon et
Gabriel Maheux). Il est vraisemblable que
Thomas Fréaud, contrairement à ce qu'il a
déclaré le premier jour, se trouvait déjà
dans la propriété et que, avec l'aide de
sa mère, il a organisé la mise en scène
initialement prévue après que Stark eut reçu
une injection d'un mélange de rhoïpnol et
de kétamine.

Pendant ce temps, Jérémy Dumoulin, qui
avait amené Marcelle Fréaud sur les lieux,
attendait dans une rue, à deux cent mètres
de là (point établi par le témoignage de
Gabriel Maheux). Il a récupéré la femme
pour l'amener à Rambouillet. Il n'a pas

été possible d'établir si le plan le pré-
voyait ou si ce fut une décision improvisée.
Il est vraisemblable que Jérémy Dumoulin
redoutait ce qui a suivi et voulait assurer
ses arrières en gardant Marcelle Fréaud sous
contrôle.

En effet, une fois sa mère repartie, Thomas Fréaud a sans doute pris conscience de
ce qu'il avait fait, il a « dépendu » Stark,
pensant peut-être le sauver. À noter que
la cordelette utilisée n'a pas été retrouvée
dans les diverses perquisitions. Non plus
que la chaussure de sport qui a laissé une
trace sous la fenêtre et que l'on peut
attribuer à Marcelle Fréaud. Celle-ci, en
arrivant à la villa, serait venue regarder
par la fenêtre du salon où se trouvait
Stark, avant de se faire ouvrir la porte.
Après avoir constaté que le chanteur était
mort, Fréaud a paniqué. On ne sait pas ce
qu'il a fait ensuite. En tout cas, personne
ne se souvient l'avoir vu à la déchetterie
du Chesnay ni chez Jardiland, à Maurepas
où il prétend s'être rendu. A-t-il cherché
à voir sa mère, ou Jérémy Dumoulin ? Est-
il resté sur place ? C'est lui qui, en tout
cas, a alerté les gendarmes, en fin d'après-
midi, depuis la propriété de Stark. S'il
a tenté de rencontrer Jérémy Dumoulin, c'est
sans succès, puisque ce dernier, soucieux
de se bâtir un alibi, passait l'après-midi
en compagnie de Gary Varounian, dans son

garage-concession de Rambouillet. Les deux hommes se sont séparés vers 19 heures, Jérémy Dumoulin regagnant son bar *Les Furieux*. L'intégralité des mouvements des différents protagonistes, ce jour-là et les suivants, ressort de deux sources : les indications notées par Nathan Lepic sur le mur de sa chambre (PV 86 à 89), les notes prises par Annette Reposoir (PV 90 et 91), gérante de la Maison de la presse, tous deux domiciliés en face du bar de Dumoulin. Ces notes sont en parfaite concordance et établissent les points fondamentaux suivants :

– Le 20 décembre, Jérémy Dumoulin est parti à bord de son Range Rover vers 12 heures, seul. Il est revenu à 15 heures en compagnie d'une femme corpulente vêtue d'une blouse blanche. La photo de Marcelle Fréaud a été présentée aux deux témoins qui n'ont pas pu se montrer formels.

– Le 20 décembre dans la soirée, Jérémy Dumoulin est sorti vers 23 heures, pour revenir à 1 h 15 en compagnie d'un garçon que Nathan Lepic identifie comme étant Thomas Fréaud mais pas Annette Reposoir (qui n'a pas une vue très fiable).

– Le 24 décembre, Jérémy Dumoulin est parti vers 22 heures, seul. Il est revenu à 2 heures, le 25 décembre, toujours seul. Le bar *Les Furieux* et la « maison d'hôtes » ont fermé peu après.

– Le 25 décembre, à 5 heures, le Porsche Cayenne de Gary Varounian est arrivé aux *Furieux*. Les témoins ont vu Varounian entrer dans la maison par la porte de la courette. Peu après, il est ressorti avec Jérémy. Ils aidaient un homme à marcher et l'ont fait monter à la place passager du Range Rover. Ils sont retournés dans la maison et en sont ressortis avec quelqu'un qui semblait inanimé ou endormi. Dans les minutes qui ont suivi, Jérémy a chargé un « diable » par le haillon arrière de son véhicule. Le Porsche et le Range Rover sont partis dans des directions opposées.

Gary Varounian reconnaît avoir aidé Jérémy Dumoulin à installer Thomas et Marcelle Fréaud dans le véhicule Range Rover. À ce moment-là, pour lui, ils étaient vivants bien qu'endormis ou drogués, et Jérémy affirmait vouloir les reconduire chez eux. Comme Varounian s'inquiétait de savoir comment Jérémy ferait pour les sortir du véhicule, celui-ci a répondu : « Je me débrouillerai ». Varounian avait beaucoup bu à la soirée de Noël qu'il avait organisée au *Black Moon*, il n'a pas insisté et est rentré chez lui. On sait que le Range Rover de Dumoulin a brûlé au petit matin, près de l'étang du Prince à Poigny-la-Forêt mais, étant donné que l'intéressé n'a pas encore consenti à reconnaître les faits donc à s'expliquer, personne ne sait comment il est rentré chez lui. Il est possible qu'il soit revenu à pied, la distance à couvrir n'étant que de 6 kilomètres. Une fois de retour, il a appelé le commissariat, à 8 heures, pour signaler le vol de son véhicule.

– Le 25 décembre à 10 h 45, le Porsche Cayenne conduit par Gary Varounian revient aux *Furieux*. Les deux hommes repartent ensemble à son bord.

Le 25 décembre, à 9 heures, des joggeurs signalaient la présence d'un véhicule en fin de combustion dans la forêt, près de Poigny-la-Forêt, un cadavre calciné se trouvant à son bord (PV 101 à 127). L'autopsie révélait que l'homme avait vraisemblablement été brûlé vif, ainsi qu'en attestait la présence de suie dans ses poumons. Ultérieurement, les examens anatomo-pathologiques et toxicologiques pratiqués sur Thomas Fréaud (identifié par son ADN) prouvaient cette hypothèse par la mise en évidence d'une grande quantité de cyanure – un élément produit en abondance lors de la combustion de plastiques – et un taux de monoxyde de carbone très élevé (plus de dix fois celui que l'on trouve dans les poumons d'un fumeur). Cependant il était découvert également un taux important d'une molécule de benzodiazépine contenue dans de puissants anxiolytiques comme Tranxène, Xanax ou Prozac qui indique que Thomas Fréaud était vivant mais inconscient quand il a été incendié.

Le corps de Marcelle Fréaud n'a pas été retrouvé à ce jour, non plus que le « diable » que les témoins disent avoir vu charger dans le Range Rover. La carcasse du véhicule n'a rien révélé de déterminant pour l'enquête.

De très nombreux témoignages ont été recueillis parmi les clients du bar *Les Furieux* et ceux, parfois les mêmes, qui fréquentent la maison d'hôtes voisine. Les serveuses du bar s'y livraient à la prostitution, les clients, sur réservation, à des séances d'échangisme et des pratiques sexuelles en groupe. Parmi eux, il ne s'en trouve aucun pour témoigner d'avoir vu les Fréaud, mère et fils, pendant les quatre jours où ils ont séjourné dans l'établissement. Les serveuses, à l'exception de Linda Mimar qui a procédé au ménage de la chambre *Pacific*, n'ont pas pu témoigner valablement. Il semble que Jérémy Dumoulin gérait lui-même le séjour des Fréaud, probablement en les droguant, ce qui n'explique nullement qu'il les ait gardés aussi longtemps en vie. La seule hypothèse pour justifier cette attente est qu'il espérait encore utiliser Thomas pour récupérer les fonds des assurances comme en témoignent les lettres qu'il lui a fait écrire dans ce but. La rétention de Marcelle Fréaud était, dans ce postulat, un moyen de pression supplémentaire sur Thomas. En définitive, une fois ces lettres rédigées et acquise la participation de Gary Varounian à la suite du plan, il a décidé que le garçon et sa mère ne lui servaient plus à rien, et il s'en est débarrassé.

Les deux établissements, le bar *Les Furieux* et son annexe ont fait l'objet d'une mesure de fermeture.

Quant au rôle tenu par Gary Varounian, il semble aujourd'hui assez clairement établi. Il a aidé Jérémy Dumoulin qu'il connaît depuis que le jeune homme est devenu un client important de sa concession de véhicules de luxe. Pour des questions d'intérêt, semble-t-il, car il avait déjà investi avec lui dans le projet de développement d'un complexe touristique à caractère mi-touristique, mi-prostitutionnel, à Ibiza. Deux millions ont déjà été engloutis dans cette affaire et la finalisation en appelait deux à trois fois plus (PV de 130 à 138). Les fonds issus des assurances-vie de Stark étaient donc indispensables. On peut croire Varounian quand il affirme n'avoir pas envisagé que le plan de Jérémy Dumoulin pour récupérer de grosses sommes d'argent le conduisait à commettre un meurtre. Toutefois, la probabilité qu'il n'ait pas compris, en définitive, son rôle dans la mort de Stark et, surtout, dans celles des Fréaud, est faible. Il y a tout lieu de croire que ces deux dernières victimes auraient pu être épargnées s'il l'avait voulu.

Il est permis, à ce stade, de conclure que Jérémy Dumoulin sera en mesure d'éclairer les points encore obscurs de cette affaire si toutefois il consent un jour à s'expliquer.

Des éléments intervenus pendant le déroulement de cette enquête laissent à penser que Jérémy Dumoulin pourrait être également impliqué dans le double meurtre de ses grands-parents, Liliane et Jean Porte, perpétré le 20 décembre 2001. La participation de Thomas Fréaud à ces faits est également à envisager.

Il y aurait enfin un intérêt à reprendre l'enquête sur la mort de Jean-Paul Dumoulin, en novembre 2001, l'hypothèse d'un meurtre déguisé en accident étant forte. Un acte auquel son fils Jérémy Dumoulin pourrait avoir pris part.

Le capitaine de police

74

Après deux semaines de traitement intensif, le corps médical avait estimé que Maxime Revel pouvait sortir de l'hôpital à condition qu'il reste tranquille et n'abuse pas de ses forces. Autant prier pour qu'il neige en Afrique ou que des fleurs poussent sur la banquise ! C'était déjà miraculeux qu'il ait accepté de rester aussi longtemps alité. Il avait bien failli y passer du reste, en même temps qu'Elvire Porte. On l'avait trouvé par terre, juste au moment où Léa arrivait à Versailles, son visage exsangue chiffonné, ses yeux bouffis de larmes. Et juste avant que Marlène ne les rejoigne, découvrant à moitié mort celui qu'elle avait aimé, en même temps qu'elle faisait connaissance de sa fille qui avait l'air d'un fantôme décharné. Marlène avait décidé de prendre le tout, sans faire la fine bouche.

Revel avait résisté à l'infection pulmonaire, mais il savait que ce n'était que partie remise : le crabe diagnostiqué le mangerait... La première chose qu'il demanda en quittant le service de cancérologie pulmonaire fut d'aller déguster un plat très roboratif, genre choucroute ou potée, pot-au-feu ou couscous. Son groupe l'emmena déjeuner d'un lièvre à la royale au Trianon Palace. Marlène souhaita les laisser entre eux, mais tint à payer l'addition. Après quoi, ainsi qu'il l'exigea, Lazare, Mimouni, Glacier et Breton le conduisirent à son bureau:

Rapport d'enquête
                Le 15 janvier 2012

Le commandant Maxime Revel
à
Monsieur le Directeur régional de
la police judiciaire de Versailles
s/c de la voie hiérarchique

Objet: Homicides volontaires
Victimes: Liliane Porte, née Robille, 67 ans,
              Jean Porte, 67 ans
Auteurs: Jérémy Dumoulin, 26 ans
              Thomas Fréaud, 25 ans, décédé.
Référence: la commission rogatoire délivrée
              le 22 décembre 2011 par M. le juge
              d'instruction Martin Melkior
P. Jointes: 30 procès-verbaux et leur copie
              conforme,
              Un album photographique,
              80 scellés.

J'ai l'honneur de vous rendre compte des
résultats de l'enquête diligentée sur les
faits ci-dessus référencés.

Pour le rappel des faits initiaux, se
reporter aux précédentes transmissions en
exécution des différentes commissions
rogatoires délivrées depuis le 20 décembre
2001.

Le 20 décembre 2011, alors que je me trou-
vais de passage à Rambouillet, place Félix-

Faure, des informations furent portées à ma connaissance dont la teneur pouvait relancer les investigations sur les meurtres des époux Porte, Jean et Liliane, survenus dix ans plus tôt, très précisément, et non élucidés à cette date. Les faits nouveaux concernaient Jérémy Dumoulin et sa mère, Elvire Porte veuve Dumoulin, notamment par le constat que d'importants travaux d'aménagement du bar *La Fanfare*, rebaptisé *Les Furieux*, en faisaient un lieu de débauche et que le propriétaire exploitant, Jérémy Dumoulin, avait écarté sa mère du nouveau concept. Ce fait en apparence anodin n'en était pas moins intriguant.

Il s'avérait par ailleurs que l'un des témoins visuels, le jeune Nathan Lepic, âgé de huit ans au moment des faits et atteint d'une forme sévère du syndrome d'Asperger, était revenu s'installer en face des *Furieux* après dix ans passés dans un centre spécialisé. Son évolution et sa mémoire exceptionnelle donnaient à penser qu'il pouvait à présent témoigner de ce à quoi il avait assisté au cours de la soirée du 20 décembre et le matin du 21 décembre 2001.

Une première série d'auditions conduites dans la famille Lepic apportait un élément important que l'enquête initiale n'avait pas mis en évidence : madame Aline Dumas, grand-mère de Nathan Lepic et camarade d'enfance de la victime Liliane Porte, avait, involontairement, provoqué la mort des cafetiers en téléphonant à Elvire Porte pour la prévenir que ses parents étaient sur le point de s'en aller vivre en Espagne. Jamais, à aucun moment de l'enquête, Elvire Porte n'a évoqué ce coup de téléphone. De son propre aveu, recueilli par mes soins quelques heures avant sa mort, à l'hôpital André Mignot, Elvire Porte, après l'appel d'Aline Dumas, a cherché son fils pour lui faire part de cette nouvelle. Elle était furieuse et bouleversée car elle dépendait financièrement de ses parents qui ne lui avaient, à aucun moment, fait part de leurs projets. Cette recherche l'a amenée à appeler la MJC de Rambouillet où son fils devait répéter avec la chorale. Il ne s'y trouvait pas, ce soir-là, mais Jérémy aurait opportunément débarqué chez elle aux environs de 21 h 15, ainsi qu'elle l'avait d'ailleurs déclaré en 2001. Mais, au contraire de ce qu'elle avait prétendu alors, le garçon, rendu fou par ce que sa mère venait de lui apprendre à propos de ses grands-parents, était ressorti pour aller leur demander des comptes. Il était accompagné d'un camarade, Thomas Fréaud. Les deux garçons sont partis sur un scooter Piaggio Boxer rouge, volé. Ils sont revenus une heure plus tard et ont avoué à Elvire Porte avoir porté des coups de couteau, Jérémy à Jean Porte dans le café, Thomas Fréaud à Liliane Porte dans sa cuisine. Une empreinte digitale mise en évidence sur la porte de la maison et appartenant à Fréaud a conforté ce point. Toutefois, les taches de sang découvertes sur le seuil et que l'on pensait pouvoir lui attribuer n'ont toujours pas été identifiées, ce qui laisse encore un doute sur le déroulement exact des faits que, seul, à présent, Jérémy Dumoulin sera en mesure d'éclairer. Après être rentrés, Jérémy et Thomas ont enlevé leurs vêtements maculés de sang et se sont lavés. Le scooter a été incendié, en même temps que le paquet de vêtements tachés, dans un champ à la lisière de la ville, pas loin de la maison délabrée qu'occupait alors Elvire Porte, près du rond-point qui conduit à Poigny-la-Forêt et Saint-Léger-en-Yvelines.

Afin de protéger son fils, Elvire Porte a toujours soutenu qu'il avait passé la soirée avec elle. Pour consolider son alibi, elle a téléphoné à ses parents qu'elle savait mourants ou morts, à 22 heures et 22 h 15. Elle n'a, forcément, pas obtenu de réponse.

L'examen des cahiers de Nathan Lepic a permis de confirmer les déclarations d'Elvire Porte :

– Le 20 décembre 2001, à 21 h 30, un scooter Piaggio rouge arrive devant le bar qui vient de fermer. Nathan se rappelle avoir vu deux garçons en descendre.

– Le même soir, à 21 h 45, il se souvient que les deux garçons repartent sur le scooter.

Informations ravivées après l'examen de cahiers sur lesquels Nathan, âgé de 8 ans en 2001, dessinait des véhicules et des moteurs, y associant parfois les numéros des plaques d'immatriculation. Le scooter Piaggio Boxer y est reproduit très distinctement. (Audition réalisée après examen des cahiers par les lieutenants Glacier et Breton).

Ce soir-là, au moment où il dessinait le Piaggio, Nathan Lepic se souvient que le rideau métallique protégeant la vitrine du bar était baissé. Le matin, il était levé lorsque madame Porte est arrivée et a fait semblant de découvrir les meurtres. Ce mystère n'a pas été expliqué, ni par madame Porte qui ne s'en souvenait pas ni par Nathan Lepic.

En vertu de ce qui précède, il y aurait intérêt à interroger Jérémy Dumoulin quant à son rôle dans la mort de ses grands-parents. Il en est très certainement responsable.

Le commandant de Police

75

Revel termina son rapport et rentra chez lui. Il n'avait pas mené cette enquête comme il l'aurait voulu et cela le chagrinait. Non pas que ses collègues aient mal travaillé, ils avaient abattu un travail titanesque. Assis devant son téléviseur éteint, dans la maison vide – Léa était à la fac –, il ruminait. L'obscurité envahissait lentement la pièce et il tendit la main pour éclairer le lampadaire silhouette de femme. Le souvenir de Marieke le rattrapa avec violence. Voilà ce qu'il était allé chercher au chevet d'Elvire Porte. Leur échange restait gravé dans sa mémoire :

« – Je vous en prie, Elvire, il faut que je sache…

– Taisez-vous, il n'y a rien à savoir !

– Il y a une raison. Les choses n'arrivent pas par hasard. Pourquoi ces deux morts et la disparition de ma femme le même jour ? Vous les connaissiez tous les trois. C'est vous le lien ? Dites-le moi, s'il vous plaît… »

Pourquoi, alors qu'elle allait mourir, n'avait-elle rien dit ? Pourquoi l'avait-elle laissé ainsi, avec ce mal dévorant ? Cela signifiait-il que, aux portes de l'enfer, si elle n'avait rien dit pour Marieke, c'était qu'il n'y avait rien à dire ?

Revel revint à la PJ le lendemain et le surlendemain, bien qu'en arrêt maladie de longue durée. Lazare lui avait rendu son
bureau. Sonia le maternait. Quand il en
avait assez de leur compassion trop osten-
sible et ras le bol de n'avoir rien à faire, il
allait aux *Menus plaisirs de la Reine*. Marlène le chouchoutait et le berçait de projets
improbables. Toute cette onctuosité finissait par l'agacer. Alors, il rentrait rue des
Lilas, et Léa s'inquiétait de lui, le nourris-
sait, le dorlotait. Si elle avait pu, elle
l'aurait porté pour qu'il ne marche pas. Il se
faisait l'effet d'un vieux petit bébé.

Le matin du 18 janvier, il se pointa de
bonne heure à la DRPJ et demanda à voir les
scellés des deux affaires. Surpris, Lazare
tenta de le convaincre que ce n'était pas raisonnable.

– Je veux voir les photos du mur de
Nathan et ses cahiers, ça te pose un problème ?

– Bien sûr que non, quelle idée ! se récria
Lazare.

Après tout, cette demande était légitime.
C'était grâce à Revel et à son flair que ces
pièces à conviction fondamentales étaient sor-
ties de l'ombre. Et il n'avait même pas encore
pu les voir ! Lazare envoya une "trompette"
chercher les albums photos et les cahiers dans
le local à scellés, au rez-de-chaussée. Il était

temps, l'ensemble devait être déposé au greffe du TGI incessamment.

Revel commença par feuilleter les albums contenant les photos du mur découpé en carrés de dix centimètres sur dix. Renversant, c'est le seul mot qui lui venait aux lèvres à chaque page qu'il tournait. Puis il examina les cahiers et, ainsi qu'il fallait s'y attendre, il s'intéressa d'abord à celui pour lequel il avait demandé qu'on lui monte tout ce fatras. L'écriture de Nathan était enfantine, minuscule, heurtée, illisible la plupart du temps. Des mots inventés ou méconnus même se glissaient ici et là. Heureusement, il dessinait. Plutôt bien d'ailleurs.

20 décembre 2001. Cette page avait été identifiée par Sonia Breton et Antoine Glacier qui avaient passé ensemble des dizaines d'heures à tout éplucher. Ils avaient laissé une feuille au milieu avec des annotations interprétatives. Le Piaggio rouge, Nathan l'avait dessiné. Ainsi qu'une bonne dizaine de voitures qui étaient passées ou s'étaient arrêtées. Quand elles roulaient, il dessinait une sorte de comète à l'arrière. À l'arrêt, elles n'avaient pas de queue. Un autre détail frappa Revel et il se demanda si les autres l'avaient remarqué : Nathan ne dessinait, ne décrivait que les véhicules. Pas les gens, et, forcément, pas les piétons. Si on avait établi qu'il y avait deux garçons sur le Piaggio c'est parce que Nathan s'en était souvenu, dix ans

après, grâce à sa mémoire pathologique. Revel tourna la page en bas de laquelle était dessiné le Piaggio en train de repartir. Il se pencha pour mieux voir ce qu'il avait sous les yeux et qu'il ne pouvait croire.

Évidemment, c'était insensé. C'est ce que le groupe serré autour du chef en train de s'étouffer d'émotion ne cessait de répéter. Sonia et Glacier se demandaient comment ils avaient pu passer à côté d'un détail aussi important. Revel les apaisa : ils ne pouvaient pas savoir que Marieke Revel conduisait une Mini Austin bicolore, noire et ocre. Sa voiture était là, dans le cahier ! L'Austin arrivait après le départ du Piaggio et repartait après un arrêt d'un quart d'heure à peine, si l'on estimait le temps au nombre de voitures que Nathan dessinait entre les deux. Mais que diable Marieke Revel était-elle venue faire, ce soir-là, à *La Fanfare* ?

76

La pluie fine qui n'avait pas cessé depuis le matin noyait de brume l'étang du Prince. Deux canards excités se poursuivaient sur la berge en poussant des cris angoissés. Revel était déjà venu hier et il était revenu aujourd'hui. Il reviendrait tous les jours s'il le fallait, jusqu'à ce que mort s'ensuive. Il devait faire vite car c'était une occurrence qu'il savait proche. Il lui fallait digérer sa découverte. Il lui fallait essayer de ne pas triompher pour avoir eu raison contre tous ceux qui le faisaient passer pour un cinglé, le substitut Gautheron en tête. Marieke n'était pas partie pour le fuir. Marieke était liée aux meurtres des cafetiers de *La Fanfare*. Le sang sur le seuil de la porte, c'était le sien, les comparaisons ADN venaient de le démontrer. Même lui n'y avait pas pensé. Comment aurait-il pu ? Et depuis qu'il avait eu la confirmation du "hit" positif, il ne cessait de tourner en boucle autour d'Elvire Porte. Pourquoi, avant de mourir, ne lui avait-elle pas parlé de Marieke ? Que lui restait-il à perdre ?

Pourquoi lui, Revel, ne cessait-il de revenir ici, au bord de cet étang ? À l'endroit où le Range Rover avait brûlé, subsistait un cratère noirci et, tout autour, la nature se refermait lentement sur les stigmates de l'agression. Revel suivit des yeux les traces, encore visibles au sol de la berge humide, des grosses roues du 4×4 et d'autres plus fines qui semblaient les chevaucher pour s'imposer. Le tout formait des arabesques hargneuses, un entrelacs de lignes, des messages incompréhensibles.

Il imagina Jérémy au volant de son bolide de "kéké", avançant et reculant, avec rage et détermination. Il était venu jusque-là après avoir déboulonné la barrière de bois qui interdisait l'accès du chemin aux véhicules. Le Range Rover ayant été brûlé capot tourné vers le cul-de-sac, ce n'était pas pour faire demi-tour que Jérémy avait fait toutes ces traces. Revel le "vit" s'approcher de l'eau, arrêter le moteur, ouvrir le haillon arrière... Subitement, le commandant sut ce qu'il venait faire près de cet étang : il marchait sur les traces du petit enfoiré. Celui-ci n'était pas venu y cramer sa bagnole par hasard. Il connaissait l'endroit, il savait exactement ce qu'il faisait en venant se débarrasser ici de témoins gênants, des complices qui l'avaient trahi. Lentement, Revel entreprit de sillonner la rive. Les yeux au ras du sol, il parcourut quelques mètres au milieu des traces de roues qui scarifiaient la terre gorgée d'eau et de déchets forestiers. Il avança un peu plus loin. Il poussa du pied un morceau de pierre, un bout de bois, quelque chose qui affleurait. Il se pencha, fouilla de la main la vase encore durcie du gel des dernières semaines, extirpa ce qu'il prit d'abord pour un sabot ou quelque chose d'analogue. Il rinça l'objet dans l'eau plus claire et apprécia sa trouvaille. C'était une chaussure de sport, de marque Nike, un vieux modèle avachi et gorgé de boue.

77

Les fouilles débutèrent le surlendemain matin avec l'aide d'un matériel spécialisé fourni par les gendarmes. L'envasement de l'étang ne facilitait pas les recherches. Vers midi, on n'avait encore rien trouvé. Le sondage s'était concentré sur les bords car, à moins d'avoir disposé d'un bateau, il n'était guère possible d'emmener un corps au milieu pour l'immerger. Revel avait insisté pour être là, avec les autres, et rien ni personne n'avait pu le dissuader. Debout sur le bord, sur un petit promontoire renforcé par des rondins de bois, il ressemblait à la statue du commandeur. Il mourait d'envie d'en griller une, mais il n'en avait plus le droit. Il se demandait bien pourquoi.

– On pourrait avancer un peu ? demandat-il au chef du détachement responsable de l'opération.

– Comment ça ?

– Aller un peu plus vers le milieu !

– Oui, si vous voulez, quand on en aura fini avec le bord.

– Maintenant, ça serait bien.

L'homme le considéra avec perplexité. Il ne savait pas grand-chose de l'affaire, mais il devinait que ce bonhomme au teint cireux ne le lâcherait pas, lui et ses gendarmes, qu'il ne bougerait pas d'ici avant qu'ils n'aient exploré ce vaste trou d'eau qui se terminait en deux branches, comme une pince de crustacé. Il donna l'ordre à ses plongeurs d'élargir le champ de leurs recherches.

Quand un des militaires, parvenu au milieu de l'étang se mit à faire de grands gestes et que les autres convergèrent vers lui, Revel se sentit flancher. Sonia qui le surveillait de loin, accourut. Il voulait la repousser mais, finalement il prit appui sur son épaule cependant que Lazare et Glacier se mettaient en branle, avec le photographe de l'IJ, avancé dans l'eau presque jusqu'à la taille. Tout le monde croyait que les hommes-grenouilles allaient sortir un corps, mais il ne se passa rien. Plusieurs fois, les masques disparurent sous l'eau et remontèrent des brassées de vase et de déchet. Un bon quart d'heure s'écoula avant qu'un plongeur ne revienne s'adresser aux gendarmes restés au bord.

– C'est une voiture ! cria le chef de détachement.

Une voiture, mais avec un corps à l'intérieur. Les plongées successives ne permirent pas de faire émerger la Mini Austin noire et ocre enfoncée en grande partie dans la vase. Le maire du village, informé pour la deuxième fois en quelques semaines d'un déploiement de forces autour de ce lieu si paisible, n'en revenait pas. Les étangs du secteur, et celui-ci en particulier, n'étaient pas très profonds.

Qu'une voiture, même de petite taille, dont le toit se situait à trente centimètres au-dessous de la surface, ait pu passer inaperçue pendant dix ans, lui semblait incroyable. Des promeneurs, des randonneurs, des pique-niqueurs, des pêcheurs et même des gamins intrépides bravaient, l'été, l'interdiction de s'y aventurer. Pourtant, en raison peut-être de sa taille réduite, de son toit noir qui s'était confondu avec les eaux troubles, la voiture avait bien baigné dans ce jus opaque pendant dix ans !

Pire, elle hébergeait un cadavre quasiment réduit à l'état de squelette parce que rongé par les animaux aquatiques, les chairs dissoutes par les micro-organismes et l'érosion de l'eau.

L'opération de désenvasement de la voiture fut reportée au lendemain. Le substitut Gautheron tenta de dissuader Revel de revenir, mais autant parler à la grande muraille de Chine. Au lieu d'obtempérer, Revel suggéra de faire venir Jérémy Dumoulin. Au moins, il verrait sa sale gueule de près.

Le corps de Marcelle Fréaud ne fut découvert que bien plus tard dans l'après-midi, pas très loin du lieu où Revel avait découvert la chaussure Nike. Il était encore ligoté sur le diable dont les traces de roue chevauchaient celles du 4×4. Il était vêtu d'un seul tee-shirt et il lui manquait une basket.

78

Les obsèques de Marieke Revel eurent lieu le 25 janvier, par un froid polaire. Revel avait voulu qu'elle soit inhumée dans le petit cimetière de Poigny-la-Forêt, à quelques centaines de mètres de l'étang du Prince, sa première sépulture. Ainsi en avait-il décidé, en dépit des protestations des Svensson qui voulaient la ramener dans ses terres natales. Ne leur en déplaise, il n'y aurait pas non plus de cérémonie religieuse.

Debout entre Marlène et Léa qui lui tenait la main, le "vieux" méritait son surnom, ce jour-là plus que jamais, même si, au fond de lui, l'apaisement avait remplacé la colère et l'angoisse. Son groupe était rassemblé derrière lui, flanqué de tous les patrons de la DRPJ et des magistrats de Versailles. Une vingtaine de journalistes et de photographes étaient contenus en dehors du cimetière par des effectifs de gendarmerie, plus obligeants que jamais, sous les platanes taillés, leurs moignons tendus vers le ciel en pleurs.

Les derniers développements de l'affaire Stark n'étaient pas encore épuisés que ce rebondissement était survenu, mettant en cause un jeune homme que des téméraires assimilaient déjà aux plus grands criminels ayant sévi sur les terres versaillaises : Henri-

Désiré Landru, Eugène Weidmann ou Georges Rapin, des tueurs de sang-froid motivés par l'appât du gain. Les commentaires hissaient Jérémy Dumoulin au rang inespéré de "grand criminel", alors qu'il n'était qu'un petit "branleur" sans scrupule et mal élevé, au sens propre du terme. Revel l'avait bien observé pendant qu'on sortait la Mini de l'étang du Prince. Le garçon n'avait pipé mot. Ce jour-là, un rayon de soleil avait irisé la surface de l'eau, dégourdi les canards plus amoureux que jamais. Les menottes dans le dos, Jérémy avait levé le nez vers ce trait de lumière inespéré, et fermé ses yeux de petite frappe comme s'il entrait en prière. Cela avait mis Revel hors de lui. Contre tous les usages qui exigeaient qu'on ne pût s'entretenir avec un mis en examen sans y avoir été autorisé par le juge et hors la présence de son avocat, Revel s'était approché de lui. Du coin de l'œil, la juge Nadia Bintge l'avait regardé faire et, étant donné que maître Jubin s'était une fois de plus défilé, elle avait résolument tourné le dos pour s'intéresser à la grue qui manœuvrait au bord de l'eau.

– Tu vas m'expliquer ce que tu as fait à ma femme, ou je te jure que tu ne verras jamais ton procès, avait grondé Revel à l'oreille de Jérémy Dumoulin. J'ai assez de potes en taule qui me doivent un service, si tu vois ce que je veux dire. Et je suis condamné, le crabe va me becqueter, je n'ai rien à perdre...

L'autre avait eu un violent mouvement de recul. Quand il avait tourné le visage vers lui, Revel avait été stupéfié : il n'y avait plus trace de fanfaronnade, ni de cet air de mépris provocateur qu'il plaquait sur sa face de rat comme un masque.

– C'est pas moi, avait soufflé le gigolo du dimanche, j'aimais bien votre femme, j'aimais sa voix et j'aimais chanter...

– C'est qui, alors ?

Le garçon avait lutté un moment entre sa nature malfaisante et une détresse d'enfant mal aimé et maltraité qui avait vu, une fois dans sa vie, une main se tendre vers lui.

– Ma mère ! avait-il expulsé à la manière de quelqu'un qui réussit à cracher un bout de viande juste avant qu'il ne l'étouffe.

Après, les choses étaient allées très vite. On avait sorti la Mini de sa gangue boueuse et, une fois le véhicule posé sur le bord, commencé à déblayer ce qui retenait le corps prisonnier. Jérémy Dumoulin détournait obstinément les yeux. Revel avait lâché momentanément le spectacle pour se pencher vers lui. Le regard au ras du sol, de l'eau coulant de son nez ou de ses yeux, Jérémy avait capitulé :

– Quand on est partis, avec Tommy, pour aller demander des explications à mes grands-parents, ma mère nous a suivis. Elle avait un vieux solex à l'époque... Elle est arrivée trop tard. On avait déjà fait la connerie. Le vieux m'avait insulté sans m'écouter. Il m'avait traité de bâtard et de "dégénéré". Tommy était avec la vieille quand il m'a entendu gueuler. Elle a fait mine de vouloir le frapper, il l'a cognée avec un couteau à découper trouvé sur la table... C'est lui qui a commencé...

– Et toi ?

– J'ai cru que le vieux allait me tuer... Il s'est jeté sur moi... J'avais toujours mon cran d'arrêt, j'ai frappé, je ne voyais plus clair... Quand ma mère s'est pointée, elle ne nous a même pas engueulés, juste dit qu'il fallait qu'on se tire de là pendant qu'elle allait "arranger" les choses, et faire en sorte que les flics pensent que c'était pour les voler qu'on les avait tués. Elle a piqué l'argent de la caisse, cassé une bouteille, ouvert le rideau pour qu'on croie à un client attardé... Thomas et moi sommes remontés sur le Piaggio et c'est là, à cinquante mètres du café, qu'on a croisé madame Marieke... Dans sa Mini. On l'a vue s'arrêter devant le bar. Elle est descendue et est entrée dans la cour. J'ai paniqué, on a posé le scoot et on est revenus en arrière, à pied. Quand on est entrés dans la cour, on a entendu qu'elle discutait avec ma mère. Madame... enfin votre femme, disait qu'il fallait que je revienne chanter. Ma mère a gueulé en disant que c'était pas le moment. Elle était bourrée comme tous les soirs...

Jérémy avait marqué un temps, cependant que les intervenants parvenaient enfin à ouvrir les portières de la Mini. Un gros flot de boue s'était échappé, au milieu duquel Revel avait reconnu des objets : une flûte à bec, un archet de violon.

– Continue, avait-il ordonné d'une voix sourde.

– Votre femme insistait pour savoir ce qui se passait, je crois qu'elle avait compris et elle voulait entrer dans la maison. Elle a dit : « Où sont vos parents ? Qu'est-ce que vous avez fait, Elvire ? » Ma mère l'a frappée, elle avait ses clefs à la main, elle l'a touchée à l'œil. Madame Marieke s'est mise à saigner, elle criait, elle voulait appeler les flics. Ma mère a continué de cogner. Quand on s'est approchés, votre femme était par terre. Ma mère a dit qu'il fallait se débarrasser d'elle, sinon on allait tous finir en taule. Tommy m'a aidé à soulever votre femme, elle était dans le potage, et on l'a amenée dans sa voiture, à la place du passager. J'ai pris le volant, Tommy est monté derrière. Ma mère est rentrée à la maison avec son solex...

– C'est toi qui as eu l'idée de venir ici ? Pourquoi ?

– Quand j'étais petit, mon père m'y amenait pêcher... C'était avant qu'il devienne un gros taré d'alcoolo...

Le corps de Marieke avait été sorti de sa prison de boue, maintenu en un seul morceau par le seul artifice des vêtements qu'elle portait. Revel reconnut son manteau de peau retournée qui ressemblait à une serpillère effilochée, ses bottes de cuir noir, à présent des lambeaux grisâtres encore accrochés aux os blanchis de ses jambes.

– Pourquoi est-elle allée là-bas ? avait-il demandé autant pour lui-même qu'à l'adresse de Jérémy.

– Ma mère a appelé la MJC pour savoir si j'étais à la chorale, elle était dans tous ses états, vous savez pourquoi... C'est votre femme qui a répondu... Ma mère était saoule, elle disait n'importe quoi. Elle a parlé de mes grands-parents, et madame Marieke a dû comprendre que j'étais chez eux. Elle voulait que je revienne chanter, alors elle s'est dit qu'elle me trouverait à *La Fanfare*... Enfin, c'est ce que je crois.

Revel avait demandé comment ils avaient fait pour entraîner la Mini au milieu de l'étang. Une fois dans l'eau, Thomas et lui l'avaient poussée. Elle était restée à la surface, ils l'avaient entraînée plus loin en se mouillant jusqu'à la taille. À cause de l'air qu'elle contenait, la petite voiture avait flotté, poursuivant seule sa progression. Une fois au milieu, elle avait commencé à s'enfoncer. À leur grand soulagement, elle avait coulé d'un coup.

Revel n'avait pas voulu savoir si Marieke était encore en vie quand elle avait plongé dans la boue. Il regardait son corps rongé couché sur la berge à côté de la flûte à bec et du violon, comme la nature morte d'un peintre un peu dérangé. Il s'était seulement inquiété de savoir pourquoi Jérémy parlait, enfin, de la mort de Marieke.

– Parce que ma mère m'a balancé, vous l'avez écrit dans votre rapport au juge, avait-il lancé, une lueur de défi revenue dans ses yeux.

Puis il avait levé le menton, signifiant qu'il ne dirait rien d'autre. Mais le commandant savait que personne, pas même son fils, ne se douterait qu'Elvire Porte était morte sans avoir jamais avoué quoi que ce soit, ni balancé qui que ce soit. Ces confidences dont il n'était plus sûr de les avoir rêvées ou inventées, resteraient la vérité puisqu'elles figuraient désormais dans un rapport d'enquête, signé Maxime Revel.

La fin des discours le tira de ses pensées. Revel était contre ces simagrées, mais on lui avait expliqué que l'hommage rendu aux martyrs, quels qu'ils soient, devait en passer par là. Il avait apprécié quand même celui de Patrick Bigot, le directeur de la PJ de Versailles, un homme érudit et distingué dont les mots sensibles et pleins de tact firent pleurer tous les durs de ses équipes. Le silence retomba sur l'assistance figée dans le jour qui déclinait. En levant les yeux, Revel aperçut, de l'autre côté du cercueil, un homme qui le regardait fixement. Il mit un moment à l'identifier. Quand il reconnut Jack Bartoli, son pote des bons et des mauvais jours, il sentit la pression lâcher prise. L'ours mal léché se mit à chialer, enfin, comme un barrage qui cède.

Épilogue

L'été est arrivé après un printemps morose. Sur les balcons, quelques naufragés oubliés par l'exode estival, font des barbecues. Des grappes d'enfants désœuvrés squattent les cours pelées de la cité Beauregard, se chamaillant pour un ballon dégonflé. Sonia Breton contemple sans regret le tas de cartons et le logement sans âme qu'elle va quitter demain.

Maxime Revel, sur son lit d'hôpital, attend en regardant fréquemment sa montre. Il se souvient que sa mère faisait ça aussi, quand la mort avait commencé à rôder. Elle refusait qu'on la torture avec un traitement de cheval qui l'aurait tuée plus sûrement et plus vite que son cancer. Le commandant a commencé par suivre les prescriptions médicales. Parce que les femmes de sa vie le voulaient. Après trois mois, son état ne s'était pas amélioré. Le crabe aurait raison de lui, de toute façon. Il veut finir en paix, sans tuyau dans le nez. Il ne sait pas combien de temps cela prendra et, au fond, cela n'a pas d'importance, puisque cela arrivera. Il regarde sa montre. Les aiguilles bougent avec une lenteur exaspérante.

Marlène, désormais, s'occupe de Léa. Elle a acheté une jolie maison de ville dans le centre de Versailles, à l'opposé, à tous égards, de celle de la rue des Lilas. La maison jaune aux volets bleus a été liquidée sans regret, Maxime et Léa soulagés de tourner le dos à la période la plus sombre de leur existence. Marlène a l'illusion d'avoir enfin une famille. La semaine dernière, elle a abordé un sujet délicat. Elle a demandé à Revel la permission d'adopter Léa. Il a dit oui, sans hésiter. C'est Léa qui rechigne, un peu chagrinée par le renoncement à vivre qu'elle sent derrière l'acceptation trop rapide de son père. Elle ne mange toujours pas assez, mais elle rit plus souvent. Depuis un mois, un certain David l'appelle régulièrement et l'invite à sortir. Un soir que Marlène était seule avec Maxime, dans le jardin de la maison, il a pris un air solennel, et le cœur de l'ancienne fiancée cachée s'est emballé. Elle s'attendait à une demande en mariage en règle, il lui a demandé d'arrêter le Botox qui lui fait une bouche de canard. Elle a ri à en perdre haleine. Elle y a vu le signe qu'il a encore un peu envie de vivre.

Renaud Lazare, après des mois d'allers et retours conjugaux, de questions sans réponses et de déchirements inguérissables, a finalement décidé de se séparer de sa femme. Cette fois, ce sera sans retour, du moins c'est ce qu'il pré-

tend. Il espère passer commandant à la fin de
l'année.

Abdel Mimouni, après un début d'histoire
avec la jeune fille blonde de Pro-services, a
rencontré une esthéticienne brune, puis une
autre, blonde, la serveuse chinoise d'un restaurant japonais et une infirmière de l'hôpital,
un jour qu'il était allé voir Revel. Il n'a toujours pas trouvé l'âme sœur, mais continue à
s'habiller comme un marié en deuil pour
assister aux autopsies. Il ne passera pas commandant cette année, c'était Lazare ou lui.

Sonia Breton et Antoine Glacier ont réussi
à gratter leurs bobos respectifs pour découvrir
enfin leur vraie nature. Ils ont exploré le
Kama-sutra dans tous les sens. Las de gesti-
culer pour ne rien dire, ils ont décidé, il y a un
mois, de se marier. Sonia emménage demain
chez Antoine, dans son appartement du Chesnay, entièrement meublé chez Ikéa. Chez elle,
il y avait trop de boulot, en fin de compte. À
bien regarder, Beauregard commence à mal
vieillir avec l'apparition d'ombres barbues en
djellabah et de voitures en feu. La rumeur prétend que Sonia est enceinte. Avec Antoine, ils
vont former le quatrième couple de la Crim de
Versailles.

À la demande des parents de Nathan Lepic,
Sonia est venue plusieurs fois voir le jeune

homme. Leurs fous rires ont égayé la maison de Mamy Aline. Sonia a un ami bien placé dans le monde de la Formule 1. Les talents de Nathan l'ont séduit. Le jeune homme a été embauché à l'essai par un grand groupe automobile où, déjà, on ne parle que de lui. Il a renoncé à Sonia, du jour au lendemain. Il la trouvait trop grande et trop vieille. Ses parents se sont rabibochés, sa mère est allée chez le coiffeur et a retrouvé un emploi.

Annette Reposoir a mis son commerce en vente. Depuis qu'elle n'a plus à guetter les visites de Revel, sa vie a perdu de son sel. Elle va se retirer dans sa Creuse natale. Elle a déjà acheté deux chèvres, car elle redoute la solitude.

À la prison de Fleury-Merogis, Jérémy Dumoulin prépare son procès. Il s'attend à ce que l'addition soit lourde, et maître Jubin n'ose pas le démentir. À vingt-six ans, il a déjà le palmarès d'un vieux routier. Il ne sera pas jugé pour l'assassinat de son père. L'affaire Jean-Paul Dumoulin est définitivement prescrite.

Sur l'étang du Prince, les canards ont retrouvé leur tranquillité. Ils se reproduisent sans se poser de questions, loin des turbulences des hommes et de leurs drôles de mœurs.

Du même auteur

Mauvaise graine, *Éditions JC Lattès*, 1995
Le sang du Bourreau, *Éditions JC Lattès*, 1996
La guerre des nains, *Éditions Belfond-Fleuve noir*, 1996
La petite-fille de Marie Gare, *Éditions Robert Laffont*, 1997
Mises à mort, *Éditions Robert Laffont*, 1998
Et pire, si affinités, *Éditions Robert Laffont*, 1999
Origine inconnue, *Éditions Robert Laffont*, 2001
Affaire classée, *Éditions Robert Laffont*, 2003
Le festin des anges, *Éditions Anne Carrière*, 2005
L'ombre des morts, *Éditions Robert Laffont*, 2008
Crimes de Seine, *Éditions Payot-Rivages*, 2011
J'irai cracher dans vos soupes, *Éditions Jacob-Duvernet*, 2010
BRI, histoire d'une unité d'élite, *Éditions Jacob-Duvernet*, 2011
Police judiciaire, 100 ans avec la Crim de Versailles, en collaboration avec Alain Tourre, *Éditions Jacob-Duvernet*, 2012

Nuit blanche au musée, *Éditions Syros (Souris Noire)*, 2005
Les trois coups de minuit, *Éditions Syros (Souris noire)*, 2009

PRIX DU QUAI DES ORFÈVRES

Le Prix du Quai des Orfèvres, fondé en 1946 par Jacques Catineau, est destiné à couronner chaque année le meilleur manuscrit d'un roman policier inédit, œuvre présentée par un écrivain de langue française.

• Le montant du prix est de 777 euros, remis à l'auteur le jour de la proclamation du résultat par M. le Préfet de police. Le manuscrit retenu est publié, dans l'année, par la Librairie Arthème Fayard, le contrat d'auteur garantissant un tirage minimal de 50 000 exemplaires.

• Le jury du Prix du Quai des Orfèvres, placé sous la présidence effective du Directeur de la Police judiciaire, est composé de personnalités remplissant des fonctions ou ayant eu une activité leur permettant de porter un jugement sur les œuvres soumises à leur appréciation.

• Toute personne désirant participer au Prix du Quai des Orfèvres peut en demander le règlement au :
Secrétariat général du Prix du Quai des Orfèvres
36, quai des Orfèvres
75001 Paris

E-mail : prixduquaidesorfevres@gmail.com
Site : www.prixduquaidesorfevres.fr

La date de réception des manuscrits est fixée au plus tard au 15 mars de chaque année.

Photocomposition Nord Compo
Villeneuve-d'Ascq

**PAPIER À BASE DE
FIBRES CERTIFIÉES**

Fayard s'engage pour
l'environnement en réduisant
l'empreinte carbone de ses livres.
Celle de cet exemplaire est de :
0,500 kg éq. CO$_2$
Rendez-vous sur
www.fayard-durable.fr

Achevé d'imprimer en xxxxx 2012 en France sur Presse Offset par
Maury-Imprimeur - 45330 Malesherbes
N° d'imprimeur : 177920
36-17-3456-5/002
Dépôt légal : novembre 2012
Imprimé en France